蒲靜——著

遇上質數的茱麗葉

目次

Count 1

1

質數男。

何時被冠上這種稱呼的確切時間，我已經記不清楚了。

漫步在用白漆和紅磚鋪疊而成的迴廊上，我低俯著頭用單手滑動著掌心裡的智慧型手機，螢幕上顯示的是一列又一列無盡向下延伸的數學公式。

而另一隻手則插在制服長褲的口袋裡蟄伏著，以掩飾著不知所措的慌張。

行走的時候空出的手，時常讓人不知道該往哪裡擺才好？

於是阿音有所感觸地這麼對我說：「這空著的手，徹底表露出了脆弱。」

於是人們總會千方百計讓自己的手陷入忙碌，或許是提個袋子，或許是握根拐杖，又或許如同現在的我，拿著手機插著口袋。人本身何嘗不是如此？

空白，令人感到不安。

所以即使用不到新型手機，也不得不跟隨潮流去買一個，即使遇不上志同道合的人，還是勉強自己去結交一些酒肉朋友敷衍著笑。

人，是害怕空白的。當心頭被這種恐懼感攻城掠地時，便會用身邊唾手可得的東西填補這塌陷而出的空白，無論多麼醜陋、骯髒的東西都無所謂。

轉過牆角，時值正午的灼熱陽光刺眼的讓我忍不住往旁邊望了一眼，拱門外冒著蒸騰熱氣的操場，還散布著零星進行著各式球類運動的人。

和迴廊上不顧糾察隊取締，就拿著剛從福利社買來的冰棒大快朵頤的男生，以及不管旁人眼光扯開上衣領口，用紙製涼扇往制服裡頭猛搧的女生。彷彿處在兩個對炎熱感覺完全不一樣的世界。

世界是很大的。

一如在衣索比亞等待麵包援助的難民，窮極一生也無法明白在下午三點，猶豫著要叫戚風蛋糕還是提拉米蘇來當下午茶的ＯＬ的煩惱。

世界是很大的。

大到每一個人的生活圈，都像是一個異世界。

屬於我的異世界，是用數學符號架構而成的，而在其中我僅僅只是一個質數。

「徐爵，這次的國際奧林匹亞數學競賽，學校已經推薦你參加選訓營了。千萬要加油喔，我們可是對你寄予厚望。」

我知道。

離開導師辦公室的我，恢復成進入前的模樣，再度掏出手機滑動著一條條的公式，刷過螢幕、刷過眼簾、刷過我形同陌路的青春。

質數，指某一個大於1的自然數，除了1和此數本身外，無法被其他自然數整除的數。若我真的是一個質數，則阿音無疑是代表著1的那一個人。

「你會期望著遇上一個能改變自己生活的人嗎？好比因數分解般將自己的生活重新拆解架構的人，

無論是好、是壞。」我問阿音。

「別問我，有了答案的假設。」

阿音用極其飄渺的聲音，回覆了我。

倏忽間，我突然感受到迴廊外一股強烈的風壓逼著右臉頰拂來，我轉頭朝著中空的廊柱間往外瞧，一顆躲避球以迅雷不及掩耳的速度直襲而來。

搖晃了身軀一下我驚險地避過了躲避球，可是卻聽到身後傳來有人被球擊中的慘叫，我本能回過頭去察看，依稀見到一個女孩臉部被打中身子往後傾倒。

為何說是依稀呢？因為反彈而來的躲避球逐漸佔據我的視線，直到女孩的模樣全然隨著黑霾蔓延消失後，只清晰感到一個衝擊。

好痛！然後我彷彿能清楚聽見手機掉落在地上的撞擊聲，那些滾瓜爛熟的公式隨著機體翻轉，如線般竄出螢幕將同樣往後跌倒的我，緊緊纏住。

啊，這是彌留之際的錯覺吧！

這時候，我忽然領悟了一件事，沒有誰能將我的生活因數分解成不同的樣貌，因為我是一個質數！很可笑的答案，很可笑的我。

2

眼睛睜開後出現在眼前的是天花板的日光燈，阿音跟手機則毫髮無傷的出現病床左側擺放三斗鐵櫃的方向。我靠著床頭坐了起來，環顧整間保健室只剩我一個人還醒著。

「護士小姐，似乎不在呢？」

我不自覺地將心裡的話道出。躺在隔壁病床上的女孩似乎被我吵醒，在床上往左右來回滾動半圈後，突然像彈簧般挺直上半身坐了起來。

她睡眼惺忪地說：「喂，現在幾點？」

「兩點二十五分。」我拿起手機查閱後如實告知。

「啊，還是無聊透頂的數學課啊！算了，我還是繼續昏睡吧。」女孩躺下，拉緊棉被裹住自己的身體，然後背對著我開始側睡。

「同學既然醒了，就回去上課吧！」

「我頭還在痛啦！」女孩無視於我的勸告，裝出一副楚楚可憐的模樣，試圖矇混過關。「咳……可能還發燒了，我想我還需要多休息一下。」

「是嗎？」

雖然她要揮霍自己的人生與我無關，但我無法原諒這種侮辱數學的人！無聊透頂？你們這種不惜裝病也要逃離學習的人生，比起數學才更是無聊透頂。

「妳知道是誰害妳躺在這裡的嗎？」我刻意拉高音量詢問。

女孩側睡的方向，轉向了我：「難道你知道是誰丟那顆球的？」

「我不知道。」

「什麼嘛！我就知道八成人已經肇事逃逸了對吧？否則應該會守在保健室裡等我這個受害者醒來才是。」

「害妳昏倒的罪魁禍首除了丟球的人，還有那個擋在妳面前卻閃開了球，使得妳來不及反應而被球擊中的人，不是嗎？」

「你知道那個人是誰？」

「沒錯。」

「幾年幾班，叫什麼名字？」

「二年一班，徐爵。」我用手指推了推剛戴上的眼鏡中央，使鏡架定位。

「一班的……是資優班那群傢伙。等我離開保健室，一定要找他討回公道。」

女孩緊抓棉被咬著嘴唇，義憤填膺道。

「對了，我叫朱可欣，二年八班的。你呢？」

面對提問，我雲淡風輕地重複了上一句的回答：「二年一班，徐爵。」

「啊，你叫徐爵啊……」倏然意會過來的朱可欣，臉上笑容轉瞬收斂，仿若是午後雷陣雨般陰霾匯聚，霎時變臉。「那你這傢伙不就是……」

「我就是在妳面前閃開了球，導致妳被球打中的人！」

我直言不諱地大方坦承。

「挺有種的嘛！你這傢伙！」

朱可欣憤怒地甩開棉被，雙手插腰並且在病床上猛然站起俯視著我。

她怒吼的同時猶如雷雨交加，如聲雷震撼的聲音，刺痛著我的耳膜，如驟雨狂洩的口水，則噴得我滿臉都是。

我冷靜地抽起放在三斗鐵櫃上的面紙擦拭著臉，她仍不斷地叫囂著，字字句句恍若在暴風雨裡疾馳的馬蹄聲噠噠作響，同時又濺起了水花。

「喂，你這傢伙應該要向我道歉吧！」

她如俯衝而下的鷹，跳下床向前一把抓住我的領口，臉貼近的距離甚至能感覺到她的呼吸。

我猛然撥開她的手：「該道歉的人是妳才對。」

「明明是你害我被球打到，為什麼我還要向你道歉啊？」她用另一隻手掌壓著被我撥開時打中的部分。

「妳知道我為何會跟妳一樣躺在這保健室的病床上嗎？」

「鬼知道你是偷看A漫導致流鼻血失血過多，還是因為這張死人臉得罪人被圍毆，或者是來這裡裝病翹課，這些都跟我沒關係！」

看著她半掩竊笑的神情，我知道她腦海肯定正腦補著我偷看A漫的淫蕩、被圍毆時求饒的狼狽以及裝病的無賴模樣。

「別鬧了，我可不是妳。」我瞪向她。「我之所以躺在這裡，是因為擊中妳的球，在反彈之後又擊中了我。換句話說，打中我的人是妳。」

「你以為我是櫻木花道會臉部投籃啊！何況要不是你先閃開，我也不會被球擊中，如果我沒被球擊中，球也不會反彈後又打中你，所以問題是出在你身上。懂了嗎？」

「我沒興趣跟妳做無謂的爭論，既然沒事就給我回教室上課。」

我抓住她的手腕，走向保健室的門口。

「好痛，放手啦！」她蹲低身子近乎耍賴般讓我拖著走。

瞧著她倔強的臉眼角似乎已噙著淚珠，但仍堅決地抵擋著淚水潰堤的可能。可是我卻沒有退讓的打算，為何要做這種意氣之爭呢？

太不成熟了。

「你很跳嘛！放開我啦！」她終於使出殺手鐧朝著我的手背用力咬下，很痛，或許是為了賭一口氣吧？我咬緊牙關依然緊捉著她的手不放。

「哇！你們在幹嘛啊？」

站在保健室門口目睹這一幕的護士小姐，有些花容失色地叫喊著。於是我鬆開了手，她鬆開了牙，出乎意料的是齒痕處並沒有鮮血汩汩流下，反倒是名為唾液的黏稠液體，弄得我有點尷尬。

「還不是這個傢伙，硬要拖著我回去上課。」

聽見她惡人先告狀的發言，我旋即反擊：「阻止妳裝病翹課有什麼不對嗎？」

護士小姐走進保健室無視於我們劍拔弩張的氛圍，從放滿簡易藥品和醫療器具的鐵架車上，一派沉著地拿出了酒精棉準備替我消毒。

「先替她敷藥吧！」我看向朱可欣被我用力撥開的手，似乎有些紅腫，還真是個細皮嫩肉的傢伙啊。

「不用你管。」朱可欣再度用手壓著紅腫的部分試圖隱瞞。

護士小姐忽然擺出嚴肅的表情，厲喝道：「都給我把手伸出來！」

「是！」我和她同時被護士小姐這句話所震懾，乖乖將受傷的手伸了出去。

在讓護士小姐消毒和上藥的過程中，並排著的我與她始終保持著緘默，雖然能感受她不時想向我這邊偷瞄又退縮回去的目光，但我卻只將眼神緊鎖於護士的動作。

「好了，這樣就不用擔心傷口會感染或發炎了。」護士露出笑容。「還有你們都已經是高中生了，可不是還在讀幼稚園的小孩，別那麼任性知道嗎？」

「知……道了啦。」她噘著嘴回答。

「嗯。」我則輕輕應了一聲。

護士小姐起身穿過我和她的中間來到身後，驀然從背部同時推了我和她一把。

「好，回去上課吧。」

被這麼一推我和她身軀不禁同時向前搖晃，護士小姐這突如其來的舉動，實在令人感到訝異，真正任性的像個讀幼稚園的小孩的人，或許是護士小姐吧。

保健室只有一個門，可是我和她卻誰也不讓誰先離開，兩個人硬是在同時間擠過那扇平時看來寬敞如今卻格外狹窄的門。

然後出了保健室的門口後，我往右走，她則往左走，兩人在同一條水平線上背道而馳。但此刻的我卻感覺異樣，因為前往二年級所在的大樓應該往我這。

倏然，一條熟悉的身影由後快步掠過我的身邊往前直行。

果不其然，是她走錯路了。

縱然只是一瞬間，擦身而過時她那因錯誤而微微泛紅的臉頰，還有因不甘示弱而輕輕咬著的嘴唇，仍深刻於我的眼簾。

望著她揚長而去的背影，讓我有些錯覺。這倔強個性，使我想起了某個人。

啊，我把守在我床榻旁睡著的阿音給遺忘了。

於是，我又折回保健室。

於是，我跟她又一次地背道而馳。

犯錯的人，原來不只是她。

3

一班，即是所謂的資優班。

雖然常態分班的教育制度行之有年，但各學校為了提振升學率仍是會用盡各種方法，將優秀的學生集合在一起彼此砥礪。

而我所就讀的山葵高中所使用的方式則是讓每一個班級皆冠上「資優班」的美名，只是代表的意義有所殊異，例如一班的全名是數理資優班。

二班則是語文資優班，三班是美術資優班，四班是體育資優班，依此類推到了後面的幾個班級甚至出現態度資優班、樂學資優班這等匪夷所思的名字。

但全校師生都知道真正的資優班只有一班和二班，剩下的不過是為了敷衍教育部和社會大眾的障眼法罷了。

然而這些手法即使再粗鄙卻仍無人願意拆穿，或許是因為大部分人其實還在心裡頭崇向著能力分班的制度，又或許這個國家的教育很早就沒有人在乎了！

在這個每個人都埋首在參考書裡，低著頭將講台上如行屍走肉般的老師晾在一旁的資優班裡，我只有阿音一個朋友。

但在這裡將我視為敵人的倒是不少，因為我的成績時常名列前茅。

「所謂的老師不過是台在上課時間播放的收音機，而且還充滿著雜音。」

梁有為總是把這句話掛在嘴上。

他是在這個班上對我敵意最表露無遺的人，也是學業成績僅次於我的人。更是除了阿音之外唯一會主動找我搭話的人，但我跟他實在是話不投機。

「徐爵，你也是這麼想的吧？」

「那些老師根本只是在照本宣科罷了，根本不懂得教學的要領。」

「尤其是對於學生總是堆出虛偽笑容的那種老師，更是讓人覺得噁心地快要嘔吐，拜託老師可不是服務業啊！倒不如像教理化的那個老頭，誠懇地露出『你們這群人渣，還不快抬頭聽我上課寫什麼參考書啊！』的鄙視的眼神，還要舒服些。」

我總是兩眼呆滯地聆聽著他的長篇大論，不發表意見並不代表我認同，純粹是不知道該說些什麼。有些人並非討厭，但很奇怪就是聊不來。

梁有為的狂妄言語在各個老師辦公室傳開已久，至今卻無人來指責過他。

我想並非是礙於他資優生的身分，而是大多數的老師在求學時代的想法，幾乎跟他如出一轍。而且目前來擔任教職不過是求混口飯吃的大有人在，打從一開始就沒有懷抱著什麼春風化雨、作育英才的理想，說穿了只是求個穩定的收入而已。

「資優班又怎樣？我從小還不是一路讀資優班上來，考上台大又如何？要不是靠關係占到一個教職的缺額，還在外面領低薪呢！」

「小時候我媽說什麼不認真讀書就會像外面那些水電工人一樣弄得又髒又累，結果我讀到碩士畢業，月薪還不到那些水電工的一半。」

「可是你不是還跟你們班上的同學，說要認真讀書未來才有出息嗎？」

「我也沒辦法啊！段考成績不理想校長找我喝咖啡，只好說謊騙他們，要不然萬一被盯上，可就麻煩了。」

「沒料到教育體制改來改去，到最後沒被改到的只剩下這些『謊言』。」

「教育，本來就只是一場騙局。」

這些對話是我有一次在放學後，偶然經過老師辦公室所聽到的。在聽了梁有為慷慨激昂的言論後，腦海裡忽然又浮現了這一幕情景。

對於談話中微妙的情緒，如今的我還沒有太深刻的體悟，或許有一天我會懂的。

自保健室回來後，我並未一如往昔寫著各式科目的歷屆試題，而是拿著筆袋裡的鐵尺在桌上輕輕刮著桌面表層，不知何時我的桌面留下了用立可白寫下的字跡。

「放學後，來社團教室106。」

這幾個字足足琢磨了我半節課的時間，才終於看懂。不知道是留字的人草書造詣已然媲美王羲之，或者單純是字寫得醜不拉嘰而難以辨識，總之害我解讀許久。

會採用這種在課桌椅上塗鴉的手法，諒必不是我認識的人。

捱過了韶光流轉，遞送著放學訊息的機械鐘聲悠悠響起，靜謐校園轉瞬喧鬧，我側揹起書包，走出一班的前門口。

我絲毫沒有去赴約的打算。

我說過阿音是我在這班上唯一的朋友，但當踏出門口後，我才想起，即使出了這個班級，我也只有阿音這個朋友。

「明天見。」阿音向我道別。

4

放學後，我來到圖書館佔位置通常只要不是段考前夕，都能享有寬敞的空間，一張配置十二個座位的長方桌上，往往只零星錯落著一兩個學生。

大部分的男學生皆會往閱覽室的右側坐，而我則選擇左側，且習慣挑選以最近距離面對著落地窗的角落。

一來，我不喜歡一抬頭就看見趴在桌上睡覺，根本不是為了讀書，純粹只是為了吹免費冷氣而來的人。二來，我也不喜歡看見壓低音量窸窸窣窣，卻笑得花枝亂顫、聲如轟雷的傢伙。

但倘若有時候忘記將窗簾拉上，還是會在落地窗的倒映上瞧見有些女同學，露出不屑甚或有些嫉妒的目光，向閱覽室的右側投以側目的神情。

每次望見這種景象，都會令我的心情有些浮躁。

在圖書館裡屬於一、二班的學生，反倒屈指可數。原因是大多數資優班的人，會選擇去補習班上課來精進自己實力。但其實會去補習班的人大致可分為兩種，一種是毫無自制力可言只好依靠補習來強迫學習的人，一種單純是去看妹看帥哥，鬼混時間自欺欺人的人。

無論是屬於哪一種，皆無可忌憚。

還有一種特例，是為了去取得補習班經由內神通外鬼在各類型考試中，所偷出的試題內容。這類人與其說是可恥，倒不如說是可悲更為貼切。

十點整，是閱覽室關閉的時間。

在學校圍牆的西側一隅，即使到了深夜依然可見光明，雖然僅是外頭路燈所照的微微光耀，但這亮度已足夠我使用。

我奮力揮舞著球拍將網球擊向圍牆，球在反彈後落地又復彈起，然後我再度用球拍將彈起的球擊向牆面。反覆重複著這樣的基礎練習，直到汗水逐漸濕透了全身。

遇見她的那一夜也是這樣，今晚她會來嗎？

「謝謝。」

兩天前，當我用力過猛的失控球擊出圍牆時，她將球拋過圍牆還給我。很久沒有和陌生人說過話的我，主動地向她說了謝謝。

「你是網球社的啊？這麼晚了，還在練球。」

「因為我很懦弱。」

她的聲音透過牆壁仍舊清脆如風鈴般，但輕靈的聲韻下似乎潛藏著淡淡憂傷。我聽得出來，因為這種企圖遮掩的心緒與我不謀而合。

「妳呢？妳在圍牆外做什麼？」

「我在拍照，拍星星。」

其實我不是網球社的一員，但我規避了去正面否定這一點的機會。或許在這萍水相逢的人面前，我想做點隱瞞保留一點獨屬於我的隱私，然後我才能暢所欲言。

那晚，我和她各自靠在圍牆的內外側緊貼著牆面坐著，仰望著同樣的夜空。

「每天練習揮拍，你變強了嗎？」

「我一直很強。」

「你剛才不是說你很弱嗎？」

「懦弱跟弱是不同的。正因為我是如此懦弱，所以比誰都還害怕著失敗，所以比誰都還要拚命去奮鬥，所以我才能成為強大的存在。」

「那你得到你所追尋的目標了嗎？」

「並沒有。」

「為什麼？」

「或許因為我還不夠強，又或許是因為我太強了。」

「我不懂你的意思……」

「沒關係，因為連我自己也不懂。」

青春，是懵懂的。

打累了的我，倚靠著圍牆坐下，心裡還在思索她究竟會不會來？

「你在嗎？」她來了。

這幾夜，我和她就這麼隔著圍牆聊著漫無邊際的事情，我們約定好暫時不透露彼此的真實姓名，不翻牆偷看對方的真面目，最重要的是不能不來。

但是每一夜每一晚我都擔心著她不來，她若不來我也無能為力找到她，因為我根本不知道她是誰。

「我們的雙手到底是為了抓住些什麼而存在的呢？」她問。

我舉起手將五指張開，透過指縫遙望著星空回答：「不知道呢……」

「笨蛋，當然是為了胸部而存在的啊！你想人的手掌是一對，人的胸部也是一對，那麼雙手不正是為了襲胸而存在的嘛！」

「妳是故意問這個問題的吧？為了講出這個低級答案給我聽。」

「糟糕了，被發現了嗎？」

她刻意裝出是事跡敗露的倉皇語調，隨後又裝出沒事般的笑聲，試圖將搞笑失敗的尷尬氛圍，一筆輕描淡寫地帶過。

不是她的錯，只是她不知道質數本身並不帶有名為幽默感的因子。

「哈……開玩笑的啦。」

「我知道。」我沉穩地回應。

「其實我覺得……」她的聲調驀然一轉，仿如判若兩人。「人的雙手，一隻手為了抓住別人而存在，而另一隻手則是為了被別人抓住而存在。」

在這一刻我明白了一件事，那搞笑的答案不是為了討好我，而是為了鋪陳她自己即將脫口而出的真心話所安排的伏筆。藉由前段虛假片言的混淆，讓自己趁亂道出真心。

直到今宵各自話別離開，我還是提不起勇氣問她。

「在妳的心裡，是我抓住了妳的手，還是我的手被妳抓住？」

5

翌日，當我來到教室時發現桌面上，又被用立可白寫下催促我赴約的字訊。

「社團教室１０６，放學後過來。」

將句子倒裝，是覺得原來的寫法我看不懂嗎？還真是個怪人。

我再度用鐵尺將乾掉的立可白盡數清除，當然放學後我依然爽約。

翌日，桌面上又出現了用立可白加以撰寫的字跡，而且字數激增許多。

「質數男，放學後到Ａ棟社團教室１０６來，別讓我等太久！」

一直以來，認為質數男是僅限於這個班級內對我的稱呼，看來無庸置疑是我誤會了。其實我並不討厭這個綽號，只是也稱不上喜歡。

由於猜測今天或許還會被留字，所以早上特別去買了一小罐松香油，沒想到真的如我所料地派上用場，用松香油擦拭後立可白轉瞬間就被溶解掉，省卻了我一番功夫。

翌日，或許是因為早上停課的緣故，有非常充裕的時間可以留字。凝望著桌面上的滿版字跡，我一度以為這傢伙是不是打算要致敬白居易，所以也來寫首長恨歌。

「致親愛的質數男先生，誠摯地邀請你於放學後，來到Ａ棟大樓的社團教室１０６。我們非常需要你這樣的人才，請一定要……」

望著忽大忽小飄忽無定的字體，我深刻體會到用立可白揮毫絕非易事，但通篇文章裡每隔四五個字就出現在字上的打叉符號，是否就該歸咎於留字者本人的學藝不精。

這寫錯字的誇張程度，甚至讓我懷疑留下字的人該不會連小學都還沒畢業吧。

翌日，很明顯的，這傢伙惱羞成怒了。

「該死的質數男，你到底來不來啊！是不認識路還是不認識字啊？還說是一班的，我再說一次聽清楚了，放學後來社團教室１０６、１０６……」

眼簾裡只見多不可數的１０６這三個數字用立可白為形體，放肆地爬滿了我的課桌椅，彷彿蝗蟲過境一般狼狽。

我將松香油整罐丟進教室後方的垃圾桶，今天放學後我決定宰了那個傢伙。

放學後，我側揹著書包偏離原有軌道長驅直入往A棟大樓前進，這一整棟大樓全是社團專屬的教室，仔細想想山葵高中似乎號稱擁有著全國最多的社團。

A棟一樓的廣場裡轉眼充斥著跳著街舞的熱舞社，滑著輪鞋的直排輪社，甚至還有穿著奇裝異服在列隊拍照的動漫社。還有很多我所不知名的社團共襄盛舉，將這裡喧騰成一個小型的嘉年華會，原來山葵高中還有這一面，我所不知道的這一面。

重視學業成績的一、二班裡參加社團的人數遠遜於參加補習班的人數，無社團身分加諸的我，在這一點上不算個異類。但質數本身，或許比異類更加孤獨。

社團教室１０６的門牌下，吊掛著寫有「話劇社」字樣的瓦楞紙板隨風晃蕩。

逐漸縮近的距離，使得裡頭傳出的聲音同樣逐漸清晰。

「如果我遇上任何來自蒙特克家族的男人或女人，我會立刻將他們從馬路上推開。」

「不，你會逃走。」

「別擔心，我會站著和他們打。」

這對白我並不陌生而且還依稀記得後續的橋段，國一時為了某個國際性競賽的推薦甄試，我特別拜讀了莎翁筆下的名作。這劇本，是羅密歐與茱麗葉。

「你是誰啊？」

瞧見我出現教室門口後，第一個出聲的是一個頂著短刺蝟頭，臉皮好似被憤怒拉得緊繃的男生。短袖袖口處隱約可見被遮蓋著的刺青，不時隨著動作暴露。

「我是來找人的。」

「請問你要找誰呢？」

接下來湊到我面前接待的是一個戴著眼鏡，留著垂到肩上的短髮的女生。頭髮上並不顯眼的黑色髮夾，透露出些許沉穩和保守的個性。

「一個會用立可白在別人課桌椅上寫字的人。」

「原來你就是『質數男』啊！」

另一個和刺蝟頭對戲的胖子男生，一臉茅塞頓開的模樣頻頻點頭稱是。

「我叫徐爵。」我鄭重地自我介紹。

刺蝟頭緊接著說出了一句我無法理解的話：「還是質數男比較好記。」

為什麼只有二個字的本名會比有三個字的綽號還要來得難記？這不符合邏輯的答案，令我始終百思不解。

「沒想到，徐同學你真的會來，還真令我吃驚啊。」

循著出聲處將視線往後攀，教室後方坐著一個拿著劇本書文質彬彬的男生。隔壁還坐著一個女生趴在桌面上昏昏沉睡。

這個人我認識，叫劉哲宇是二班班長。

「叫我來的人是誰？你的字沒那麼不堪吧？」

劉哲宇淺淺笑道：「當然，好歹我也是全國高中書法大賽的亞軍。留字的是副社長，堅持要你來的也是她，你先坐下來等吧。她總會遲到個十幾分鐘。」

「那邊都可以坐。」

戴著眼鏡的女生用手指，指引著我。

望著全都擠到教室遠離走道一側的課桌椅，我挑了一個最靠近講台的位置。而排演的社員們，則在移動桌椅後騰出的空間裡走位排練。

在這段等候罪魁禍首現身的時間裡，劉哲宇殷勤地向我介紹了在場正在排演的三名話劇社成員的名字，雖然我並不認為有這個必要，畢竟我只是來找用立可白侵犯我領域的那個無禮的傢伙，討個公道罷了。爾後，該是無所牽扯……

「你知道副社長找你來的原因嗎？」

面對劉哲宇懷著詭譎笑容的提問，總令我不太舒服，老是毫不保留地顯露出一副搧風點火，然後準備隔岸觀火看好戲的模樣。就是有這類型的人存在，才會讓資優生這個名詞遭到其他同學所厭惡吧！

「總不會是找我來演戲的吧？」

「哇！徐同學，你真的是很厲害呢！不愧是在一班名列前茅的人。」

「在說笑話之前就滿臉笑意，可是逗不笑別人的。所以我只能給你零分。」

「真嚴格啊！這還是我第一次只拿一個零呢！」

看著劉哲宇充滿著自信的神情，以及從見到他第一眼開始不曾卸下的微笑，在在令我了解了一件事，資優生真是讓人討厭啊！

「你是想說你一向都是拿滿分100的嗎？」

「不，我一向都會避諱這麼說。雖然我只是在陳述事實，但總是會讓某些自慚形穢的人，認為我是在故作炫耀，而對我產生敵意。你應該不會吧？」

「何以見得？」

「在學年總成績上，我可沒贏過你。要是你討厭我的話，那不是代表你更加討厭你自己了嗎？不會有這麼荒謬的事吧？徐同學。」

明明是語氣裡滿溢著肯定的氛圍，卻刻意用疑問句型來做試探。這傢伙是打算在我遇見用立可白留字的人前，給我一個下馬威嗎？或者純粹是他自己的惡趣味。

「你沒贏過我，也並不代表你曾輸給我。」

劉哲宇忽然眼神一變，散發出如毒蛇般的殺氣直視著我：「所以我一直很想跟徐同學你分個勝負呢？無論在哪一方面……」

「哪一天很快就會來臨的。」

「哦。」他的殺氣轉瞬消散。「聽起來不像是敷衍我呢？但有什麼根據嗎？」

「當你沉溺在社團活動時，就註定了你敗北的命運。」

「哇！真棒啊，這麼狂妄的發言，假如不是在人生路上十分順遂的強者，可是沒有勇氣能說得出口呢？至少那些曾經揪著我的衣領，大聲嚷嚷著『你少那麼囂張了』的喪家犬，是無論如何也說不出口的。」

我不以為然地說：「這些社員，能夠忍受你還真不簡單。要是我有你這樣的朋友，我可受不了。」話雖如此，但其實我也只有阿音一個朋友。

「不用擔心，他們不是我的朋友。」

「沒錯，因為當時揪著他衣領的人就是我！這種人不配成為我的朋友。」

留著刺蝟頭的楊原靖，停下排練的動作忍不住插嘴道。

「哇！一下子就演變成一發不可收拾的場面了呢？比昨天還快了五分鐘。」

胖子涂智寶露出一副司空見慣的表情：「每天吵架，你們還真有閒情逸致，怎麼不乾脆加入辯論社算了。」

戴著眼鏡的女生侯棋玉則雙手一攤：「沒辦法了，暫時休息吧。照這種排練速度還真是岌岌可危啊！」

面對著緩緩進逼的楊原靖，劉哲宇伸出手掌平攤在前示意止步。

「今天難得有客人來，把他嚇跑了可就不好了。」

楊原靖轉頭瞥了我一眼，旋即掉頭往教室後面的牆壁上靠著身體，盤起胳膊不發一語。

「既然關係不好，為何還會群聚在這裡？」

我不假思索地提出這個疑問，即使開門見山直接到很失禮的程度。

劉哲宇意味深長地回答：「因為某一個人，我們才會聚集在這裡，即使不對盤也無所謂……」

「那個人是誰？」

「你以後就會知道了。」

「邀我來的是副社長，那社長是你嗎？」

侯棋玉插嘴回答：「社長不在。」

而當她回答了這句話以後，我明顯地感覺到在場話劇社成員的神情閃過一絲難以言喻的複雜，這話劇社裡埋藏的謎團似乎遠超越我的預料。

正當我打算繼續追問下去，這時，門外傳來了激烈的叫喊聲，聲如河東獅吼。

「喂，那個質數男來了沒啊？」

同時受到這聲音的影響趴在桌面上酣睡的那名女同學，也猛然抬起頭來。

「副社，來了啊？」

我循著聲音望去，卻見到了一個仍駐留在我腦海裡的臉龐，於此同時我深深覺得今天或許是我的不幸日，出現在我眼前的竟會是她——朱可欣。

Count 2

1

因溫度變化而冒汗的杯壁，隨著吸管在裡頭的攪拌迴旋，使得奶茶和粉圓呈現出螺旋狀的舞姿，禮貌性淺飲一口以後，我便隨手將其置於桌面上。

我不習慣喝含糖飲料，但對於朱可欣釋出的善意我仍然表示接受。其他的話劇社成員對於這杯珍珠奶茶，似乎也有各自不同的表述呈現出來。

楊原靖一口氣就喝掉了將近半杯的珍奶，毫不遲疑地將粉圓囫圇吞下。侯棋玉則一小口一小口地慢慢啜飲，彷彿正在吸食花蕊的蜜蜂一樣。涂智寶卻將粉圓留在嘴裡，盡情享受著咀嚼的快感。而劉哲宇連一口都沒去動。

還帶著惺忪睡眼的張佳慧，在向朱可欣打過招呼和將我誤認為新進社員對我做完自我介紹後，又逕自趴下昏睡。直到朱可欣買完珍奶回來後，才又起來。

在這一票人中，最令我感到不舒服的莫過於她，她將粉圓捏在手裡玩耍著，甚至彈射在劉哲宇的臉上。拜託，珍奶裡的粉圓可不是麥當勞兒童餐或健達出奇蛋裡附贈的玩具啊！

但更令我感到意外的是，劉哲宇似乎並不為此舉止而生氣。

瞧著拿著珍奶一臉等候著我回應的朱可欣，我的右腳踝又開始隱隱作痛。

「原來你就是那個陰鬱的質數男啊！」

二十分鐘前，大聲嚷嚷著進門的朱可欣在見到我的時候，旋即拋出了這句對白，然後又冷不防地朝著我的右腳踝，狠狠地以射門姿勢踢了一下。

「妳幹嘛啊？」

「這是懲罰你害我每天為了等你等到半夜。」

正當我想開口教訓她時，趴在桌面上的女同學忽然挺起半身，面帶笑容地朝著朱可欣熱情地打起招呼。「副社，我有來喔！」

「我知道了，辛苦妳了。」

在向朱可欣報備完後，她又趴下開始睡覺。

我實在搞不懂她到底有哪裡辛苦了？難道她不用排演或者負責別的事務嗎？

突然，她又起來那如殭屍般無神還泛著黑眼圈的雙眼，搭配上展露笑容時嘴角還緩緩流下的唾液，真有種說不出的違和與突兀感。更重要的是，為什麼她的目光直直盯著我不放？

「同學，沒見過你。你是新來的齁，我叫張佳慧請你多多指教。」

緊接著，她又像是被暗算襲擊而暴斃的屍首般，趴下入睡。

這真的是普通的社團嗎？根本是怪人集中營。難道我在書上認知到的社團運作跟真實情況，竟有這麼大的落差嗎？什麼話劇社嘛，乾脆改叫怪咖社不是更加名符其實。等等，莫非真正奇怪的人是我嗎？畢竟我是個離群索居的質數……莫怪乎古人說盡信書不如無書，我被騙了嗎……

「喂，質數男，你在恍神什麼啊！」

朱可欣一句質問，將我拉出沉溺於思考的漩渦裡。「沒什麼。我只是在想要怎麼向我那被妳用立可白玷汙的課桌椅討回公道而已。」

「用立可白在桌上寫字很正常吧？大驚小怪什麼。」

「那可是破壞公物的行為。」

「你錯了，那是年少輕狂的青春啊！」

只見朱可欣忽然盤起胳膊意氣風發地朝著我這麼說，那一剎那彷彿有一陣微風將她的髮絲吹起飄揚於空中附和著她的話，我揉揉眼睛懷疑是我的錯覺。

「強詞奪理。」

「好啦。」她用手撐著膝蓋，半蹲在我身前。「要是你答應出演這次的話劇，要怎麼扁我踹我，我都沒有怨言如何？」

我的語氣顫抖得連我自己都能清楚地感受到，不敢置信地問：「妳的意思是要我參與話劇演出？」

「是啊，有什麼問題嗎？」

「別開玩笑了，妳想捉弄我嗎？這有趣嗎？」

我激動地站起身來，像條野獸捍衛自己領域般地瘋狂嘶吼著。

她露出有些委屈的神情：「幹嘛，反應那麼大啊？」

「喂，小子從剛剛開始我就忍你很久了，不說話當我斷氣了，再不對副社客氣點，我會真的宰了你！」默默靠在牆緣的楊原靖，突然不懷好意瞪向我。

「哇！看來徐同學有你在以後，我的危險度可以大幅下降了。」劉哲宇幸災樂禍道。「還有你不用這麼激動的，關於這件事我不是早就告訴過你了嗎？」

「我又不會演戲，為什麼找上我？」我壓抑著情緒，將語調轉趨平緩。

侯棋玉異常冷靜地插嘴道：「天曉得，社外的人員都是由副社決定的，理由也保密到家，並沒有告訴我們。」

我質問著朱可欣：「你是想報復我嗎？還是有其他的原因。」

「真正的原因我還不能告訴你，等話劇演出結束我一定會跟你講的。」

「有什麼不能講的？」

「我有我的苦衷。」當她說出這句話時，眼神裡透露出令人震懾的堅毅。旋即語氣一轉。「為了慶祝找到第一個人，我來請大家喝珍奶吧！你可別離開喔，阿靖，幫我顧住質數男。」

「沒問題，即使需要打斷他的腿才能讓他留下，我也絲毫不會猶豫的。」

楊原靖握拳伸出大拇指，向朱可欣表達允諾之意。

「喂，等一下。」

正當我打算衝出攔阻她時，行動卻因被侯棋玉拍肩膀而打住。她言簡意賅地說：「阿靖，從不說謊。」她的意思是假如我踏出這間教室，楊原靖真的會打斷我腿嗎？而我該妥協在這暴力恐嚇之下嗎？少狂妄了，這可是法治社會啊！

「欸，繼續來排練吧！既然阿靖跟哲宇不吵了。」涂智寶提議道。

「好啊，反正副社沒那麼快回來。」侯棋玉越過我的身邊，往排演的腹地信步走去。

「可以。」楊原靖在吐出這兩個字後，也重新加入排演的行列。劉哲宇仍舊埋首鑽研著劇本書，張佳慧仍舊沉眠。

而在追與不追間僵住了身體的我，再沒有任何人予以理會……

我被無視了。

質數，仍舊是孤獨的。我僵住的身軀緩緩往後傾，坐回原位低垂著頭然後陷入無盡沉默。最後我還是沒有離開這間社團教室，是因為我屈服了嗎？為什麼我會選擇來到這裡？然後我該答應出演話劇嗎？

即使不明瞭她真正的企圖。

在等待的時間裡，我反覆地問著自己一個又一個的問題，直到二十分鐘後，朱可欣拎著一大袋珍奶回來，發給在場每一個人。這些問題沒有一個填上答案，此刻的我備感煎熬。探索著每個人的神情，試著拼湊出一個讓我離開這裡的藉口。

「只喝了一口，你不喜歡喝珍奶啊！」朱可欣問我。

我漫不經心地敷衍她：「我不太渴。」

她掙扎了片刻，奮力擠出了以下這句話：「那你考慮得怎麼樣？」

轉瞬間，教室內所有人的目光彷彿鎂光燈般往我身上聚焦，而我真的快被燒焦。最後我選擇避重就輕。

「妳之前說我是第一個人，那妳還打算邀請誰上場演出呢？」

「你想知道的話，明天補課完陪我走一趟不就知道了，就這麼說定了！明天放學後我去一班找你。」因為星期二上午停課的緣故，所以明天星期六需要補課。

「為什麼要我陪妳去，應該是話劇社的社員跟妳一起去才對吧？」

「沒辦法，大家明天都剛好有事啊。」

「那為什麼硬要挑明天去邀請對方呢？」

這時，劉哲宇主動解釋道：「第一個和對方接觸的人是我，因為對方也是二班的。但我明天要去補習所以沒空。」

「我答應十班的要去助拳，跟羿星高中大幹一架。」

「我要去赴減肥門診。」

「我有我自己私人的規劃。」

「我則是要去KTV打工，不去的話店長會扣我薪水的。」

楊原靖、涂智寶、侯棋玉和張佳慧如連珠炮發射般，相繼將自己無法前往的理由一一告知。但即便如此，我同樣沒有非得陪她去不可的義務。

我準備義正詞嚴地拒絕她。

她卻突然對我說：「而且對方就是在我們被球打昏時，將我們給送到保健室的人喔！你不想知道對方是誰，順便道謝嗎？」

沉默半晌後，我回答：「好，我陪妳去。」

接著我離開了話劇社，離開社團教室106，離開A棟大樓。直到現在，我卻仍弄不明白一件事，我到底是基於什麼樣的理由和考量作出那個答覆的？

不能再追根究底下去，體內的防禦機制警告著我，別問。

2

星期六上午，天空一望無際的陰霾，這天氣似乎勾起了我一些回憶。

放學後，我有過一走了之的短暫念頭，但還是沒有這麼做。言而無信，不是我的處事原則。須臾，她已出現在一班的教室門外，手腕上還套著把折疊傘的繩環，傘身則捉在掌心裡。

「對方不是在二班嗎？」

尾隨著朱可欣的我，對於她無事般地晃過二班教室，感到不解。

「根據哲宇告訴我的訊息，對方第三、四節課被借調到音樂教室，所以不在這裡。聽說對方同時是語文和音樂的高材生，只是後來在升學考量上，選擇了二班就讀。但有校外重大的音樂競賽時，還是會徵調去參賽。

「原來如此。」

這也是理所當然的，不管這時代學歷如何貶值。萬般皆下品，唯有讀書高仍是所有人根深蒂固的包袱，拋得掉的又能有幾人呢？

隨著逐漸靠近音樂教室，傾耳可聞鋼琴聲迴腸盪氣感精靈地流洩而出，如低吟、如高詠、如訴、如泣，餘音裊裊，不絕如縷。旋即，歌聲和曲而唱如奪天籟，如懾心神。

I always needed time on my own
I never thought I'd need you there when I cry
And the days feel like years when I'm alone
And the bed where you lie
is made up on your side

When you walk away
I count the steps that you take
Do you see how much I need you right now?

這首歌是加拿大籍的歌手艾薇兒膾炙人口的〈When You're Gone〉。標緻的艾薇兒身著一襲白紗禮服演奏鋼琴時的風采，還依稀烙印在我腦海裡。然而於窗外往音樂教室裡探望所見的那抹倩影，仿若重疊了MV中艾薇兒的燦爛奪目，無瑕一幕如驚濤裂岸般深深衝擊著我。

是的，我理所當然應該記得這如詩雋永的一幕，毫無陌生感地沉醉其中，因為我不是第一次聆聽到這席動人肺腑的演奏和歌聲。

正當我即將從腦海記憶裡翻箱倒櫃出什麼的時候，朱可欣打斷了我的思緒。

她拉著我的衣袖，同時用握傘的另一手指著教室裡彈琴的女生：「找到了，她就是我要邀請的第二個人，也是送我們到保健室的好心人，二班的黎青辭。」

黎青辭似乎察覺到了教室外的目光，游移於琴鍵上的纖細手指驀然而止，隨即回眸一望在彼此視線交集不久後，我彷彿作賊心虛般刻意別開了頭。

「妳是黎青辭同學吧？我是話劇社的副社長朱可欣，你好。」

朱可欣拉著我的外套衣角，硬是將我拖進教室裡，然後駐足於鋼琴前向黎青辭作自我介紹。

「你好，我聽班長跟我提過了，只是我以為妳會一個人來。」

仍低垂著頭將視線聚焦於鋼琴上的我，還能感覺到黎青辭不時投來的目光。

「因為質數男跟我都被妳救過，所以我就順便帶他來跟妳道謝啊！」

「質數男？」

黎青辭語氣裡透露著不解。

「哈……這是他的綽號啦！誰叫他這個人就像個質數一樣孤僻呢！」

「少質數男、質數男的叫，我跟妳很熟嗎？」

我不悅地反駁著朱可欣，別再自以為是地自說自話，我可沒授權妳成為我的代言人啊！早知道會遇見她，我寧願言而無信放朱可欣一回鴿子。

「你很沒禮貌耶，別害我丟臉。」

「朱可欣，妳……」

「不是不熟，幹嘛把我的名字掛在嘴上啊？」朱可欣又盤起胳膊，一副太妹嘴臉像個彈簧壞掉彈出後收不回的小丑盒，身體抖啊抖的。讓人想像打地鼠一樣，一拳將這個欠扁的小丑塞回盒子內。

「呵……」黎青辭用手指將垂落的長髮撥到耳後。「朱同學，你就像班長形容的一樣很有趣呢！」

朱可欣忽然像上鉤的魚兒，轉過頭好奇追問：「咦，劉哲宇那傢伙是怎麼說我的啊？如果是壞話，請將它寫在紙上全部揉成球，然後一棒打出像變了心的女朋友回不來啦！」朱可欣捉住手裡的雨傘作棒，擺出揮擊後眺望飛球的姿勢。

「如果是好話呢？」黎青辭問。

「那妳一樣可以寫在紙上，然後裱起來做成匾額，掛在客廳……」

我忍不住接話調侃：「早晚三炷清香嗎？」

「對啊，然後在中元節燒給你！」朱可欣隨即還以顏色。我自討沒趣地嘖了一聲，如敗翎公雞似的默默退出了談話。

瞧見這唇槍舌戰的黎青辭掩嘴輕笑了起來，似乎感到十分有趣。

「抱歉、抱歉，讓妳看笑話了。」深怕失禮的朱可欣，趕緊一個小敬禮道歉。

黎青辭停止笑聲，卻仍掩不住笑意回道：「沒關係，我不介意。」

不介意嗎？可是我卻不能如此灑脫。關於某一天，關於某個人，關於某件事，關於讓我毫不抵抗成為質數的某一個分水嶺。

「首先，謝謝妳送我和質數男到保健室休息。」

朱可欣慎重其事地向黎青辭表達謝意。

「不客氣，真的不用放在心上。」

「那麼妳願意答應我的請求，出演這齣學期末的話劇嗎？」朱可欣忽焉話鋒一轉，極其認真的眼神緊緊對望著黎青辭的一雙雪眸。

「好啊，只不過我還是得以鋼琴大賽為優先，假設妳能夠接受這個條件的話，我很樂意擔任這齣話劇的演出人員之一。」

「哇啊！真的嗎？妳人真好耶，我還以為校花一定很難搞呢？」朱可欣興奮地捉住黎青辭的雙手，歡欣鼓舞道。「哲宇那個傢伙也說妳就像是個加了鋑鹽的冰山，可是很難融化的。」

「原來班長是這麼說我的啊！」

「咦，我不小心說溜嘴了什麼嗎？哈……別在意、別在意啦。」

「不過加了鋑鹽的冰山的描述，還是比表皮上蠟的蘋果好一點。」黎青辭一個回馬槍，出賣了劉哲宇。

「可惡，那個該死的腹黑嘴賤眼鏡宅，竟敢這樣說我！什麼叫做表皮上蠟的蘋果啊，意思是說我虛有其表嗎？」

朱可欣氣得七竅生煙，用力扭轉著手裡的摺疊傘。

「不，我想他不是那個意思。」

「那是什麼意思啊？」

「這個嘛……」黎青辭淺淺一笑。「無可奉告。」

「哼，反正一定不是什麼好話啦。」

黎青辭向來給人的印象都是冷漠、優雅而難以親近，至少我在班上聽見有人談論她時總是這麼說的。宛若一朵孤傲而高貴的薔薇綻放於峭壁上，只可遠觀而不能褻玩焉。但朱可欣卻輕易地粉碎了這個屏障，或許這是我所希望然而力有未逮的，所以我只是靜靜地在一旁沉默著，祈禱這一刻能夠就這樣延續下去。

手機突然響起鬧鈴，黎青辭婉轉地說：「抱歉，我有事要先走一步。」

「好的，下星期一放學後，我會去找妳的。」朱可欣道。

「嗯。」在簡短的道別後，黎青辭便往門外走去。我和她並沒有交談，甚至刻意別開了彼此理應交會的視線。

「鋼琴耶，我來彈看看。」

趁著人去樓空的空檔，朱可欣將摺疊傘放在琴面上，自己則坐上演奏椅，準備試著彈奏鋼琴。

忽然，淅淅瀝瀝的雨聲如掠過醞釀的前奏般，越催越響，轉瞬間傾盆大雨已滂沱落下。

「啊，下雨了。黎青辭有帶傘嗎？」

朱可欣拿起琴面上的折疊傘，準備送去給剛出門不久的黎青辭。

不知是否鬼迷心竅，等我回過神來，朱可欣的摺疊傘已經到了我手裡，而我卻這麼對她說：「我去送傘給阿辭，妳留在這裡玩琴吧。」

剎那間，我已轉身奔出音樂教室的門外往迴廊跑去。我是不是不經意地說了什麼不該說的話？啊，別想那麼多了，或許她會以為是她自己聽錯了吧？

「好大的雨。」她站在騎樓下，將手掌心伸出迎著雨滴。

我甩開摺疊傘從她身後，掩來一片屋簷將烏雲遮蓋，她回過頭看著我，時間在這一刻似乎凝結似的好慢好慢，太漫長了，直到我將傘柄遞給她，才結束。

「謝謝你。」她低下頭，而我轉身離去。

「該說謝謝的是我，阿辭。在我被球打昏時多虧有妳送我到保健室，謝了。」

「小爵……」

她後來說的話被掩沒在雨聲裡，浸濕得無以辨識，我沒有回頭即使能感受到她的視線以及那隻想挽留的手緩緩舉起的動作，我還是沒有回頭。

妳不介意，可是我卻不能不介意……

黎青辭是我的摯友，曾經是，直到某個時刻來臨為止。現在的我只想說聲，好久不見了，我終將再度逝去的朋友，阿辭。

3

在我決心封閉自己成為質數的那一天，同樣下著連綿的雨，我跟蹤著黎青辭來到一間唱片行，放學後她常會一個人到這試聽音樂，有時我會陪她來。

可我在那一天比她更早出了校門，直到她遍尋不到我的蹤影，於是拿著撥了好幾次卻沒接通的手機有些沮喪地走出學校，躲在暗處守株待兔的我便跟在她的身後。因為我想再陪著她最後一次，可是卻不想讓她知道。

多麼諷刺啊，或許這只是我一廂情願的訣別，當她發覺我的冷漠後，她會很生氣還是很難過呢？怨恨我吧，如同我對自己的怨恨一樣。

這是我對那個人一輩子的贖罪。

我隔著街遠遠地望著黎青辭在唱片行裡戴著耳機，閉眼徜徉於音符裡的沉醉模樣，即使沒有了我，妳還是能夠感到幸福的吧！

雨打濕了我全身，直到回家，我才驚覺雨傘一直握在我的手裡沒有打開。因為我的潛意識很清楚一件事，真正淋濕我的不是這場雨，而是我臉龐上的淚。

國中時的往事，又浮現在腦海裡還真是礙眼啊！

但這次我不再需要淋雨了，質數並不是多愁善感的存在，沒有眼淚可以揮霍。

「喂，你送個傘這麼那麼久啊？不會是想搭訕黎青辭吧？人家可是創校二十年來檢驗合格兼蓋章，公認最正的校花耶！才不會看上你這個質數男呢！」

一踏進音樂教室門口，旋即迎來朱可欣一陣如炸彈轟炸般的奚落。

我將情緒草草收拾，對著她說：「這什麼形容詞，妳以為她是CAS冷凍豬肉啊！」

「要你管，反正我的文學造詣你不懂啦。」

「又不是妳媽，我才懶得理妳。任務結束，我要回去了。」

「喂，雨很大耶。」

「我不在乎。」這句話並非逞強，為了在圖書館晚自習後方便打網球運動，我每天都會另外準備一套衣服替換，只要回教室自然可以換掉被淋濕的制服。

何況到了B棟大樓後，在玄關處自然有免費供人取用的愛心傘，一切都不成問題，盡在我的掌握之中。

「帶我一起走！」朱可欣又捉住我的外套衣角。

我不耐地回答：「妳不是不想淋濕嗎？還是在這裡乖乖等雨停吧。」

她忽然露出一抹陰險狡詐的神情，嘿嘿笑道：「本山人自有妙計……」

「喂，妳所謂的妙計就是這麼一回事嗎？」

在跟大雨僅僅只有一步之隔的走廊外，我脫下外套用雙手將外套披在頭上，彷彿一個臨時搭建而成移動式遮雨棚，而她則一臉笑嘻嘻地縮在我的外套下。

「借用一下你的外套不過份吧？反正你本來就打算冒雨突圍了啊。」

「嘖，帶著妳這個累贅，可是會延長我被雨淋的時間。」

像雛鳥般躲藏於我的羽翼下的朱可欣，用手托著我支撐著外套的手臂。

「手舉高一點啦，要不然肩膀會被淋濕的。」

「知道了啦。」我心不甘情不願地回嘴。「好啦，要走了喔！」

「嗯。」她往我的身邊緊靠過來。

「出發！」一聲令下，我和朱可欣在暴雨的攻擊下，相互依偎著用外套作為盾牌奔馳過滿是水窪的操場，往B棟大樓前進。

不知為何，即使雨聲如此嘈雜，我仍能清晰地聽自己的心跳聲砰砰作響。這場雨或許賜給我的是兩種截然不同，卻彼此牽連的矛盾情緒吧！

4

在送朱可欣回到B棟大樓後，她便抽起玄關傘架裡的愛心傘，準備回家。而我則表明還要繼續待在圖書館複習功課，所以可以就此分道揚鑣。

「一班的學生就是不一樣。」

她丟下這句話後，隨即消失在白靄靄的雨瀑裡。

抵達圖書館後，或許是因為下雨的緣故聚集在閱覽室的人比平時多了些，我按照習慣坐在整間閱覽室左側邊角的位置。然而一向群聚於右側的男同學們，今天卻如零落的星子四處分散，因為離我最遠的對角線位置此刻竟空懸著。

是的，之所以大多數的男同學會往右側靠近，全是為了習慣坐在這位置上的人，有時透過玻璃窗反射出女同學們混雜著羨慕、嫉妒、恨而熊熊燃燒的眼，同樣也是為了這個人。

我一直知道她的存在。

但在今天以前我選擇視若無睹，她是黎青辭，今天以後我將再度遺忘那角落。

用書包佔據位置後，我走向洗手間用冰涼的水潑了潑臉，在途中偶然相逢的阿音也跟著我進來，有時候我和他會在這裡聊天，很奇怪吧？但圖書館裡允許講話的地方本就不多，再加上我並不喜歡叨擾到其他人。

「以後跟阿辭的關係會更尷尬吧！又多了話劇社這一個會見到面的據點。」

我跟阿音抱怨著。

阿音是個沉默寡言的人，不見得每次都會回應我，即使接話往往也很簡短，可是當我需要他的時候，無論如何他一定會出現在我身邊陪伴著我。

「我和她的關係，還是應該像這樣疏離著最好對吧？」

「其實你比誰都清楚……」

「不，我已經不知道該怎麼做了，或許還是應該明確拒絕掉話劇社的邀約。這種曖昧的態度，會讓朱可欣那個傢伙一直糾纏著我的。也可以避開阿辭……」

「不要欺騙自己。」

「你是指我為什麼明知阿辭會來圖書館，卻還是一直選擇在這裡看書嗎？先來的人可是我，既然已經無視於她，沒有道理不來那不是欲蓋彌彰嗎？」

阿音沉默地看著我，彷彿無聲反駁著我言語中的矛盾，我繼續強加解釋。「雖然話劇社我也比阿辭更早接觸，可是我根本還沒有答應要出演啊！是朱可欣她自己一頭熱罷了。」

我伸手抓住阿音垂下的雙臂，激動地想要證明什麼來讓他認同。

「我真的想要贖罪，你要相信我，除了你是例外。我不會也不需要再跟任何人建立親密或信賴的關係，我是一個質數，有你這個朋友已是夠了。」

「別說了。」

沒錯，我根本不想參與話劇社的演出，只是不好意思當面拒絕朱可欣的盛情邀約。國際奧林匹亞數學競賽，才是我現在唯一的目標。

我鬆開了手，為我的失控和失禮向阿音道歉：「對不起，我失態了。」

一定是今天發生了太多事讓我的情緒管理，出了差錯，很快我就能調適過來。

整理好心緒的我緩緩步出洗手間，回到座位上開始心無旁騖地讀書。隨著教科書一頁一頁翻過，參考書一題一題演練，腦海裡無數字句將我的思慮填滿，不再感到急躁而無所適從，逐漸平穩了下來回到我該有的狀態。

「只有你一個人啊？」

忽然被打斷狀態的我，循著聲音往前望，拉開椅子在我面前坐下的是劉哲宇，沒想到會在這裡遇見他。根據我平時的觀察判斷，他應該是屬於依靠補習班那一派的，是巧遇或者刻意來找我的？

而且聽他這麼一說，阿音已經離開了，我卻沒有察覺。

「你不用去補習嗎？」

劉哲宇露出意味深長的笑：「這種雨勢，翹課應該也還說得過去吧？」

「好學生可是風雨無阻的。」

「像隻哈巴狗淋得滿身濕然後在大人面前搖尾乞憐，這種好學生我可是一點也不想當。」

「你是偏激的反社會主義者嗎？」

「我只是不甘被愚民政策擺弄的小小人物。」

「父母不會有意見嗎？」

「我爸媽在乎的只有成績單上的分數，剩下的都隨便我。」

「是嘛。」

「大家都一樣吧！只要分數好就可以了。至於自己有沒有興趣，出社會用不用得到，根本沒有人在乎。」

「產學脫勾，可是不利於就業。」

「哈……那不過是一群連培育人才都不肯短視近利的老闆們的鬼話，學校可不是免費幫他們訓練員工的地方，少笑死人了。」

「那麼學校是什麼地方呢？」

「是提供競爭的環境！能夠在競爭下脫穎而出的才是真正的強者。」

隨著對話堆疊音量也逐漸提高，為了害怕干擾到別人我主動用手勢示意劉哲宇到門外去談，走出玻璃門外平穩的冷氣機聲隨即轉化為嘩啦啦的雨聲。

劉哲宇靠在門旁的廊柱上，望著外頭的雨勢。

我先開了口，卻沒打算延續之前的話題，對於無法改變的事我一向沒有興趣。「你應該不是來找我談教育體制的吧？」

「當然，不管體制如何變換，都不影響我們這些位居頂點的人，只是單純地有感而發罷了。」

「那你是為了什麼而來的？來宣戰嗎？為了期中考……」

劉哲宇挑了挑眉笑道：「為了你無法逃避的考試而宣戰，根本是多此一舉，我可沒那閒功夫。我來是想弄懂一件事？」

「什麼事？」

「你跟我們班的黎青辭同學，是國中時期的摯友吧？是發生什麼事讓你和她形同陌路呢？」
嘖，這傢伙暗中調查了我和阿辭的過去，到底有什麼企圖？
「誰告訴你的？」我微慍道。
劉哲宇則用一副掌握了些什麼的表情回答：「別這麼生氣嘛，只要去問國中時你們的同班同學不就知道了嗎？你們還有一個死黨吧？」
「閉嘴。」我冷冷地說著。
「那時你們三個的感情，聽說是好得如膠似漆。」
「閉嘴。」在那瞬間我感覺一股冰冷凍結了我全身，我冷冷地說著。
「放心，多餘的事我不會問，我只想知道你們感情突然惡化的原因……」
「閉嘴。」好寒冷啊，彷彿連血液都被凍成冰塊無法流動，我冷冷地說著。
「我說了我只想……」
「我叫你閉嘴，聽不懂嗎！」我猛然衝上前一把揪住劉哲宇的衣領，我能清楚感受青筋碎裂掉猶如結凍的冰冷感，浮現在自己額頭上的聲音和變化。
回過神來，我已經做出了瀕臨暴力邊緣的舉動，而我並不想就此罷手。
「沒想到你還有這一面啊！真驚人，我戳中了你的痛處嗎？我可是一點也沒那個意思。」
對於劉哲宇的辯解我絲毫沒有興趣，啊，真想痛扁這個傢伙啊！害我想起了我用盡所有方法不斷逃避的事實，讓我這麼的痛苦你唯有一死才能夠謝罪。
然而我揮出的拳頭卻被人用手擋下了。
「停止你幼稚的行為吧！暴力不能解決任何事，只會解決掉你的人生。」
出現在我面前接住我拳頭的竟然是話劇社的眼鏡女侯棋玉，然而比起訝異我更加憤怒。明明就是他踰越了我的底線，無論出手與否受懲罰的卻會是我嗎？

我鬆開了手，拋下現場，一言不發轉身往圖書館裡走去。

「喂，等一下。」

「還是別追了吧？再傷一隻手，我可沒有第三隻手能拿筆參加期中考。」

「抱歉，我會負責的。」

關上拉開的玻璃門，劉哲宇和侯棋玉的聲音皆被隔絕在外，我回到座位，回到我營造許久的讀書狀態，回到名為質數的殼裡縮著直到閱覽室的關閉時間到來為止。

5

雨還在下，我撐著傘又如往昔來到西側圍牆，手裡捏著一顆網球。

她不會來了吧？畢竟這場雨實在太大，有好多話我想跟她講，即使我不知道她是誰？可是能夠聽我講話的人似乎只剩下她而已。

關於她的存在，我沒有跟任何人提過，連阿音也沒有。但話說回來，我本來就沒有什麼對象可以好好地去說了，我幾乎等於沒有朋友啊。

我將網球輕輕拋過圍牆。

在這喧鬧的雨聲裡，隔著牆喊得再大聲也聽不見，可是我想知道她究竟有沒有來赴約，所以我將球拋了過去，希望她接到球後會丟回來，讓我知道她來了。

我在圍牆前站了一小時又三十六分，這是我和她聊過最長的時間。

最後球並沒有被丟回來，代表她沒有來。其實即便球被丟了回來，也不表示接到球的人一定是她吧？我忍不住笑了，笑自己的愚昧，可是如果我手裡還有一個網球，我仍然會再丟一次。

我將傘往後斜躺幾度，抬望著落雨的灰濛天空，這場雨下得好久，下在傘外卻也下在傘內，我的心情如同這場未歇的雨，陰陰的、濕濕的、冷冷的。

有一種怎麼做都錯，怎麼做都不對的感覺，我常常這麼想如果人生就像考試一樣有標準答案，該是一件多麼幸福的事情啊！至少我現在不會那麼不知所措，不會那麼徬徨無依。

我一直以為拋棄一切是很簡單的事，因為我本來就一無所有。

直到成為了一個孤獨的質數，我才明白我並沒有我想得如此貧窮，即使我沒有朋友也不可能離群索居，即使我想什麼都不管還是得繼續上學。我不知道我所擁有的東西，在我決定隔絕自己後卻如雨後春筍般接踵冒出。

這世界，太可笑了。

也太可悲了。

無法擁有一切，同時無法拋棄一切，有捨必有得，有得必有捨，即便結果不如所願。

我將傘調回正常的角度，然後轉身離去。

到頭來我捨棄的和我得到的，似乎都不在我的選擇之內。

而雨，還在下。

Count 3

1

「這是一個悲傷的早晨。」

「為什麼？為何你的日子過得既悲傷而又漫長？」

「我……」

「戀愛了？」

「失……」

「失戀了？」

「我失去了鍾愛之人的眷顧，我愛她但是她卻不愛我，愛情是一件可怕的事。班伏里歐，我又愛又恨，愛情是無中生有的，它既沉重卻又輕盈，既嚴肅卻又愚蠢，既熱卻又冷，既病態卻又健康。你在取笑這樣的我嗎？」

「不，我因為你的傷心而感到了傷心。」

這幕橋段是羅密歐和其表哥班伏里歐在談論羅密歐的初戀，在這個時間點的羅密歐所喜歡的是羅瑟琳，雖然只是單相思卻娓娓道出了愛情的苦惱。

「這樣不行啦，情緒整個都不對啊！」負責飾演羅密歐兼排演總負責人的朱可欣，手裡握著捲成筒狀的劇本不斷揮舞，向扮演班伏里歐的侯棋玉表達抗議。

「班伏里歐應該是表現出擔心的感覺才是，而非像他自己在為愛煩惱的語氣。當事者跟旁觀者的情緒表達是不一樣的，再來依照班伏里歐的個性啊……」

朱可欣十分認真地闡述著自己對戲劇的見解，說實話跟我認知中憑藉一股傻勁亂衝亂撞的她，簡直判若兩人。

或許是因為每個人都有著不同的面相存在吧？

對某些事善良，對某些事殘酷，對某些事認真，對某些事隨便。好比在車禍現場熱心助人的教授，可能暗中盜竊了學生的論文或者挪用公款作為己用。肇事逃逸的駕駛，在休假日卻是不問回報的偉大義工。

這世界就是這樣吧？沒有絕對的好或壞，沒有必然的對或錯，呈現在群眾面前的終究只是某一個人的某一個面相，那身為質數的我是否也是一樣呢？

我的視線打從來到這間社團教室開始，便無法離開侯棋玉的手，那隻手正是在圖書館前接住我憤怒拳頭的手，那隻手現在正纏著繃帶。那一拳對一個女生來說，似乎太重了，重到足以讓手腕扭傷。

出乎我意料的是，劉哲宇和侯棋玉絲毫沒有在我面前提起過圖書館發生的事，彷彿他們從不在意或者莫名失憶了，難道這也是屬於他們的另一面相嗎？

「所以啊，妳明白了嗎？」朱可欣仍機關鎗似的向侯棋玉掃射著自己的話。

忽然，侯棋玉的手機捎來訊息。「抱歉，請等一下。」她在查看手機螢幕後，輕咬著下嘴唇露出了猶豫的神色，然後彷彿作下決定般拿起書包。

「對不起，我有事，要先走一步，明天放學後會再來排演的。」撂下這句話，她便慌張地離開了社團教室。

「喂，明天一定要來喔！」朱可欣一手插腰，一手指著侯棋玉的背影道。

「還真稀奇啊！」埋首於劇本書內的劉哲宇，將書往前放倒，露出了令人摸不透的笑容。「侯棋玉可是個照表操課的規律時間狂，能讓她破例不簡單。」

楊原靖冷冷道：「或許是傳訊息來的是她很重要的人吧？」

「不過哲宇說得沒錯，棋玉真的是一個很注重時間的人呢！」涂智寶一邊吃著泡芙一邊說。「常常看到她在查閱手機裡的行程表，而且每次來社團的時間無論是到達或離開的時間都是固定的，幾乎連一分鐘的誤差都沒有。」

朱可欣堂而皇之地拿起了涂智寶的泡芙，一口咬下：「機關藏在倉庫，其中必有緣故。」滿滿內餡沾上朱可欣的嘴邊。

涂智寶露出一副哀怨的表情，皺著眉頭：「副社，別偷吃我的泡芙啦！我剛好每種口味都買一顆的說，這樣又害我少吃一種了。」

「別那麼小氣巴拉，我可是犧牲自己的馬甲線在挽救你的鮪魚肚欸！」

「每次都這樣說，可是我到現在也沒有瘦下來啊。」

不理涂智寶抱怨的朱可欣，狼吞虎嚥地將手裡泡芙完食。「黎青辭今天要練習鋼琴，所以也沒辦法來，又只剩下我們這些人了。可惡，人少真難排演。我要面紙。」

朱可欣伸手向離面紙盒最近的劉哲宇索討，劉哲宇抽出面紙：「剩下戲份少的臨演，我可是都找好了喲。要不然就先約他們來排練吧。」

正當劉哲宇打算將面紙遞給朱可欣時，我取出隨身攜帶的面紙，走向前親手用面紙擦掉朱可欣嘴邊的泡芙內餡。她的臉忽然泛出潮紅，似乎是我的錯覺週遭在這剎那間彷若陷入了一片凝滯而安靜的氛圍，將時間放慢。

我一面擦著朱可欣的嘴一面道：「既然沒辦法排演，今天就到此結束吧！下次有我的戲再通知我來，拜拜囉。」

拿下沾滿內餡的面紙我順手揉成一團，以拋物線擲入教室後方緊貼著牆面的可燃垃圾桶。然後揹起書包轉頭朝教室門外揚長而去。

靠在門口附近牆壁上的楊原靖，眼神瞥向我：「不會再藉口逃避了吧？我就當你答應出演這齣話劇，要是敢臨陣脫逃，我可是會宰了你。」

「少威脅我。」我奮力對抗著楊原靖的不友善。

朱可欣像突然回了神似，仍舊扯著嗓道：「我決定要調查侯棋玉最近反常的原因，你也要幫我喔。」

真是莫名其妙，我為什麼要陪妳玩這種無聊的偵探遊戲？我無視於朱可欣的吶喊，逕自離開往圖書館的方向走去。

這天，阿辭缺席了，劉哲宇和侯棋玉也並未提起我和他們起衝突的事，或許是我太小家子氣才會一直掛念著。然而我所擔憂的場面雖然都沒發生，可是卻有一種更為奇特的感覺不斷地湧上我的心頭盤據。

我和阿音相處的時間似乎越來越短暫了。同時我的腦海裡漸漸塞滿不同於以往的思慮，我開始注意話劇社的人，我開始想了解他們的想法，這真是可怕的轉變，令我有原來的自己即將土崩瓦解的預感。

所以，我選擇了逃避。

2

隔天，朱可欣如願以償地展開了全天候的跟監行動，雖是這麼說但也僅限於下課的空檔而已。和話劇社有關的全體人員，無論願不願意都在她軟硬兼施下蹚了這趟渾水，當然也包括我。

第一節下課時陪同的是劉哲宇，第二節下課是楊原靖，而目前第三節下課的陪同者，則是感覺自己像個跟蹤狂似的和她一起躲在走廊柱子後面偷窺的我。

太不真實了。

大概只有《寶島少年》裡的高中生會幹出這種蠢事吧！而最愚蠢的一點莫過於我竟然參與其中！不，在這個時代連漫畫都會用更高科技的方式來執行跟監才對，例如在教室內安裝隱藏型攝影機或貼片式竊聽器之類的。

這麼一想，這種偷偷摸摸尾隨窺視的模式，還真是土法煉鋼啊！

「喂，妳讀得懂唇語嗎？」我看著數公尺外侯棋玉所在的教室內這麼問。她似乎正在跟一些班上的女同學交談著，但在喧鬧的下課時間實在聽不清楚。

豈料，蹲在我前面的朱可欣竟回過頭，以一雙死魚眼冷漠地說：「怎麼可能懂啊？你以為我是FBI喔？」

那還真是粉悲哀的一件事啊，到頭來根本無法掌握到任何有用的線索和相關情報嘛，只是在浪費時間罷了。

「即使不曉得她們交談的內容，也是能夠看出一些端倪的。人的動作會在無意間透露情緒、態度甚至是心裡最真實的想法，這比語言更值得令人相信。」

「是嗎？」

我對於她突如其來的精闢見解，不禁感到訝異，她總能讓我出乎意料，或許這正是她深深吸引著我的那如同萬有引力般的魅力。又或許只是我的錯覺。

「你太嫩了啦！」她忽然露出一副驕傲的神情，彷彿在考試時答對了全班只有她一個人正確的問題而沾沾自喜著。

「像是做出『托腮』這個動作，就代表她正沉浸在自己的幻想中，若是『揉眼睛或調整眼鏡』則表示她在鬆緩自己的緊張心態，身為一個媲美福爾摩斯的偵探，我可是能讀懂她的肢體語言的啊。」她盤著胳膊，如水庫洩洪般將這段話一口氣傾倒而出。

但我可不是華生啊！千萬別指望我會附和妳的說辭或表露出茅塞頓開的模樣，讓妳有機會順勢道出：「華生啊，你突破盲點了！」這番鄙視人的鬼話。

正當她露出一臉快說「我懂了」、「我懂了」的表情向著我，而我則以銅牆鐵壁般的沉默嚴加防禦時，一本書自她的外套和制服間的空隙掉了下來。

旋即，她露出了驚恐的表情想撿回那本書，可惜被我捷足先登。

我看著書的封面，懵懂霎時煙消雲散：「『第一眼就能看穿他的心』……」我將書名緩緩唸出，然後朱可欣的臉龐隨即像滾水裡的蝦子瞬間翻紅。

「還給我啦！」她伸出手將手掌朝上攤開，臉則微微低垂。

她的反應讓我覺得將書名唸出，是一個正確的決定。「這就是福爾摩斯的『煙斗』吧？」我掂著手裡的書，故意語帶調侃地對著她說。

「很囉唆耶！」她從我手裡一把奪回那本書，然後從書的夾頁裡取出一張撕下來摺疊過的筆記紙塞給我。「任務暫時結束，我要回去了。」

接著，她便轉過身快步地離開了我的視線。隱約可以瞧見她不時用手指背面觸碰自己的臉頰，應該是微微發燙的觸感吧？或許我不該這樣捉弄她。

太不成熟了。

每當和她相處的時候，我所堅守的某些原則，不知為何總會不自覺的瓦解掉。變得不太像我認知中的自己，然而我並不討厭這種改變，只是有些害怕。

催促上課的鐘聲噹噹作響。

我回到教室座位上，將折疊的筆記紙攤開，裡頭寫著的是關於侯棋玉的資料。

字跡還算娟秀，和那用立可白在我桌椅上亂塗鴉的筆觸大相逕庭，沒料到她用一般的筆來書寫，行字火侯倒還算是不錯。

根據她筆記紙上的雜記所示，侯棋玉的父母離異，目前在法律上撫養權落在父親身上，但父親是國立大學的知名教授，因為埋首於論文發表，很少回家所以其實她和父親的相處時間十分短暫。

母親原本是全職的家庭主婦，在離婚後租了一塊騎樓前的地擺起路邊攤，賣的是蚵仔麵線。營業時間從早上十點到晚上十二點。（PS．俗擱大碗，有夠好吃的啦！）

搞什麼啊？這傢伙情報裡頭還夾雜著這種莫名其妙的個人觀感，以為在寫美食推薦的部落格文章嗎？該不會還拍照打卡上傳ＦＢ吧？

母親和侯棋玉的見面時間同樣並不頻繁，也難怪畢竟營業時間挺長的，而且和一般學生的下課時間相互抵觸。除此之外，侯棋玉在放學後除了參加社團活動外，只有在每週三、五前往補習班聽課，補習課目則是英文和數學。

她不喜歡在速食店解決晚餐，多半在自助餐店搞定，很注重營養均衡蔬菜如彩虹般點綴著餐盤，而且徹底避開了所有油炸類和醃漬物，難怪皮膚那麼晶瑩剔透。看來我要向她努力看齊，因為最近皮膚有些乾燥呢！不知道是因為吃多了柑仔店賣的芒果青，還是速食店買一送一的大薯害的，真是糟糕啊。

確實是糟糕透頂了！為什麼在調查報告裡混雜著這麼多關於朱可欣妳自己的私人瑣事和內心獨白啊？現在都民國幾年了，連鄉下都找不到幾間柑仔店了吧？妳到底是去哪裡買的啊？難道妳房間的抽屜裡，藏著能回到過去的時光機嗎？如果有的話記得回到妳出生的醫院，看看負責接生妳的護士是不是不小心把妳的頭拿去掄牆了，才會導致妳的腦袋和腦震盪的豬如出一轍。

數度強忍著想撕毀這寫得亂七八糟的筆記紙衝動的我，總算顫抖著手讀到最後一行，然後如釋重負地將紙折回原樣塞進鉛筆袋裡。

上課中我反覆咀嚼著筆記紙上所載的內容，最後一段寫著侯棋玉多年來所養成的習慣，即是近乎病態式的按表操課。所有該做的事情，她都會將其輸入手機裡的行程表中，然後分毫不差地照著規定下的時間去執行。

一旦出現計畫表外的誤差，將會讓她不知所措，據調查某次有個老師將課堂對調，使得她排定的行程表產生衝突。放學後，她竟像著了魔似的在教室的座位上，不斷更改著手機裡的行程表，直到日落，直到夜霾，直到整間教室裡只剩下她一人。同時這一夜，好不容易調整好行程表的她也無意識地翹掉了補習。

過度依賴著行程表，而導致了類似於強迫症的症狀嗎？

在現在的社會裡，這種現象確實不虞匱乏，例如被戲稱為「低頭族」整天手都離不開智慧型手機的人，便是一例。又或者像中毒般不停歇地按著鍵盤上的F5按鍵，刷新著部落格或論壇頁面的人。

明明並沒有那麼想去做某件事，但卻如同成癮般不做又覺得渾身不對勁，而一直重複著對自己毫無意義的舉止，無庸置疑地這是一種內心寂寞的投射。

我轉頭望著不發一語認真聽課的阿音，或許我同樣有著這種強迫症的現象吧？只是病得和一般人不太一樣。

從另一個角度看，至少侯棋玉的強迫症讓她的生活過得規律且有效率。假設沒有太多的變數干擾的話，對她而言應該是利多於弊吧。

上午的課程消耗殆盡後，迎來了午餐時間。山葵高中是採用營養午餐的制度，換句話說就是跟小學生一樣，必須每個人如魚貫般排著隊依序打飯，同時班上每個人還得輪流擔任負責替人打飯的工作。

相較於大部分高中直接訂購便當的做法，一來有專業營養師安排菜色，比較健康，二來也可依個人食量多寡來作分配，減少食材有浪費或不足的現象。

今天，我並沒有輪到打飯班。用完餐後，因為教室前的洗手台擠滿了人，所以我特地繞到後面的班級仍空著的洗手台，去清洗餐盤碗筷。

「喂，這不是那個『眼鏡猴』的手機嗎？」

「對啊，我趁她去上廁所的時候從她的書包裡偷拿出來的。」

「有沒有什麼和男生間曖昧的訊息啊？」

「妳很八卦耶，都是一些無聊的事情啦！不是談社團的事，就是廣告簡訊。」

「還真是無趣啊。」

「眼鏡猴，沒有什麼人類的朋友吧？」

「哈……」

我透過洗手檯上的鏡子，瞧見從我身後有三個女生並肩走過。正確的說應該是擠在一起，中間的女生滑動著掌心裡的手機，另外兩個則分從左右兩側緊靠，很明顯地視線也是聚焦在手機螢幕上。

真正令我有些訝異的是，我見過那支手機。是侯棋玉的手機。

我別過頭目送著三個女生遠去的背影，心裡不禁想著是霸凌吧！莫非這就是侯棋玉最近心神不寧的原因嗎？我若沒記錯，午餐時間的下課，應該也有安排盯哨，可是目光搜索著附近的我卻沒瞧見朱可欣那鬼祟而又笨拙的身影。

哦，我看見她了。她正大快朵頤著午餐的肉醬義大利麵，應該每人限定一個的焦糖布丁，堆滿了她的桌上是從同班同學身上搜刮來的吧？

正當侯棋玉失常的線索明擺在眼前的時候，妳倒是吃得挺愉快的嘛！我想我必須鄭重修正我對妳的評語，妳不是一頭腦震盪的豬，而是一頭腦震盪又貪吃的豬、八、戒！

回過頭來，那三名女生已轉進教室內。我顧不得尚待清洗的餐盤，裝作行經走廊的路人晃過，用餘光偷瞄著那三人的舉動。只見她們笑盈盈地將侯棋玉的智慧型手機，鬆手丟入營養午餐的湯桶裡。

隨即捧腹笑得花枝亂顫，手機則被玉米濃湯徹底吞噬。

3

「咦，你說的是真的嗎？」

在社團教室106中，朱可欣拍著桌面激動地在我跟前奮力站起，露出一臉彷彿不敢置信的神情，又夾雜著幾分義憤填膺。

「句句屬實。」

「難怪下午跟監的行動，感覺她好像被烏雲籠罩一般，表情超陰鬱的啦！原來發生了這種事情……」

劉哲宇則露出一抹原來如此的笑容道：「難怪下午棋玉她幾乎沒有拿出手機來查看行程表，我還正覺得有古怪呢！搞了半天，是這麼回事啊。」

「那三個『破麻』在哪裡？」楊原靖十指交錯左右晃動，弄得骨骼關節處格格作響。「我要讓她們為她們的所作所為付出代價！」

「哈，還真是標準的野蠻人想法啊！嫌警察局進得還不夠多次嗎？」

「劉哲宇，你這傢伙！」楊原靖一把揪住劉哲宇的領口，額上則浮冒出青筋。這一幕對我來說似乎有些司空見慣了。

「怎麼啦，被我戳中痛處了嗎？以為有『少年法』撐腰，就能肆無忌憚地訴諸暴力嗎？」

「我不過是要替她討回公道。」

「那不過是你的自我滿足罷了，義氣、鬥毆，不愧是出身『陣頭』的流氓啊！滿天神佛都在為你的愚蠢而嘆氣呢！」

「不准你汙辱陣頭。」

楊原靖一拳正要揮向劉哲宇的左臉，朱可欣立即大喝阻止：「不要吵了！我說你們兩個每天弄得這樣火藥味四起很有趣嗎？既然知道棋玉有困難，我們應該設法幫忙她才對啊，現在並不是內鬨的時候。」

「嘖。」在朱可欣的喝斥下，楊原靖放下拳頭同時鬆開了手往牆邊走回。劉哲宇也不再火上加油，用雙手抖了抖被弄皺的制服上衣。

這時，手裡拿著一袋洋芋片一邊往嘴塞一邊走進來的涂智寶，帶來了一則出人意表的消息。

「我剛才在走廊上遇見了棋玉，她說今天有事不能來排演，很抱歉昨天忘了先跟我們講，要我代為知會一聲。」

「什麼！她離開很久了嗎？」朱可欣焦急地追問。

「大概出校門口了吧？」涂智寶半帶推測回答，同時還不忘往嘴裡送進洋芋片。

只見朱可欣俐落抄起放在椅子上的書包，斜揹上身。「我要去跟棋玉展開一場woman's talk，你們自己排演吧！」旋即，像冒失鬼般衝出了社團門口。

一直趴在桌上昏睡的張佳慧忽然醒來，挺直背脊環顧四周，然後睡眼惺忪道：「副社，還沒來啊？」緊接著又一頭栽進手臂拱成的枕頭裡。

4

時間是晚上六點鐘，窗外的黃昏彷彿正和霓虹燈交接著照亮街道的重責大任，我喝著桌上無限暢飲的檸檬水，打開菜單準備點選一份簡餐。

雖然不是什麼節慶或聚會，但偶爾也想一個人奢侈一下。

這間名為「十四橋」的餐廳，裝潢十分雅緻在古味裡卻又融入了幾分時髦的元素，堪稱是學校附近極有品味的一處用餐名舖。牆壁上還掛著幾幅抽象畫和以草書龍飛鳳舞題品的詩句，其中一幅則將店名緣由娓娓道來。寫道：「自作新詞韻最嬌，小紅低唱我吹簫，曲終過盡松陵路，回首煙波十四橋。」

這首詩出自南宋著名文人姜夔的手筆，深入淺出，清幽深邃，令人臨詩如觀景無不神往其中。

本來應該是這樣的，偏偏店門口外面有個形跡可疑笨手笨腳的傢伙，躲在店門口豎立於人行道和馬路中間的立燈看板。時不時地映入眼簾，煞是煩心。

她之所以會出現在這裡，是因為侯棋玉也在這裡。坦白講，我剛進來時並沒有發現這點，因為正值用餐時間店內高朋滿座，若不是瞧見她在外探頭探腦，我不會去關注別桌的客人究竟是什麼來歷？自然也不會發現侯棋玉在這裡。而且她就在我的後一桌，背對著我。

「麻煩你，我要一份米蘭風味溫火烤羊膝。」

服務生收走菜單，不久後替我上了開胃菜、一籃餐包和一盤田園沙拉，這些都是附贈的餐點。

戴著貝雷帽、口罩和一副墨鏡偽裝自己的朱可欣，似乎是發現在窗邊用餐的我了，用壓著肚子宣示挨餓或環抱雙肩象徵晚風寒冷等賣弄悲慘的動作，企圖博取我的憐憫。可惜我手邊沒有牛奶，妳也不是無辜的小貓，即使兩者皆是，也絕非是善良的施捨，而是單純想看到妳因為乳糖不適症而拉肚子的慘況。

路人開始對她投以詭異眼光，哪怕神經大條如她應該也可以感覺那些極富侵略性的視線，於是不得已對著圍觀的路人陪笑，並且主動編織些藉口搪塞以化解隨時會被關切的尷尬。真是可憐啊，這樣也沒辦法如願跟監了吧？

烤羊膝上桌了。

我準備開始盡情享受這份大餐，至於朱可欣就讓她餐風飲露吧！正當我低頭動刀叉時，忽然眼角餘光瞥到裝著餐包的竹籃竟然在移動？

猛然抬頭，她竟將餐包一口接著一口塞進嘴裡，臉上還露出了滿足的表情。

桌上則橫躺著不知何時被卸下的墨鏡和口罩。

「喂，妳……」

「噓……」

朱可欣將食指豎在嘴唇，又指向身後正背對著我們的侯棋玉，暗示我要壓低音量不要被發現了。然而我的注意力卻集中在她那沾著餐包奶油的嘴角。

善於察言觀色的服務生，很有效率地送來了第二份菜單。

朱可欣則興高采烈地翻閱著菜單，我壓低音量道：「妳有帶錢吧？」

「我要一份泰式香茅海陸鍋和一個香橙鮭魚，再加一個羅勒牛肉，飲料就一壺玫瑰花茶，甜點要黑森林蛋糕。」

「好，會盡快為您送上。」服務生記下菜色後，收回菜單往廚房走去。

為了慎重起見，我再次詢問了朱可欣：「妳應該有帶足夠的錢吧？」

她又將我擺在旁邊的田園沙拉整盤端走，然後一面將切成細絲的紫萵苣用叉子送進嘴裡，一面咀嚼道：「用餐的時侯不要講話，沒家教。」

難道突然坐到我的對桌，然後毫不留情地將我的前餐搜刮殆盡，一掃而空的妳會來得比我有家教嗎？妳又不是我的誰，我可沒義務請妳這一頓。

正當我打算再度打開話匣子發動連珠炮火時，門口懸掛風鈴聲隨著歡迎光臨的問侯清脆作響，一個男人自我和朱可欣身邊經過，坐到了侯棋玉的對面。

一個眼神互換，我和朱可欣共識已成。

保持安靜。這個西裝筆挺帶著鑲金邊眼鏡的男人，或許正是關鍵所在！

我倆屏氣凝神豎起耳朵，仔細地聆聽著侯棋玉和那個男人的動靜。

首先打破沉默的是那名男人。「妳似乎來早了，這樣不就浪費了時間嗎？」男人簡單瀏覽過菜單後，不消片刻便完成了點餐的動作。

侯棋玉雖然慢了一些但也不遑多讓，感覺上似乎很趕時間不允許有絲毫耽擱。

「抱歉，我的手機壞了。所以行程表也無法查閱，忘記到底是約了幾點，只好提前來等。」

壞了，而非是遺失了。這麼說來，手機最後還是從玉米濃湯的湯桶裡被打撈起來了囉？但詳細的獲救過程卻不得而知，或許是誰盛湯時撈中大獎了吧？

「我耳提面命過多少次了？Time is Money，要妥善安排自己的時間，在這個競爭激烈的時代能夠將每一分鐘發揮到最大價值的人，才是贏家。」

「對不起，爸。」

原來這男人是她的父親。

「妳有將行程表備份到雲端嗎？」侯爸將手伸向西裝胸前的暗袋，準備掏出手機。應該是打算替侯棋玉從雲端將行程表下載下來吧。

「沒有。而且手機店的員工說送回原廠維修要三天的時間。」

「換句話說，接下來妳將有4320分鐘在毫無安排的情況下度過嗎？真是頹廢、糜爛，不知所謂。」侯爸又縮回了手。

侯棋玉往前微傾了頭，似乎很受打擊。「我會盡量回憶起這三天該做的事。」

「以後別再犯這個錯誤。」

「我知道了，爸。」

接著父女兩人聊了一些彼此的瑣事和生活見聞，但侯棋玉的態度始終十分恭敬而未踰矩，這樣觀來侯爸無疑是名教女甚嚴的嚴父。

正當我聚精會神地觀察著他們兩人的互動，企圖從中探出些蛛絲馬跡時，朱可欣則用筷子在送來的小火鍋裡翻啊翻的，還不時發出被燙到的呼氣聲，將我認真蒐證的氛圍破壞得一蹋糊塗。

「妳到底是來吃火鍋還是來跟監的啊？」

我按捺不住情緒抱怨著，當然是刻意地壓低了音量。

「你懂什麼啦，我這叫明吃火鍋，暗地偷聽，以合法掩護非法啦！」她一邊說著，一邊將從鍋裡夾出的冬粉在碗中攪拌著沙茶醬後送入口腔。

明修棧道，暗渡陳倉嗎？我可不認為妳那如三葉蟲化石般凝固的水泥腦袋，能夠運算這種高難度的事情。不管從哪個角度看，妳都只是一臉滿足地吃著火鍋而已啊！要是情況允許的話，我真想用叉子叉起烤羊膝，然後塞進妳的嘴裡，大喊著「吃啊、吃啊，撐死妳這頭豬八戒。」不，應該是「撐死妳這頭供桌上的神豬。」似乎更加貼切。

親眼看著朱可欣由腦震盪的豬變成豬八戒，再由豬八戒進化到供桌上神豬的過程，我彷彿搖身一變成為豬隻飼育員一般，正在見證著人類與豬相似的極限。

啊，真想在她吃完後往她嘴裡塞顆橘子。

須臾，侯棋玉跟她父親的餐點也送上，若沒看差應該是牛排吧。但詳細的部位和品名就不得而知了，畢竟我的眼力還沒有如此出神入化。

「是沙朗牛排跟肋眼牛排的味道耶……而且一個是美國牛，一個是澳洲牛……好香喔，可惜桌子已經擺不下了……」

我驚訝地望著眼前抽動著鼻子的朱可欣，這個傢伙果然是超越我所能理解程度的生物。

她的意思是雖然桌子擺不下了，但是胃裡還有足夠的空間可以容納嗎？還有她到底是怎麼分出美國牛跟澳洲牛的差別，難道是吃玉米跟吃牧草的差別嗎？我竭盡全力壓制下滿腹疑惑，我可不想被她牽著鼻子走。

「妳手上的繃帶是怎麼一回事？」

因為牛排上桌，使得侯棋玉一直藏著桌下的雙手不得不拿起刀叉在桌面上舞動著。侯爸自然而然會發覺到女兒的手上纏著繃帶，對此我仍有些愧疚。

「上體育課的時候不小心扭傷了。」

我很清楚這是謊言。

「像體育課這種只是拿來填補課表空隙的東西，隨便敷衍過去就行了。反正即使成績再差也沒人會在乎，這一點我應該提醒過妳很多次了。」

「抱歉。」侯棋玉再次低下了頭，手裡刀叉同時陷入凝滯的暫停中。

「好了，我應該說過能夠用一分鐘做好的事，就別用兩分鐘去解決。」

「是的，我知道了。」

侯棋玉再度使用刀叉切割著鐵板上的牛排。

但侯爸看樣子是沒打算停止說教，又接著開釋長篇大論的道理。

「上帝唯有給予人的時間是公平的，無論貧窮或富有一天都是二十四個小時，因此能夠有效率地應用時間的人，才能出類拔萃……」

為了避免舉止太過於不自然，我暫時轉移開視線並享用著我的主菜烤羊膝，外酥內嫩放進嘴裡旋即在舌間化開回味無窮，或許形容的有些誇張，但這美味卻是無庸置疑。

可是我怎麼也沒設想到，僅僅在這視線挪移開的一瞬間，竟發生了徹底出乎我預料外的變生肘腋，猛然抬望頭的我視線就這麼僵在半空。

視線盡處，是手裡還拿著盤羅勒牛肉的朱可欣，氣沖沖地站在侯棋玉的餐桌旁用叉子將熱呼呼的牛肉，塞進嘴角邊一片油膩膩的口腔中。

她用含糊不清的口語向著侯爸這麼說：「你到底讓不讓人好好吃飯啊！」

可以麻煩妳先把嘴裡的東西嚥下嗎？我不禁在心裡吶喊著。

「哦，請問我哪裡妨礙到妳了嗎？」侯爸提出這個疑問的同時，也放下了手裡的刀叉，並且用餐巾紙稍微擦拭了嘴邊。和朱可欣霎時形成強烈的對比。

「不是妨礙到我，而是妨礙到棋玉了。你一直碎碎唸，這樣她怎麼能好好吃東西好好消化，要是消化不良的話可是會生病的。」

就為了這個無聊的理由，所以妳衝上前去自曝行蹤嗎？我真的不敢置信。

「妳是我女兒的同學？」侯爸則一面說，一面將目光瞥向侯棋玉，但她卻只是微低著頭緊抓著制服的衣襬，不發一語。「同班同學？」

「我是她社團的朋友。」

朱可欣捉著叉子筆直向前一揮，彷彿儀隊用軍鎗宣示般的堅定。

「我可不承認這種有跟蹤狂癖好的朋友。」

「咦？」

面對侯爸突然射穿鏡片露出來的凌厲目光，朱可欣顯得有些慌張失措。果然她根本沒有想好該如何應對的套路，就魯莽地披掛上陣了。

「從剛才我就覺得不對勁了，因為那個跟你同桌的男生一直將視線投過來，即使有所掩飾，但還是很容易識破。」

嘖，原來行跡敗露是因為我的關係嗎？

「還有妳……」

侯爸又轉頭將視線鎖定在朱可欣身上，東窗事發的朱可欣則一副做賊心虛的模樣，不斷將盤裡的牛肉往嘴裡送塞了滿口，試圖遮掩緊張的心緒。

「吃東西的動作太過誇張了，簡直像豬附身一樣，根本是欲蓋彌彰。」

不，您誤會了。我想這傢伙平常的吃相就是這副德性吧！

「你說誰吃東西誇張啊？是你們吃東西太『假掰』吧！」

怎麼妳反駁的重點是這個嗎？原來這句話比豬附身更令妳覺得不能夠接受嗎？

「我對妳的家教問題沒有興趣。跟蹤我女兒的目的是什麼？」

「只是剛好遇上而已，才、才沒有跟蹤咧。」

瞧見朱可欣不打自招的反應，我忍不住用手蓋著額頭和眉眼之間，沮喪地閉上眼，然後偏著頭吁嘆一聲。即使是不通曉行動心理學的我，也能一眼看穿。

「少敷衍我，妳想到警局喝咖啡嗎？」

面對侯爸盛氣凌人的詰問，我決定挺身而出。「我們是出於對令嫒的關心，才會尾隨在後面的，請不要加諸無謂的猜想。」

「是嗎？聽起來就像是企圖脫罪的推諉之詞？我女兒有什麼值得讓你們擔心的嗎？」

正當我猶豫著是否要講出，侯棋玉近期失常和遭受霸凌的情況時，眼角餘光瞄到了侯棋玉雙眼裡流轉的眼波所要傳遞的訊息，「什麼都不要說！不管知道些什麼，拜託，一個字都不要說出口。」

「其實棋玉的手傷是我造成的，所以我很擔心是否會影響到她的生活。」

權衡之下，我用了這個藉口來規避麻煩，但這同時也是我的實話。

侯爸凝視著我的眼眸良久，然後道：「我姑且相信你。那麼這位女同學呢？難道我女兒的傷跟她也有關係？」

我握拳伸出大拇指，指著旁邊已經將一盤羅勒牛肉全數塞進嘴裡的朱可欣道：「本來負責在體育課擔任守門員的是這傢伙，後來因為太過貪吃在午餐時吃了太多布丁導致拉肚子，情急之下只得臨時請棋玉代替。射門的時候因為我太過用力而使得棋玉的手因此受傷，非常抱歉。」

趁著這個機會，我順理成章向侯爸道了歉，但真正道歉的對象卻是侯棋玉。

對於我臨時杜撰的藉口，朱可欣則是嘟著嘴瞪我。或許是在意我闡述她吃布丁的那個部分吧？但是唯獨這一點符合事實啊。

就在這個時候，侯爸的手機鬧鐘倏然響了起來。

似乎在催促著該去執行某些事情了，他並沒有查閱手機內容，只是再度望向侯棋玉：「假如有什麼不方便告訴我的事，可以去找妳媽談談，別什麼事都藏在心裡面。」

侯棋玉微微點頭，卻沒有再回覆什麼。

「我還有事要處理，既然是我女兒的朋友，就請你們代替我陪她吃完這份晚餐吧。」侯爸隨後拿起帳單起身穿過我和朱可欣，邁出數步然後嘎然停止在我們的桌旁，背對著我們。

「對了，你剛才體育課踢球導致手傷的講法是假的吧！」

這記突如其來的回馬槍，令我一時手足無措，竟連辯解都開不了口。

「剛才那個女孩對我『是不是同班同學』的問題，卻回答了『是社團朋友』的答案，一般來講假設是同班的話，只要回答『是』或『沒錯』就行了吧？代表她跟棋玉不是同班，既然如此棋玉就不可能在體育課時接替她原有的位置，成為守門員。」

糟糕了，我所羅織的謊話竟有著這麼明顯的一個破綻。被拆穿了，該怎麼辦？

「雖然體育課的事情是假的，但朋友卻是真的。」侯爸拿起擺放在我和朱可欣桌上的帳單。「這頓飯就當作請你們陪我女兒的謝禮吧。」

凝望著侯爸在櫃檯付帳後離開的身影，我有種輸得一蹋糊塗的感覺佔據了渾身上下。即使是優等生跟有社會歷練的人相較下，還是難以望其項背。

侯棋玉冷不防綻出一抹複雜的笑，幽幽道：「我爸很讓人討厭吧？彷彿能洞悉所有你不希望被看穿的事，然後用一副不以為然的模樣說出。但希望被看穿的事，卻又裝得好像什麼都沒察覺似的。大人真是狡猾啊……」

我默默地俯視著吐出這些話的侯棋玉，忽然有些感概和惆悵，原來被苦惱囚禁的人並不只有我一個，每個人或許在心扉深處，都有這麼個既希望人踏進卻又不希望人踏進的矛盾角落吧？

我記得有個詞專門用來稱呼這個角落，好像叫做是——祕密花園。

5

一盞街燈將光昏黃又稀微地灑落在被夜色擁抱的鞦韆上，手裡的優酪乳還冒著汗逐漸遠離冰涼，我等三人則在廢輪胎打造的鞦韆上輕輕地往前後規律搖擺。

這座公園坐落於學校附近，每隔幾年就會翻新一次，但唯獨這鞦韆始終保持著用廢輪胎製作的樣貌，其餘設施則是與日俱進總變換著不同的面相。聽說這背後有隱藏著一個漸漸被遺忘的故事，可惜現在我卻想不起來了，這故事就是這樣慢慢被遺忘的吧？

「妳被欺負了吧？」

我佯裝作不經意地的態度，望著夜空道出這句話，其實我深思熟慮了許久，最後還是決定單刀直入，不採用迂迴的方式詢問。

「才沒有呢。」

侯棋玉語氣堅定地回應我。

「中午我看見了妳的手機被人丟進了營養午餐的湯桶裡。」

「是不小心掉進去的。」

「我親眼看見她們一副嘻皮笑臉的模樣，將手機丟進去的。」

「你看錯了。」

「是這樣嗎？」

「是的。」

「真的是這樣嗎？」

「沒錯。」

在如拋接球一來一往的對話過程中，我始終將視線凝結在半天的夜空裡，而侯棋玉也沒瞧著我，因為我一直沒有感覺到她的視線聚焦在我身上過。

這時，我有一股深刻的違和感與疑問驀然湧上心頭，坐在我和侯棋玉中間的朱可欣為何維持著緘默呢？難道她已預料到我的這番詰問，將是徒勞無功？

「呼……」我循著聲轉頭望向中間的鞦韆，眼簾裡所映照的竟是朱可欣頭靠著鞦韆的鐵鍊條，打瞌睡的愚蠢模樣。

喂！有沒有搞錯啊？妳這傢伙竟然睡著了！說要調查侯棋玉的不是妳嗎？說要釐清真相的不也是妳嗎？在這重要關頭竟然是我衝鋒陷陣，而妳卻在夢周公。莫非妳前生真的是一頭吃飽睡睡飽吃的神豬來投胎轉世不成嗎？哇啊，口水都從嘴裡溢出來了！不對，妳身體怎麼開始傾斜了，握著鍊條的手別鬆開啊，更重要的是別往我這個方向倒過來啊！

撲的一聲，我還是出於本能接住了往我斜前方倒過去的某頭豬，旋即褲子被黏稠的液體放肆橫越，大腿處頓時感到一陣溼濡緩緩蔓延開來。我突然有種想從豬隻飼育員轉職成屠夫的衝動，好名正言順地宰了眼前這隻豬。

刀呢？我的殺豬刀呢？為何手裡只有一瓶喝完的優酪乳，連用來潑醒這頭豬都無法做到？

忽然那頭豬似乎開口說出了人話：「媽，再讓我多睡五分鐘啦……」

我錯了，我徹底的錯了，豬嘴裡是吐不出人話的！還有誰是妳媽啊！我決定順從發自內心的渴望，於是揮動著手掌像用刷子將烤肉串來回塗刷一般，控制著力道輕輕地在那頭豬的臉上甩著巴掌。

「醒過來、醒過來、醒過來、醒過來……」我一邊呼巴掌一邊像持咒般誦唸。

終於神明顯靈可欣回魂讓豬隻緩緩恢復成人形，隨著臉頰逐漸紅腫，不，讓我修正一下用詞，應該是泛起紅暈，她總算慢慢地睜開了惺忪睡眼。

「這裡是哪裡啊？」朱可欣一臉呆滯吊著死魚眼，轉動僵硬的頸子環顧四周。「嗚……臉好痛喔，我夢到有隻大魚用尾巴打我巴掌難道是真的？」

我將朱可欣推回鞦韆上。

本以為她會受到些驚嚇但卻是面無表情，於是我也重回鞦韆上坐著。

「哇，你幹嘛啦！」朱可欣平靜的臉龐忽然像掀起驚濤駭浪般，扭曲在一起滿臉驚恐地轉向我這邊興師問罪。「突然那麼用力把我推過來，嚇死我了。」

喂，現在受到驚嚇的人應該是我吧！

妳的反應整整慢了一拍耶，不是在我推妳回鞦韆的過程中就應該覺得害怕嗎？怎麼反倒是坐定位置後過了半晌，才出聲尖叫啊。

「哈……」突然一陣笑聲打斷了我和朱可欣，我們朝著另一邊的鞦韆望去。「副社，妳真的很有趣呢！」說出這段話的是捧腹大笑的侯棋玉，眼鏡鏡片下的眼角似乎還擠出了幾滴笑淚。

「哎呀，還好啦，不要這麼說嘛，我會不好意思的。」朱可欣害羞地用手掌搔抓自己的後腦。

我立刻上膛補了一鎗：「我想她不是在稱讚妳。」

侯棋玉盡情以笑宣洩後，低垂著頭看著鞦韆下的沙坑，以小小的鐘擺搖晃著。

「很謝謝你們特地跑來找我，但我真的沒有什麼事。雖然阿蕊她們三人有時會把我的書包藏起來讓我找不到，每次向導師報告後，書包卻又會離奇地回到座位上。有時則是把我的運動外套丟上很高的樹上，讓我拿不下來，而整個體育課都在樹下跳啊跳的。有時又會在掃地時間故意在我打掃的區域打翻飲料，或者趁我上廁所時，用東西堵住門口不讓我出去。但我真的沒有被欺負，只是有時候會覺得有點苦惱而已……」

不，以一般的普世觀點來講，這毫無疑問是被霸凌了吧？「我覺得……」正當我想要將心中所想化作語言娓娓道出時，朱可欣卻捷足先登。

「原來是這樣啊！那我就放心了。」

妳在放心什麼啊？拜託，收拾妳那蠢到極點的笑臉好嗎？不管從哪一個角度來看這都是被欺負了吧？

「喂，我說……」

「本來就是你們瞎操心了嘛！所謂的霸凌，應該是指被掃把做成人肉串晾在教室後面上課，或者被一群人引誘至廢棄工廠盡情蹂躪，再不然就是被迷昏後醒來發現自己身上有奇怪的縫線，少了幾個器官之類的吧。」

妳所提出的例子根本遠遠超出霸凌的程度啊，達到重度犯罪的領域了吧！妳平常到底都在吸收些什麼詭異的知識啊，才導致這種奇怪的價值觀產生。

「喂，聽我說……」不能讓侯棋玉抱著這莫名其妙的認知，一直被欺負下去而沒有自覺，難道她的班上沒有人挺身而出開導過她嗎？

突然朱可欣一個擺盪從鞦韆上，跳到前方落地還擺出體操選手的姿勢。「朱可欣選手，十分。」

嘖，現在是玩耍的時候嗎？

假如侯棋玉不是女生的話，我真想衝過去揪住他的衣領朝著他大吼「你被霸凌了」、「你被霸凌了」、「你被霸凌了」，給我認清現實吧！

在我沉溺於自己的異想時，朱可欣驀然回首朝著侯棋玉道：「明天放學後，要來參加社團活動喔！」

侯棋玉露出有點猶豫的表情，應該是因為不確定明天到底有沒有空檔吧？但最後還是輕輕地頷首。

「嗯。」

「拜拜啦！」朱可欣向侯棋玉擺出燦爛的笑容揮手道別，然後衝向我抓起我的手臂，將我一同拉離現場。「跟她說拜拜啊，說拜拜。」

幹嘛用那種天線寶寶的口吻對我下指令啊？我可不是學齡前的三歲小孩。算了，反正嚴格來講跟我又沒關係，要玩這種互舔傷口的遊戲隨便妳們吧！

我甩開朱可欣的手，逕自往前離開了這座公園。朱可欣再度道別後，用小跑步追上了我。背後是否有著侯棋玉的視線相隨，我已不在乎了。就一個人頹喪地垂著頭讓悲慘的燈光打在妳身上，獨自承擔這無處可話的淒涼吧。

在人煙稀微的街道上前後並行了一陣後，朱可欣主動向我搭了話。

「你一定覺得不能接受吧！」

誰能接受呢？雖然我不是一個正義感作祟愛強出頭的人，但既然蹚了這趟渾水，這樣的結果要我如何接受呢？

「但是不是被霸凌這件事，應該尊重她個人的主觀意識。」

什麼啊！難道妳想說她是個M屬性，所以被欺負時很樂在其中嗎？還是推託責任的大人們常用的他們幾個不過是在玩，這種企圖扭曲事實的陳腐藉口。

「你覺得侯棋玉是一個怎麼樣的人呢？」

我清楚地聽到背後的朱可欣停下了腳步聲。

於是我回過頭去，她的表情在剎那間變得陌生。「重要嗎？」

「是的，很重要。」

我似乎有些被她認真的模樣震懾住，插在口袋裡的手不知何時掏了出來，但我還是壓抑住內心的悸動，裝作一副漫不經心的口吻回答。

「大概是個很精明能幹的人吧？至少我第一眼看到她的時候是這麼認為的。」

「那你覺得會被霸凌的人，大多是什麼樣子的呢？」

「軟弱、膽小，不擅長交際，在團體裡被孤立的人吧？」

未經思索的話反射般脫口而出，但我很快便察覺了這回答跟我的上一句話很明顯產生矛盾的情況。

朱可欣嘴角忽然勾勒出一抹笑意：「你知道癥結所在了吧？第一，『軟弱、膽小，不擅長交際，在團體裡被孤立的人。』才會被霸凌，打從一開始就是個錯誤的假設和既定印象，是絲毫不符合現況的以偏概全。精明能幹的人、充滿正義感的人、行為詭異的人，排擠別人的人，會被霸凌的人是各式各樣包羅萬象的。若真的要從中硬找出一個共通點，大概就是同樣屬於弱勢的一方吧。」

「弱肉強食嗎……」我淡淡地感慨著。

「第二，或許在欺負棋玉的人看來，也許她正是軟弱、膽小，不擅長交際，在團體裡被孤立的人也是有可能的。畢竟現在真正的自己，希望展現在別人面前的自己，以及所憧憬的自己都是不一樣的吧！」

我靜靜咀嚼著朱可欣的話，或許她的論調不無道理，例如在父母親面前沉默寡言的孩子，在跟朋友哈啦時可能是辯才無礙。而在家裡裝出一副山大王模樣的傢伙，在外頭可能是連氣都不敢吭一聲的弱雞。

在社團裡瞧見的侯棋玉是精明幹練的，在教室瞧見的侯棋玉是冷漠沉著的，在餐廳瞧見的侯棋玉是畢恭畢敬的，而這些都是侯棋玉她所呈現出來的自己。

「話說回來，我似乎見識過很多個截然不同的侯棋玉了。」我搔搔頭。

「對吧？」

朱可欣將雙手負在身後，微彎著腰衝著我燦爛一笑。

「那麼妳究竟想說什麼呢？」

「你知道在我心裡的侯棋玉是個什麼樣的人嗎？」

「我又不是妳肚子裡的蛔蟲，怎麼可能會知道呢！別賣關子了，我可沒打算浪費寶貴的光陰去買。」

「我覺得侯棋玉的本質是一個很溫柔的人。」

「溫柔？」

不得不說用這個詞彙來形容侯棋玉，著實令我大感詫異。

「因為溫柔，所以她在風氣散漫的社團裡，成為了精明幹練的侯棋玉；因為溫柔，所以在好不容易撥冗見上一面的父親面前，成為了溫順聽話的侯棋玉；因為溫柔，所以在被班上同學欺負的場合裡，成為了忍讓沉默的侯棋玉；因為溫柔，所以在我們表達關懷之情的時候，成為了自欺欺人的侯棋玉。這一切不全都是出自於她不希望造成任何人麻煩的溫柔嗎？」

這一番獨到的見解在我腦海裡縈繞許久，而我卻不知道該如何回應？所以我們該繼續成全她的溫柔，讓她一直這樣下去嗎？

「但這溫柔已經漸漸變質了……」

朱可欣的神情倏然變換，一襲哀傷自臉龐上流露而出，視線則轉往遙遠彼端。

「變成了什麼？」

「一個依賴，為了逃避而衍生的依賴。」

「我不懂這是什麼意思？」

「很快你就會明瞭了。」情緒不變的朱可欣乍然回望著我，露齒微笑。「今天我也見識到了很多個截然不同的質數男喔！拜拜啦。」

「喂！」她轉身頭也不回地往街角一方離去，我伸出的手仍抓不住她的背影回眸，最後我沒有選擇追上去，而是讓她默默的消失在我眼前。

見識到很多個不同的我嗎？我倒是沒有這個自覺，一直以來我始終覺得自己已和質數無異。

一個人的本質嗎？

若真的有連我自己本身都沒意識到的我的本質，還真希望有個人能夠看穿呢！

一陣颼然颳起的晚風，捲起了蕭索，讓我睜不開眼睛。萬籟俱寂的街道上，只剩號誌上的兩人或站或走，同我在風中駐足原處。

有點冷呢！

阿音，你也是這麼覺得嗎？

6

翌日，在放學後的社團時間，排練的是羅密歐為了一睹羅瑟琳芳容而來到死對頭卡帕萊特家族所舉辦的舞會裡，卻意外對偶遇的茱麗葉一見鍾情的一幕。

「我等不及要見羅瑟琳了。」

「來吧！在場的男士們，請盡情舞動身軀，並且放肆地大快朵頤和飲酒作樂一番，讓自己徹底沉浸於其中恣意享受吧。而現在，請各位女士們跟隨著音樂翩然起舞吧！」

在飾演羅密歐的朱可欣以及飾演卡普特公爵的涂智寶，結束屬於各自的台詞後，緊接著上場的是飾演茱麗葉的黎青辭，用指尖拉提著兩側裙襬，自教室外緩緩走入。

真不愧是阿辭啊！我不禁在心裡暗自詠嘆著。

落落大方地姿態彷彿像是真正的貴族千金一般，一顰一笑是演繹地如此渾然天成，即使用入木三分來形容也不為過。

這次的相逢並未如我預料的尷尬或者不自在，阿辭也似乎刻意與我保持距離，偶爾眼神接觸時，她只是輕輕地點著頭或者回以淺淺一笑。

還是這麼善解人意，但我倒希望她能來質問我為什麼披上了與她形同陌路的斗篷，將往日情誼隔絕於外。這樣或許我內心的愧疚就能減輕一些。但她始終沒來問過我，只是默默地選擇接受。

這是她的體貼，也是她的殘酷，然而一手造成這一切的人卻是我。所以無論是體貼或殘酷，我都沒有一絲置喙的資格，永遠都沒有。

「那名小姐是誰？她比皎潔的明月更唯美，宛如漆黑烏鴉群中閃耀的一點白鴿脫穎而出，在遇見她之前，我從未真正的愛過。」飾演羅密歐的朱可欣道。

接下來是我所飾演的提伯特，也就是茱麗葉的表哥，在賓客中發覺到了敵對蒙特克家族的羅密歐，因此產生了殺意，決定一舉除之而後快。

「是蒙特克家族的人！將我的劍拿來，我要殺了他。」

正當我講出這句台詞時，忽然社團教室外傳來陌生聲音：「那個，請問侯棋玉學姐在嗎？」一個身著同校制服的女生，一手壓靠著門緣往教室裡頭探問。

「抱、抱歉……」

嘴裡不斷低喃著道歉，倉皇失措地將書包整理後，蹙眉離開社團教室的侯棋玉，那襲惶惶如驚弓之鳥的背影，至今仍深深雋刻在我的眼簾裡歷歷在目。

事情的肇因並不是多曲折離奇，純粹是她遺忘了曾在上個星期答應了要幫忙整理二年級的教材室。

應該是因為手機遭到毀損，使得行程表無法查閱而導致了這一次的衝堂事件吧！

對於一般人來講，倒也不是多大不了的事，但寫在她臉上的驚恐卻令觀者感到顫慄不安。或許是因為她對行事曆的依賴程度，已到了幾乎強迫症的程度吧。雖然盡力壓抑著自己心裡的忐忑，但在旁人看來卻仍是顯而易見。

因故中斷的排練現場，在侯棋玉離開後頓時陷入一片鴉雀無聲。

涂智寶從抽屜裡拿出筒狀的洋芋片，撕開紙封，將洋芋片傾斜地倒入自己口中卡滋卡滋咀嚼著，這種誇張的吃法，我還是第一次見識到。

「棋玉，今天還是一直在翻書包呢！明明手機都送修了，但這個習慣似乎還是戒不掉呢。」一面咬著洋芋片的涂智寶，一面打破了現場沉默的氛圍訴說著自己的觀察所得。

劉哲宇還是依然故我，一臉輕蔑地笑著道：「長年養成的習慣可沒那麼容易改變，還會持續混亂好幾天吧！簡直像是毒癮發作似的，真夠慘的。」

「平時她查閱手機行事曆的頻率，就高到很異常了。沒想到失去手機之後，這慣性的動作更變本加厲，即使毫無意義。」

楊原靖依然盤著胳膊，將背靠在教室後的牆壁上。仿若這牆壁所在的方寸，才是真正屬於他本人的座位。

「我想……」黎青辭輕輕豎起掌，示意發言。「假設侯棋玉同學真的有過度依賴手機的強迫症的話，是否該趁著這個機會幫助她矯正呢。雖然這也不是什麼罕見的文明病，但對她的生活和健康狀態畢竟還是有不良的影響在。」

倏然周遭的視線全聚集在阿辭身上，氛圍在短暫凝結後被她那雙無瑕的雪眸，所瓦解消融。

涂智寶又塞進一口零食道：「哈哈，棋玉跟一般手機成癮的低頭族可是不一樣的喔！讓她著魔的可不是手機本身，而是裡頭的行事曆啦。」

朱可欣也雙手插著腰，尖聲附和道：「沒錯、沒錯，而且我嚴重懷疑啊，是被她老爸帶壞的啦！昨天跟蹤她的時候，她老爸就一直強調什麼時間安排什麼鬼的……」

緊接著劉哲宇、楊原靖也敞開心胸加入討論中。

阿辭她所流露出對別人的真心關懷，即便在還不甚熟悉的人面前，也能輕易地鬆懈陌生人所架設的防禦圈。凝望著這樣的她，我不禁感到有些放心。

「好，決定了！」

朱可欣突然手掌奮力往身邊的桌面上一拍，如驚堂木般敲醒了一直置身事外的我。說到這，張佳慧似乎也還是一如既往趴在桌上不為所動地酣睡著。

「要執行B計畫。」

「那A計畫是什麼？」頓時眾人異口同聲地發出了疑問。

這時，被大家滿是疑惑的視線所化成的長矛，自四面八方毫不留情扎成刺蝟的朱可欣瞬間紅了臉，彷彿血染周身卻屹立不倒的武藏坊弁慶。

然後用極其拙劣的日語嘶喊：「烏魯賽油～～」接著說反正不管如何，就是要執行B計畫、B計畫就對了啦。嘖，還真是個任性的傢伙。

到了最後，其實大家還是不太了解朱可欣所謂的B計畫，具體內容到底是指什麼？總歸一句話，不能放任侯棋玉繼續苦惱下去，必須得要伸出援手。

據調查所得，在手機送修的這幾天裡頭，侯棋玉的生活連一蹋糊塗都不足以形容，根本達到亂七八糟，甚至是匪夷所思的程度。

因為將隨堂測驗的時間誤記，考數學讀英文，讀歷史考地理，連出題範圍都弄錯使得成績一落千丈。

其餘像是美術課忘記了攜帶畫具，答應要替在福利社打工的同學暫時代班一節下課的承諾，乃至於圖書館借書逾期未歸還等不勝枚舉。

在我看來這些都是不足一哂的小事，但從遠處觀望窺得的侯棋玉神情，卻似乎不是這麼雲淡風輕地帶過。一種雜有惶恐的焦慮感，不斷地累積在她臉上。

當人一旦開始鑽牛角尖的時候，或許是旁人所無法理解的吧？畢竟每個人的價值和所重視的事物都是不一樣的，例如會辛苦集點到超商兌換公仔或者一大早到速食店加購限量玩具的人，我根本不懂為了這種事大排長龍有何意義？且若不能如願得到希冀多時的物品時，某些人甚至因而不顧形象當場和店員拉扯並口出穢言，這一點更令我不敢苟同。

躲在廊柱後觀察的我，趕在上課鐘響前打開了皮夾，裡頭還有一張五百元跟三張一百元的鈔票，以及一張極有潛力得到頭獎的紙本電子發票。

我取出其中一張鈔票，不禁暗自嘀咕著，還真是昂貴的B計畫啊。

7

放學後，社團教室呈現空無一人的境況，侯棋玉之所以會缺席是因為今天正是手機送修時，和店家約定取件的日子。針對這一點，身為副社長的朱可欣排設了一局B計畫，企圖讓侯棋玉戒掉對於行事曆那近乎病態般的依賴。所以社團教室才會唱起一曲空城計。

劇名：不知道為什麼取這個名字的「B計畫」。
導演：一直大笑的笨蛋豬可欣。
編劇：笑到換氣過度導致嗆到的大笨蛋豬可欣。
女主角：患了名為「只要一天不用行事曆就很想一頭撞死」強迫症的侯棋玉。
男主角：一個做為行事曆載體帥氣的智慧型手機。（？）
其餘飾演名單：
跟班：被硬拖下水，萬般無奈的我。
司機：吹噓著自己是什麼金寶山車神，其實根本沒駕照的劉哲宇
大樹：令人搞不懂這個角色存在意義的張佳慧。
變態：根本是在演自己（以貌取人而言），毫無挑戰性可言的涂智寶。
路人：依舊一副不爽的表情，讓人不明白對這角色究竟滿不滿意的楊原靖。
配樂：希望她不要參與這場鬧劇的黎青辭。（可是她似乎笑得很開心。）

場景從手機店的櫃檯一隅隆重展開，店員將送修的手機妥善取出，並且揚起職業笑容遞給等候取件的侯棋玉。說時遲那時快，埋伏於店外的朱可欣以迅雷不及掩耳的速度推開玻璃門，趁侯棋玉不備搶過手機，然後腳底抹油頭也不回奔出店門口。

「喂，妳是誰啊？」店員朝著朱可欣大喝，然後轉過頭面帶無奈地看向侯棋玉關切。「要不要幫妳報警？」

「不用了，我認識她。謝謝你，再見。」

「謝謝光臨。」

侯棋玉緊接著跑出店門企圖追上朱可欣，偽裝成顧客的我也趕緊尾隨而去。這個偽裝主要有兩個任務，一個是在朱可欣來不及逃跑時出來絆住侯棋玉，讓朱可欣可以順利撤退；一個是在侯棋玉追丟朱可欣時以旁觀者身分為她指路。

所幸，因為剛巧在預定的逃跑路線上，碰上紅燈，使得朱可欣的行蹤仍停留在侯棋玉的視線範圍之內，這倒是省了我一番還要佯裝行俠仗義的功夫。

「副社，不要跑！妳幹嘛拿我手機啊？不要跑啦……」

將背後侯棋玉的吶喊當作馬耳東風，表現出一副充耳不聞的朱可欣，終於跑到計畫預定的第二地點，也就是晴光公園。

侯棋玉一個右轉跑進公園內，我也隨即跟進。甫晃進公園裡只瞧見朱可欣手裡攥著手機，兩腳開開整個人形成A字型，懷著一抹詭譎笑意凝望著侯棋玉。

「妳……終於……來了……我等妳……很久了啦……」

氣喘如牛的聲音，將朱可欣企圖營造的游刃有餘的形象，徹底地予以瓦解。

「副社，明明妳……就只比我快了一點點啊！看妳……喘成那樣……」

侯棋玉微彎下腰雙手撐著膝蓋，同樣上氣不接下氣地說著。

「我是氣喘發作罷了……才不是累呢？而且我很早就……來了，妳一定是看到我的殘影啦！這就是我……獨步天下的殘影快跑之術！」

「騙人，我才……不相信咧。」

眼看朱可欣又再堅持於一些無聊的事情上打轉，為了儘快解決這齣鬧劇，我決定突兀地中斷這些離題的僵持對話，旋即拋出了足以一錘定音的字句。

「喂，笨蛋豬可欣，妳想對手機做什麼？」

啊，一不小心就將心裡ＯＳ時取的綽號，脫口而出了。可是卻沒有一點點違和的感覺呢！彷彿用調羹將布丁滑入口腔一般順暢，差別只是一個入，一個出。

「誰是笨蛋啊？」

朱可欣握緊拳頭往下揮動，似乎十分惱怒。

「這不重要，重點妳拿著手機想幹什麼？」我再度用問句提醒著她該做的事。

這時，好像直到我出聲才察覺到我站在身後的侯棋玉，回過頭問我：「徐爵，你怎麼會來這裡啊？」

「這不重要，重要的是笨蛋豬可欣拿著妳的手機到底想幹什麼？」

啊，我連想個像樣的藉口都懶了，只想趕快讓劇本往下走下去，而且又順勢講了一次笨蛋豬可欣，不知為何竟覺得有些愉悅感在心底滋生。

經過我反覆再三的提點，朱可欣終於憶起自己所執筆的蹩腳劇本，隨即高舉著緊抓手機的手，蓄勢待發。

「棋玉，妳知道妳被綁架了嗎？」

侯棋玉露出一臉狐疑：「不，被綁架的是我的手機才對！而且犯人明擺著就是妳啊！」

「妳錯了！」朱可欣伸出食指指向侯棋玉。「妳已經被這手機裡的行事曆所綁架了，每天按照著裡頭所寫的順序，逐步地去走自己的人生，沒有意外、沒有驚喜、沒有享受到名為自由的不安和喜悅。一旦脫離了安排好的軌道，便會感到惶恐而不知所措。可是啊，妳知道嗎？所謂的人生、『人生是沒有既定行程的啊！』」伴隨著慷慨激昂的發言，朱可欣將手機重重摔下，砸成粉碎。

看著手機在撞擊到地面上，支離破碎的瞬間，時間彷彿被施了緩速魔法一般，變得好慢好慢，許多的思緒在這剎那流竄過我的腦神經，如電光一閃。

人生是沒有既定行程的嗎？還真是符合她會推崇的理論啊。

可惜的是大多數人的人生，卻是依循著固定的模式和套路在運作的，上學、就業、結婚、生子，並不是自己不要就能輕易擺脫掉的，政府法規、親友壓力、社會氛圍、經濟狀況，道德風俗，誰真能視若無睹呢？

連遁入空門的和尚，還須守著一櫃清規呢！

當將規範變得更具體，變得更細微末節的時候，於是誕生了行事曆、進度表等等衍生的東西。什麼日子該做什麼事，什麼時間該做什麼事，望著課表或生產報表時，才霍然驚覺侷限於方格內的不是文字或數據，而是自己的人生。

但藉由行事曆或進度表的輔助，人們真的更有效率地運用了自己的時間嗎？在失眠時卻該睡覺，在想睡覺時卻該工作，在渴望工作時卻該應酬，強迫自己在某些特定的時間去做某些特定的事，這真的是對的嗎？

沒有辦法去改變吧？這可是人類長久累積下來的習慣啊，去質疑這個也改變不了什麼，照表操課過生活吧！人類本來就是能夠被馴養的生物啊……

「妳在幹嘛啊！我的……手機……」

侯棋玉的吶喊讓周圍的時間，瞬間恢復成正常速率的流動，我的胡思亂想則被猛然漂流的時間，沖得不知所蹤，或許是流到了大海的彼端吧。

「不要哭，跟我走。」朱可欣忽然衝上前拉住侯棋玉的手，拽著她開始邁出步伐。「來享受真正的人生吧！」

倏然，一台漆黑轎車停駐於公園門口，但那並不是一輛普通的車，車頂上頭蓋著一用保麗龍做成的大南瓜蓋，並用粉紅緞帶加以固定。雖然還稱不上精雕細琢，倒也有幾分模樣。

這模仿灰姑娘南瓜馬車的點子，令我不知該哭還是該笑。彷彿在古色古香的中國傳統建築裡，掛上一幅抽象畫般，有種錯置時空的感觸。

換上一襲黑燕尾服的劉哲宇，化身為謙恭有禮的管家，親自下車並打開後側的車門，鞠躬揚手請朱可欣和侯棋玉上車入座，臉上還勾勒著一抹淺笑。

「請上車。」

「快進來啦。」「喂，等一下……」朱可欣拉著侯棋玉的手，宛若美式足球的傳奇跑衛「光速蒙面俠21」般，奮力撲向車廂內光榮達陣。

「還有我。」迎頭趕上的我正打算一併上車，車門卻在我眼前狠狠甩了我的呼喚一個巴掌，然後牢牢地關上。

汗流浹背，滿臉上註解著狼狽的我，無奈地駐足於車門前興嘆，猛然感覺到一股俯視而下的視線，抬頭一看是比陽光更刺眼的訕笑，如六角形的鎖鍊貫穿我心。原來真正甩我巴掌的不是車門，而是劉哲宇。

「別擠了，你還是坐前座吧。何況後座可是上司的位置，即使是演戲，我也不願意淪落成你的鷹犬啊。」

嘖，什麼鷹犬啊？以為我是東廠翹著小指頭喝茶的sissy廠公嗎？

忽然後車窗驀地搖下，朱可欣自另一端伸長身子將頭探出車窗。「質數男，趕快上車啦，要不然要把你丟在這裡囉。」

這時，前方車廂較靠近我的右前門，打開了一道縫隙。是繞過我提早一步上車的劉哲宇打開的。

「怠速未熄火超過三分鐘，可是會吃上一張罰單的。再不上來，可就要把你丟在這裡了。」

朱可欣突然抓住前座的椅背頂端，探出頭來向劉哲宇抱怨。「不行啦，把質數男丟在這裡，不就犯了遺棄動物的罪名嗎？」

「『怠速』跟『遺棄動物』不管等或不等，都註定要觸犯一條法律嗎？To be or not to be, that is the question。」

在侯棋玉偏著頭，用食指抵住臉頰吟詠著莎翁名言作沉思狀時，我已排除萬難就座在副駕駛座上，繫上安全帶，接著用力關上車門震碎這詭異的話題。

「這兩條罪名都不會成立的，向B前進吧！」

我試圖扭轉脫軌的話題，導回不知道為何叫B計劃的B計劃方向。

在朱可欣瘋狂高喊著「向B前進吧」、「向B前進吧」的激動聲中，轎車開始筆直前行。但我卻驚覺到自己似乎不小心脫口而出了一句蠢話，更蠢的是有個笨蛋，不斷地重複著那句蠢話，還一副樂在其中的模樣。

盤算著轉移焦點的我，瞄到了隔壁劉哲宇嘴角毫不遮掩的笑，我懂的，可是我笑不出來，只覺得羞愧得無地自容。倏忽間，我察覺到靠近擋風玻璃內側的平台上，有著一個黑色的精緻圓盒被固定住，眼簾能感受到裡頭液體搖晃時反射出的波光粼粼，隱藏在液體下的物體，更是令我咋舌不已。

「那個白白的東西，該不會是豆腐吧？」

我有些忐忑地發問，恨不得劉哲宇嚴厲地否定掉我的臆測。然而他卻露出一副「你總算發現了」的表情，雀躍地回答了我的疑問。

「沒錯，就是豆腐。」彷彿能感覺到兩道閃光透出他的雙眼。「我可是不會將水灑出來的喔！而且豆腐也一樣能完好無缺。」

「嘖，連你也被笨蛋傳染了嗎？」我將反感徹底表露無遺。

沒料到劉哲宇卻這麼回覆我：「偶爾當個笨蛋也不錯。」

「是嗎？」

換上執事專屬的燕尾服，自以為是賽巴斯欽；握著方向盤放塊豆腐，當作藤原拓海上身，真是夠了。不過話說回來，話劇社本來就是演員，本來就是在扮演著別人的人啊。仔細想想，倒也無可厚非。

「機關算盡太聰明，反誤了卿卿性命。」

「紅樓夢嗎？」

我手肘抵著窗沿，托著腮眺望窗外，自從那兩句詩後劉哲宇不再和我搭話，倒是後座朱可欣的聒噪未曾半晌止歇，但我棄如馬耳東風過而不聞。

偶爾當個笨蛋也不錯嗎？

我從沒想過。

車輛行徑按照計劃所規，走入預定的路線劉哲宇將四個車窗盡皆降下。同時埋伏在前方大樹上的張佳慧，一臉彷彿突然從瞌睡中驚醒，伸手從抱在懷裡的竹簍裡灑下落英繽紛。

無數粉紅花瓣被微風盛情邀請，迴旋著圓舞曲飛入車廂內，霎時間滿目櫻吹雪，盈手花留影，周遭景緻一時籠罩在奼紫嫣紅的的香霧氤氳裡。

駛出花瓣構成的迷霧後，轎車驟然在某處停止了步履，旋即朱可欣再度緊捉著侯棋玉的手，冷不防奪車門而出，突來之舉，弄得侯棋玉一臉驚惶未定。

「副社，要、要去哪裡？」

「我也不知道。」

「不、不知道……」

遙望著如火箭般飛奔而去的兩人，我趕緊解開安全帶的扣環，準備下車跟上，畢竟隨後打紮全面跟監，即是我在這個計劃裡的任務。

「跑得真快。」

「找好停車位後，我也會跟上去的。」

「嗯。」隨便回應了劉哲宇一聲後，我同樣往眼前的石階走去，這裡是個結合樹木造景的開放式公園，鄰接著鬧區和住宅且佔幅廣袤。

眼見兩人身影已遠渺如豆，知曉涂智寶埋伏地點的我，決定抄捷徑走小路，以便填補上和朱可欣、侯棋玉相隔的距離。

於是我踐踏著種滿天鵝絨草的坪園，邁開步伐一舉橫越，以術語切西瓜的方式縮短著差距。然後我緊接著撥開擋路的灌木樹叢，埋伏地點已將浮現眼前。這時，耳際忽然傳來叭噗聲，是賣芋冰的行動攤販的叫賣聲。

對此，我本不放在心上。

誰知一句「我要吃！」自前方重砲開轟掩至，身一震，只感忽有龐然大物，拔山倒樹而來，蓋一癩蝦蟆也。不，蓋一涂智寶也。

我抓住身穿著風衣並刻意弄得邋邋遢遢，從身邊仿如山豬殺紅了眼橫衝直撞而過的他，所幸他似乎還認得我，但笨重的腳步並未停歇，轉換成了原地跑。

「你要去哪裡？侯棋玉快到了！」

「我去買個芋冰，馬上回來。」隨即他甩開我的手，狂奔而出。

我用單手作筒狀抵在嘴旁大喊：「要快點回來啊！」

不知道涂智寶到底有沒有聽到我的呼喊？

算了，縱使B計劃功敗垂成，對我而言也無關緊要，我是迫於無奈才來的。

是這樣對吧？

不管了，我索性先前往原埋伏處靜觀其變吧。

8

水舞噴泉即是進行B計劃關鍵橋段的重要場景，我躲在能清楚看見噴水池四周的草叢裡，噴水池旁空無一人，繞捷徑的我似乎捷足先登。

不，在對面33度角的方向，垂滿氣根的大榕樹陰影下，依稀有著一個比陰影更加陰鬱的黑影已在等候，是楊原靖。依然維持我熟悉的盤著胳膊的輕蔑神情，倚靠著在樹身上，頭上還斜戴著一副黑面琵鷺的面具。

所謂的B計劃關鍵橋段，其實就是陳腔濫調的英雄救美戲碼。根據朱可欣所描述，在她帶領侯棋玉逃離將生活按表操課的桎梏後，於「自由」、「未知」和「出乎意料」下，遭遇了近日來喧騰一時搞得人人自危的「大風衣露鳥俠」。然後在萬分危急千鈞一髮之際，主持正義的假面騎士現身，來拯救兩位天真爛漫的公主以離開壞人的毒爪，免受荼毒。

很明顯的，負責扮演假露鳥俠的就是涂智寶，一般人都不願意擔任這種角色，但在朱可欣以一箱洋芋片誘之以利下，他毫不猶豫便選擇了妥協，關於這點，至今我仍深感詫異。而擔任假面騎士一角的則是楊原靖，當然我們沒有高額的預算去訂做一件假面騎士裝，但用黑面琵鷺的面具來蒙混過關，還真是讓人有些不勝唏噓啊。

不消片刻，朱可欣已拉著侯棋玉趕到噴泉附近，非常突兀地將匆忙的步履硬是停了下來，簡直像是想搶黃燈的駕駛在看到紅燈閃起，急踩剎車的模樣。

「帶我來這裡幹嘛啊？」

「只是剛好走到這裡，又剛好腳有點痠，所以剛好停在這裡。我才不是刻意帶妳來這裡，千萬不要誤會！」

我聽著聽著怎麼有種越描越黑的感覺。妳怎麼不說妳腳痠是因為踩到檸檬的緣故好了？真是欲蓋彌彰啊！

「副社，腳很痠嗎？」侯棋玉問。

朱可欣伸出食指一臉認真道：「沒錯，我想一定是因為我的鞋子踩到檸檬了，所以才會那麼『酸』！」

天啊，她真的說出了這個冷笑話。還煞有其事地翻開鞋底察看，我為這份愚蠢默契深感羞愧，丟臉、跌股，我的智商怎會淪落至此？所幸，無人知曉。

用手掌壓抑下心湖因羞愧而起的漣漪後，B計劃突然迎向高潮。我循著詭異而不舒服的笑聲抬望頭來，一個身穿大風衣帶著毛帽、墨鏡和口罩遮掩容顏的男人不知道從何處冒了出來，開始緩緩向朱可欣、侯棋玉逼近。

夾雜著興奮和畏懼的呼吸聲透過口罩傳出，令人感覺雞皮疙瘩甚至毛骨悚然，男人雙手緊捉著風衣的兩側開口，腳上的藍白拖步步往前。

「哇！是大風衣露鳥俠耶，好可怕喔！」

朱可欣即使刻意將音調拉高八度，可是還是感覺不到任何一點害怕的成分。

像老鷹捉小雞般，侯棋玉躲藏在飾演母雞的朱可欣身後，臉上倒是難掩惶恐。

然這時的我，瞧見眼前這副光景卻有些狐疑。身形雖是相似，但剛才撞見涂智寶時，裝扮似乎有些許不同。當然購買冰品沒有必要戴上墨鏡等偽裝，這樣反而啟人疑竇，搞不好還會有人因而報警也不一定。可是確實有一股違和感，正如波瀾般衝擊著我的感官。

嘖，算了，或許只是我多慮了。重要的是接下來楊原靖所假扮的假面騎士該隆重登場，將這個寫作紳士讀作變態的傢伙，給鞭數十，驅之別院！

奇怪了，楊原靖為何還不上場救援？

我將視線再度移往滿佈氣根的樹蔭下，卻只見楊原靖聚精會神地盯著樹幹一動也不動，隨即我緊捏著鏡片周圍，瞇起雙眼試圖看得更仔細些。

那雙眼像燃燒亂世戰火般鮮紅，狠狠地瞪著樹幹上的不明物體，漆黑的、有角的，光滑的……啊！那是鍬形蟲。我不明瞭在我轉移焦點的這段時間內，楊原靖究竟和鍬形蟲結下何等深仇大恨，但是你再不登場這齣鬧劇到底要如何收尾啊？

喂，難不成要我上場代打嗎？

正當我在對於是否該挺身而出補位，因躊躇在草叢間進退兩難時，彷彿重物拍擊著石磚步道的聲音，震耳欲聾地蹦蹦傳來。

「露鳥俠來囉！」

猛一轉頭，只瞧見一個臃腫的風衣氣球往噴泉飛奔而來，一手捏著紫色芋冰甜筒，另一手則是疊著黃色冰球的甜筒應該是鳳梨口味的。

本應遮住臉下半部的口罩，一耳的繩子已脫落，使得口罩在風中無助地擺盪著。大嘴巴正大口地吸著空氣晃若隨時都會窒息一樣，舌頭則揮灑著唾液，伴著汗水一同紛飛。

墨鏡歪斜，露出了半個眼睛，頭上的毛帽倒還算是ＯＫ。不斷跟著步伐落地的球鞋，則猶如重量級的鼓棒，將大地作為鼓面敲出陣陣重響。

球鞋？藍白拖？對了，這就是產生違和感的原因！

這個此刻在我眼簾前移動翻著白眼的風衣氣球，毫無疑問地就是涂智寶本人沒錯。那麼正逼進朱可欣、侯棋玉的男子，莫非是正牌的大風衣露鳥俠？

忽然，驚人一幕，倏地展開！風衣氣球，不，是涂智寶，往前一個踉蹌跌倒，雙膝觸地，顏面朝下猛然給予地球一個熱烈的KISS。

然雙手所握的甜筒卻因衝擊力，飛馳而出不偏不倚，黏在風衣怪人的墨鏡上。被這突如其來的冰淇淋遮蔽視線的風衣怪人，驟然停下腳步。

我一個箭步躍出草叢，朝著朱可欣、侯棋玉聲嘶力竭地嘶吼著。

「那個傢伙，是大風衣露鳥俠啊！」

「咦？」一時無法意會過來的朱可欣，僵硬地轉動著脖子，往右看看，往左瞧瞧，反覆幾次後似乎終於明白發生了什麼事。

「哇啊！」旋即大叫一聲，朱可欣往後一縮，這次反而換成她躲在侯棋玉背後發抖。

侯棋玉則是一臉茫然：「大風衣露鳥俠，為什麼會有兩個？」

這時，風衣怪人取下墨鏡連甜筒往旁邊一丟，露出不懷好意的猥瑣笑聲，雙手就定預備位置，準備張開風衣，露鳥！

倏然，無數鍬形蟲自大樹頂端飛出，一條身影則帥氣地自樹枝上飛縱墜下。

「來，完納你的劫數吧！騎士KICK！」

爆裂一踢正中風衣怪人胸口，風衣怪人應聲倒地。

曲著膝的楊原靖則背對著我們緩緩站起，然後冷冷地說了一句：「呿，忘了戴面具。」接著伸手將斜戴在腦袋旁的面具，拉回正面覆蓋上臉。這一幕，這一襲背影，彷彿是真正的假面騎士降臨。

「你是……」侯棋玉出聲道。

「假面騎士……」楊原靖拿起面具看了一下又戴回去。「黑琵……吧？」

原來躲在後面的朱可欣，這時又生龍活虎起來，開始大言不慚講著她那漏洞百出的人生大道理。

「SEE，人生是充滿了很多驚奇的，要是照著行程表，是無法領略到這種有趣的事情的，棋玉妳說是吧？」

「副社，與其說是有趣，倒不如說是驚險……」侯棋玉面有難色地苦笑。

別鬧了，即使是嚴格地執行著行程表，人生還是有著許多無法掌握的「意外」存在著。諸如飛機誤點、臨時生病之類的變數。什麼照著行程表就無法領略到這種事情，打從一開始就沒人會把遇見大風衣露鳥俠這種事排進行程裡吧？根本避之唯恐不及啊。

趁著楊原靖回頭瞄朱可欣和侯棋玉一眼而轉身的剎那，倒臥在石磚上的露鳥俠捉緊空隙，一躍而起打算逃之夭夭。

察覺不對，楊原靖急忙轉回方向，準備拔腿追趕：「休想逃！」

「等一下！」臉部著地的涂智寶用雙手撐著地板奮力一喝，猛然起身。「原靖，讓我來！敢丟掉我的芋冰，我要讓這暴殄天物的傢伙，知道食物的可貴！」

「好，那就交給你。智寶。」

涂智寶收回望著甜筒的憤怒目光，往前筆直奔馳而去，和正好回過身來的楊原靖還各自高舉著右手，在燦爛的陽光下擊掌，這一瞬間閃耀地令人睜不開眼。

可是，你們這樣直呼其名不就等於把身分徹底敗露了嗎？

我呆滯地看著涂智寶彷若象群遷徙般的腳步，衝向無處可躲的露鳥俠，接著一個擒抱將露鳥俠肋骨掰斷數根，再轉換各種摔角招式在他身上盡情施展。

「啊啊啊……」露鳥俠痛苦呻吟著。

「看我這招『朱門酒肉臭，路有凍死骨』。」涂智寶毫不留情用了招蠍式固定，隨即再下一城使出瑞格式拉直固定。「再來是『誰知盤中飧，粒粒皆辛苦。』」

「救命啊！來人啊，快報警啊！警察救我！警察救我！」

聽到被大力通緝的暴露狂，此刻發自內心的呼喚著警察來相救，我心裡不禁感覺有些五味雜陳，甚至有些荒謬得可笑。

涂智寶雙眼猛然爆發出憤怒的火焰：「最後一擊！『壞我進食者，雖遠必誅！』」只見涂智寶從後環抱住露鳥俠的腰，往上抽起向後作一拱橋，露鳥俠頓時身體倒轉，頭上腳下，旋即頭殼觸地時爆出轟然聲響，沙煙作圓圈狀往四周擴散，這招是原爆固定！

涂智寶鬆開雙手，露鳥俠緩緩往側邊倒落，在他口吐白沫即將昏倒前，依稀可聽見他說了句：「媽媽救我……」

塵埃落定後，我突然感覺這劇本已失控到無法挽回的程度了！現在該怎麼辦？坦承這是一齣戲嗎？只是中途發生了一點意外。或者硬著頭皮繼續演下去？

不，都已經以真名來稱呼彼此了，侯棋玉肯定知道假面騎士和風衣氣球的真實身分了，根本不可能蒙混過關啊。怎麼辦？現在到底該怎麼辦？

誰來打破這個僵局？

「那個……」是侯棋玉，她先開口了。朝著假面騎士開口了。「你是……楊原靖吧？」

「不是。」假面騎士以直接了當的口氣，非常果斷地否定了！

真虧楊原靖能夠如此迅速果斷地做出反應，這麼一來或許能勉強掩蓋過之前不小心喊出名字的失誤吧？

這時，喘著大氣臉上的偽裝也走位大半的風衣氣球，竟補了一槍：「還有我也不是涂智寶喔。」

啊，笨蛋，這番話根本是此地無銀三百兩嘛！你的腦神經是因為施展固定技過度，所以缺氧短路了嗎？拜託，你還是用垃圾食物塞著你那張愚蠢的嘴吧！

可惡，只能認栽了嗎？反正目的已經達到了，可是雖然確實出現計劃之外的變數，但本質上這仍是經過設計的橋段，嚴格來講稱不上是真正的「自由」吧！侯棋玉真的能夠接受嗎？

我帶著哽咽和猶豫朝向侯棋玉開口：「其實……」

在這一剎那，我甚至能清楚地感覺到自己嘴唇的顫抖，對於即將說出的話會導致何種結果，我毫無把握。

然而，侯棋玉卻揚起嘴角打斷了我的發言。「謝謝你，假面騎士先生。」那一抹比陽光更加燦爛的微笑，在她的臉龐上倏然綻放開來，任誰都看得出來是無一絲虛假，發自內心深處最真實的喜悅。

「不客氣。」假面騎士平淡回道。

其實妳早已窺破這漏洞百出的把戲了吧？本該一敗塗地的計劃，在這一刻卻因為一句話，一個微笑，而扭轉乾坤起死回生。

「是妳選擇了被我們的手所救贖的這一條路，對吧？侯棋玉。」我以聲若蚊鳴的音量，在嘴裡嘟囔著。她應該沒有聽見吧？

「還有這位……」侯棋玉看著風衣氣球卻不曉得該叫他什麼。「請問該如何稱呼您呢？」

「我是那個涂智……不是，露鳥……也不是，我是那個、那個……呃……」

這時，偽裝成假面騎士的楊原靖突然用金臂勾，扣住表面上是顆風衣氣球實際上是涂智寶的脖子，背對著我們往前走。

假面騎士代替風衣氣球回答道：「是第二騎士。」

凝望隨著距離逐漸遙遠的背影，侯棋玉不自覺向前邁了幾步，旋即張開雙手在嘴邊圍成一圈擴音筒，將自心底深處泉湧而出的感觸化作言語。

「謝謝你們，真的謝謝你們。」

於此刻，彷彿有種攝影機的鏡頭在轉瞬間掠過所有話劇社成員臉龐，捕捉其神情的錯覺。明知該是對假面騎士二人組的感謝，為何「不客氣」這句回禮的話卻哽咽在我的喉間徘徊？

「哎呀，不客氣啦。」啊啊，笨蛋豬可欣妳摸著後腦勺臉紅什麼？現在是靦腆的時候嗎？現在是害羞的時候嗎？回覆這句話不是等於不打自招嗎？

妳難道還沒察覺整個B計劃，已經在懸崖邊搖搖欲墜，僅餘一根半斷的棉繩撕裂著細絲勉力維持著嗎？竟然毫不留情地拋出如鋼鐵迴力鏢般的一句話，將繩索徹底斬斷！

啊，B計劃墜落了。發出了淒厲的呼喊，那聲響正充塞在海天之間迴盪啊。

誰來拉它一把啊？

不，以這個重力加速度來講，假設為零點八米每二次方秒，即使是蜘蛛人飛簷走壁使出媲美三角箭的爬牆功，嘗試接住以時速八十公里下墜的B計劃，B計劃也會在蜘蛛人的鐵臂上被砍成三截，然後加速往下墜落。

啊啊，朱可欣妳要不要去讓馬里亞納海溝裡棲息的燈籠魚，照照妳的腦袋以確認妳那所剩不多的腦漿，是否還在正常的流動著呢？

或許最後會發覺妳跟生存在海溝深處的藍綠藻，生物構造意外地相似呢！

正當氛圍凝聚在矛盾的癥結點即將刺破時，一陣琴韻琤瑽如泉聲束漱，漫天音符擁抱著堆積的花瓣再度隨風起舞，恬淡旋律將尷尬化作咖啡中的方糖融解。

這是B計劃的尾幕，由隱身在樹叢另端的黎青辭所彈奏的鋼琴曲作結。

曲目是蕭邦的名作「離別曲」。

真是的，即使我極力阻止，這一幕還是呈現出來了啊！

這樣一來，這計劃已經不是破綻百出可以形容了，根本是原形畢露啊。

漸行漸遠的楊原靖竟在此時，朝旁邊平行伸直了握緊拳頭的手臂，旋即在眾人目光聚焦下，自拳頭裡彈出了大拇指。

一抹微笑，隨即在侯棋玉臉龐劃下一條上弧線。

嘖，真是敗給你們這群胡搞瞎鬧的傢伙了啊！不知何時，那一條上弧線也同樣劃在了我的臉龐上。

侯棋玉雙手負後，轉了半圈，裙襬則在空中劃了個圓，重新面對著我和朱可欣的臉似乎有所釋懷，隱約可見鏡片下的眼眶角落還藏著幾滴笑淚在躲貓貓。

「我們回去吧，副社。」

抓著朱可欣的手臂，侯棋玉懷著笑靨往來時路原路折返。在轎車回程路上，擔任司機的劉哲宇低喃表示「當了一天的笨蛋」。

朱可欣則透過懸掛在正中央的後照鏡，趁著侯棋玉不注意時雙手拇指比出代表「計劃通」的讚，尋求著前車廂的認同。而我則火速別過頭，裝作沒看到。

在到達目的地下車的時候，朱可欣將真正的手機歸還給侯棋玉，劃下B計劃不知道該算是成功或者失敗的休止符號。

至於被砸爛的假手機，則是大家集資收購的同款二手手機，當然是壞掉的。

堪稱為奇幻旅程的瘋狂一天完結後，我不禁想這個B計劃，真的能讓侯棋玉自此解開心結，捨棄掉那幾近於強迫症的習慣嗎？

或許近乎病態地按表操課，是源自於內心對未來的不確定感吧？這樣的生活夠充實嗎？這樣的努力夠認真嗎？假設不用行程表填滿並化為實際的圖文呈現於眼前，便難以撫平流竄在心中的不安定感吧。

無論如何，至少她已感受到了不存在行程表上的某種羈絆了吧！

是一種無法規劃，同時無法填滿在方格的東西。或許這樣的收獲已是足夠了。

歸途上，卻總覺得我似乎遺忘了什麼？

罷了！反正不是什麼大不了的事吧。

9

翌日，約莫是第四節下課鐘響起前的數秒，一封簡訊輕敲著我向來乏人問津的手機螢幕。有種不祥預感忽地蔓延開來，果不其然寄信人是朱可欣。

簡訊內容如下：

「致話劇社全體社員（敬禮），首先感謝昨天大家天衣無縫的配合，讓B計劃順利進行。於是為了驗證昨天的成效，我再度展開全天候跟監，不過這回是一個人獨立行動。好了、好了，我知道你們對勞苦功高的副社我很感動，擦乾眼淚吧！勇士們是不會輕易落淚的啊！」

不，對於妳常發性跟蹤狂的癖好，絲毫沒有任何觸動淚腺的點啊！若真的有人因而落淚，應該是對遭妳長期監控騷擾的侯棋玉，掬一抔同情淚吧。

「時間：第三節下課。地點：二年五班教室內。人物：侯棋玉、破麻A、破麻B、破麻C。」

在和B計劃雷同的劇本式開端後，這封簡訊終於將中心題旨迎來。

我在腦海裡逕自將對白和三角動作組合，如投影片般將之描摹於腦內鋪展。

根據簡訊內容所表，破麻ABC因為侯棋玉手受傷而免於當值日生一事，藉故尋釁，在下課的時候將她的座位團團圍住，人牆仿若高聳巨牆將陽光固鎖在僅存於頭頂上的小小方圓。

「受了點小傷，就不用當值日生挺爽的嘛！」破麻A以十足太妹語氣的口吻調侃著。簡訊裡還特別括號，她的制服上衣竟然開到第三個扣子！雖然我不懂這到底有哪一點值得括號外加句末驚嘆號的。

「一定是跟班導，那個頂上稀疏頭髮像五線譜一樣的四眼猥瑣大叔，私底下有一腿吧？」破麻B做出不負責任的低級揣測。

「哈哈……一定是的，塑膠框眼鏡妹是宅男的最愛啊！哈哈哈……」

在破麻C的助威下，三人笑得花枝亂顫，似乎對於憑靠想像虛構的抹黑情景，感到十分滿足。

破麻A突然伸手抓出侯棋玉的手臂壓在桌面上。「我讓妳再更爽一點，手廢掉然後去保健室休息怎麼樣呢？我可是很有同學愛的喔！」旋即破麻A臉上展露出不懷好意的笑如裂嘴女般揚開，另一手狠狠地朝侯棋玉綁著繃帶的位置凌空砸下。

「啊——」撕心裂肺宣告著疼痛二字的哀嚎，應聲響徹整間教室以及門窗外向兩端延伸的走廊。但驚聲尖叫卻非出自於侯棋玉的喉嚨，而是另外一人。

破麻A用原本壓住侯棋玉手臂的手掌，緊緊壓住另一隻猛然砸下繃帶處的手，在和繃帶處直接衝撞的部位，似乎開始紅腫並滲出血痕。

「怎麼會是這樣……妳到底是……」恐懼和疼痛轉瞬爬滿了破麻A臉上，連對侯棋玉的質問都顯得有些僵硬而吞吞吐吐。

侯棋玉猛然站起身來，彷彿自高牆中突圍而出的飛鷹翱翔，尋釁三人被這瞬間的氣勢翻轉，驚得不自覺各自倒退一步，高牆也因這退卻所產生的縫隙，透耀了曙光輝映照入，埋下瓦解伏筆。

「我差點忘了……」侯棋玉一邊說話，一邊緩緩解開繃帶。「醫生說今天就可以拆繃帶了。」隨著繃帶滑落，一塊金屬鐵片鏗鏘一聲撞擊到鐵製筆盒後掉落在桌面上。

破麻A訝異道：「鐵、鐵片？」

侯棋玉卻揚起嘴角莞爾一笑：「沒錯，畢竟傷口可是需要好好保護的。」

「妳這傢伙！」三人異口同聲為誤中圈套而惱羞成怒。

「要是不趕快去保健室，手可是會廢掉的喔！」緊接著侯棋玉用雙手自高牆縫隙撥開一條出路，擠身而出。「值日生要去擦黑板了，請讓開。」

「可惡，妳給我記住。」不堪疼痛感加催的破麻A，在撂下喪家犬企圖挽回顏面的小小反撲後，便奔出教室朝著保健室方向進發。

當然，破麻B、C也一邊嘴裡唸著破麻A的暱稱，一邊尾隨而去。

只餘在臺階前用板擦抹著黑板上粉筆字的侯棋玉，獨自一人笑傲江湖啊！

哈哈哈……

呆滯凝視著簡訊最後兩行字句的我，已顧不得去臆測被亂用作品名當成語套上的金庸作何滋味，倒是很想向古龍借口例不虛發的飛刀，隔空打爆朱可欣的手機，讓她無法再發給我這種加油添醋，錯誤連篇的詭異簡訊。

正當抱怨在我心裡頭喋喋不休時，又收到了署名是朱可欣的第二封簡訊。我選擇將之略過，一來第四節下課鐘響已久，排隊打飯的隊伍逐漸縮短著長度，我的肚子也發出咕嘰咕嘰的嚴正抗議聲。二來，面對著朱可欣捎來的簡訊，我的頭腦同樣發出嗚咿嗚咿的嚴正抗議聲。

無論如何，得知侯棋玉有所改變的我，還是打從心底為她高興。

但目前最要緊的事，還是趕快去排隊打飯吧。

我收起手機，拿著紙製餐盤湊進排隊行列的尾端，打飯班們瞧我的眼神與平日不同，或許是因為我臉上掛著未曾見過的欣慰笑容。

10

放學鐘聲又例行吹響著旋律，音符上下跳躍彷彿在魔法階梯上奔跑玩耍的孩子們，讓校園內的每一個人皆身中綻放笑顏的咒語，不可自拔。

由於昨天實行令人疲憊的B計劃，故今日話劇社偃旗息鼓一次。對於能夠重返原本生活軌道的我，內心甚感愉悅。揹著書包，便步出教室往圖書館的方向走去，還特別抄了捷徑，打算在人滿為患前橫越過校門口的大樓前庭。

卻瞥見預料外的一幕，一位打扮樸素容貌和藹的婦女，在校門口外迎接著侯棋玉。我記得她父母已離婚，合理推測這人應該是她久疏問侯的母親吧。

「媽，妳怎麼會來？」侯棋玉有些詫異道。

「最近妳的手機都打不通，所以我很擔心，便過來看看。」她母親臉上頓時泛起了一些別樣的憂愁。

「對不起，沒按照原定安排好的時間來見面，會不會對妳造成困擾呢？」

侯棋玉驚訝的嘴角忽然向上揚起：「一點也不會。媽，以後要見我不用再約時間了。不管什麼時候我都有空喔！」

「妳這孩子……」她母親的笑容旋即轉為欣慰。

這煽情的戲碼不適合我，結局就留給那個躲在花圃後面偷看的笨蛋女吧。

11

隔天，在社團教室發生了一件令人咋舌的事，或許該說是事態的急轉直下跌破所有人的眼鏡。且將「江山易改，本性難移」這則名言徹底詮釋。

朱可欣望著攤開在桌面的各式筆記本、手機和平板電腦一時瞠目結舌。當然包括我在內的其他社員，同樣難掩驚訝，只是表露的神情有別。

「這、這些是什麼啊？」

侯棋玉得意地說：「經過了這次手機壞掉的教訓，我特地將行程表做了很多個備份。當然雲端備份也是少不了的。而且我還將行程表的格式作了修正，保留彈性空間，即使遇上偶發事件也能有餘裕重新調配。」

涂智寶臃腫的臉擠成一團：「根、根本是變本加厲嘛！」

劉哲宇則淡淡表示：「看來我真的當了一回笨蛋。」

楊原靖則蓄勢待發準備將黑面琵鷺的面具再度拿出，所幸被打瞌睡的張佳慧胡亂揮舞的手來制止。

這時，黎青辭卻緩緩道出令人玩味的一席話：「簡直像是跟悟空同歸於盡的賽魯，在生死夾縫中復原後一樣，變得更完美的回來了嘛！」

提議要改變侯棋玉習慣的人可是妳啊，為何失敗後卻能笑得如此燦爛呢？

「抱歉，讓你們費心啦！」

望向侯棋玉瞬間半吐著舌的微笑表情，我懷疑那只是我的錯覺。畢竟那種裝可愛的動作，理該不是她會有的反應才是。

又或者認為侯棋玉被行程表所禁錮，才真正是我們一廂情願的錯覺。

Count 4

1

國際奧林匹克已然迫在眉睫，在我全神貫注滑動著手機螢幕上的數學公式，運算著棣美弗定理及歐拉公式的時候，一旁的話劇社則繼續排練著茱麗葉。

不隸屬於對白範疇內的吵雜聲，在排練不久後漸次逼近，是司空見慣的衝突戲碼正在上演，對手戲的角色毫無懸念的是劉哲宇和楊原靖這兩個人。

「喂，你是什麼意思？」

「或許是在揶揄你，又或者是在調侃你？啊，不過這兩個詞的涵義好像是一樣的。」

事情的肇因來自於飾演羅密歐摯友墨古修的楊原靖，被在一旁擔任審視工作的劉哲宇隨口道出的一句「這個臨時性的選角，還真是貼切到無以復加啊！」所激怒。

在莎翁原著中的墨古修因對茱麗葉的表哥提伯特有所不滿，又對選擇默默隱忍的羅密歐感到惱火，憤而在廣場裡拔劍挑戰，最終卻敗亡在提伯特劍下。

衝動而義憤填膺的個性，確實和現實中的楊原靖有幾分神似。唯一不同的是，在現實中負責飾演提伯特的我，卻無論如何都不可能打得贏楊原靖。

「別吵了啦！」擺出副社架勢的朱可欣，如初生之犢毫無畏懼地闖進兩個男人正延燒著熊熊野火的戰陣中。「你們兩個，給我分開。」

不知道到底是腎上腺素激發的朱可欣力大無窮，或是劉哲宇和楊原靖不願傷及無辜，在一陣拉扯後兩人各自往後退開，但身上卻也各自留下衝突時激烈的碰撞痕跡。一個臉上掛彩，一個拳頭破皮。

「離話劇開演的時間，已經不多了。可沒有多餘的時間讓你們打架，都給我好好地回去冷靜一下！」

盤著雙臂，怒目而視的朱可欣嚴肅地朝兩人下達驅逐令，以十分鐘為間隔，楊原靖與劉哲宇一前一後相繼離開了社團教室。

每當和話劇演出扯上關係時，印象裡那個一臉傻勁熱血滿點的朱可欣，就好像變了一個人一樣，簡直像是罹患了解離性人格疾病的多重人格患者。

在滋事的兩人離開後，似乎排演的情緒也慘遭中斷了。

然後以朱可欣所在的位置作為固定的針端，其餘社員則如圓規中的筆端圍繞在以固定距離所劃出的圓弧中，儼然開啟了一場性質詭異的圓桌會議。

未曾遷移的我，卻無奈落在圓弧行進的軌道裡，被劃進這無從定義的圓圈中。

「最近質數男轉移焦點的效果，似乎正在劇烈的衰退中呢！導致哲宇和原靖又陷入過往互看不順眼的水火不容中了。」侯棋玉側扶著鏡框分析道。

「拉不住BOSS仇恨的坦，可是會導致滅團的啊。」涂智寶見縫插針。

望向眾人頻頻點頭，陷入鴉雀無聲的沉默。

所以，我該說聲對不起嗎？

「那個……」我半舉著手，爭取發言的權利。當然絕不是為了道歉。「解鈴還須繫鈴人，針對雙方結仇的原因對症下藥，才能一勞永逸吧。」

朱可欣用手指撫摸著下巴，歪著頭思索著來龍去脈：「記憶中，打從第一天在社團教室相見，哲宇跟阿靖就瀰漫著一觸即發的氛圍了啊！」

「對啊，當時劍拔弩張的氣氛，害我那一袋的巧克力捲心餅味道都變得有些苦的說。」

我大膽推測味道會苦，應該是你買到咖啡口味的捲心餅吧。

但會讓你遲鈍到連這麼簡單的原因都沒發現，可見當時氣氛確實異常緊繃。

「這麼說來，沒人知道劉哲宇和楊原靖到底結下什麼樑子囉？」我追問。

於此同時，我有種不好的預感在心底蔓延。

侯棋玉搖搖頭。

依然故我趴睡在桌上的張佳慧，突然挺身睡眼惺忪道：「副社，我有來喔。」

「嗯，我知道。」在朱可欣回應後，張佳慧又趴下酣睡。

莫非是感受到我環視眾人時瞥過的視線，她才暫時醒過來的嗎？這驚人的感應能力，簡直比官商勾結、漏洞百出的E－TAG感應器還要優秀萬倍。

「好，決定了！」朱可欣握拳打向天際。「我們來調查出哲宇和阿靖，為何彼此會『你看我浮浮，我看你霧霧』的真相吧！」

嘖，不好的預感成真了。

我不知道好奇心是否真能殺死一隻貓，但毫無疑問扼殺我的課餘時間是綽綽有餘。在後悔著自己出於好奇的發言時，我同時感慨著自作孽不可活的真理。

2

調查的初步，是先向昨天因鋼琴練習而沒來話劇社的黎青辭傳訊，讓她瞭解這樁消息和我們的意圖，或者該說是朱可欣的意圖更為精準。

畢竟我不認為有任何置喙的空間，能在朱可欣的一意孤行下苟且偷生。

調查的第二步，是借重阿辭的力量蒐集和劉哲宇相關的資訊。

同樣身為二班的一員，自然會比其他話劇社成員更容易取得有用的證詞。而關於楊原靖的部分則由其餘社員來抽絲剝繭。

當然，我並沒有打算採取什麼特別的調查行動。與其大費周章去釐清那二人的恩怨情仇，倒不如多計算幾次歷屆奧林匹克數學競賽的試題。

礙於最近返往在準備競賽和非自願性社團活動兩者之間，著實讓我有些心力交瘁，因而決定趁著下課買點咖啡因來刺激我疲憊的精神狀態。

在前往福利社的走廊上，卻遭逢手拿著一小袋零食的楊原靖，從袋中取出的圓形物體裹著深褐近黑的顏色，應該是某廠牌的巧克力球吧？無視於糾察隊三令五申不准邊走邊吃的規定，很快他便將那袋巧克力球完食，原本以為會隨手亂扔的包裝袋，卻老實地塞進了口袋裡。

當我回過神來時，已和楊原靖擦身而過，這時腦內才觸動了該猶豫著是否打招呼的社交禮儀神經。所幸，不良少年和質數間似乎皆有著不善交際的共通點。

以去者不追為理由搪塞掉內心湧現的些微自責，我踏進了福利社。山葵高中的福利社據說與一般被超商進駐，或者乖乖聽命於教育部規範的學校大相逕庭，不但販賣著許多種在市面上罕見的零食，甚至還有些廉價玩具兜售。當然在升學名校裡無疑是個異類，這點或許該歸功於任性且獨斷獨行的校長身上。

正當我伸手拿下貨架上的罐裝黑咖啡時，一個聲音呼喚了我。

「真難得在這裡看到你啊！徐爵。」

我回過頭確認來人身分，果然如我所料。

掛著詭譎笑容的劉哲宇欺身朝我靠攏，攀談似乎不會在單純基於社交禮儀的問候下，劃上句點。

「來買咖啡嗎？無法妥善分配時間，導致精神不濟。這可是不像優秀的你所會犯的錯誤啊！」

我如今處境，不正是你們這些愛自說自話的話劇社成員害的嗎！

「我有些事想問你。」我決定直搗黃龍，問出劉哲宇和楊原靖的結恨始末。

豈料，察覺我意圖的劉哲宇卻問：「你下一節課是什麼呢？」

這是什麼沒頭沒腦的問題？我據實稟告：「生物。」

「是嗎？」旋即他露出一抹冷笑，令我不太舒服。「植物。想問的話就透過『植物』這個關鍵字，用你擅長的領域來發問，而我也會用擅長的領域回答。」

下戰帖了。

「我不需要解釋得太詳細，你也懂吧？在上課鐘響前，是賜予你的時限。」

擅長領域。毫無疑問一班的我，自然是數理，而二班的劉哲宇，則是語文。要以和植物有關的數理來發問，而以和植物有關的語文來回答，這倒是我前所未聞的對決方式。該如何出招呢？

「你害怕了嗎？」那雙睥睨似的凌厲眼神，激將了我的不甘示弱。

「英國數學家艾恩·史都華曾言：『數學之於自然界，就有如福爾摩斯之於線索。』可別小瞧了數學！」

「這才有趣嘛。對於你的才能，我可是抱持著『葵藿』之心傾慕著，可別讓我失望啊。擂響戰鼓吧！用你引以為傲的數學。」

迫於時間有限，於是我嘗試性提出第一個問題。

「在某些植物裡對於螺線幾何結構，符合所謂費布納西數列，即1、2、3、5、8等，每一個數都是前兩個數字的和。例如你方才提及到的向日葵，蓓蕾呈現出兩組螺線，有時是34及55條的搭配，有時則是55條及89條的搭配，又或者是89及144條。而你和楊原靖的搭配，又會和出什麼呢？」

「真不愧是你，這麼快就能掌握到同時將數學和植物結合的技巧。但比起精煉的文字藝術，數學語言還真是像老太婆的裹腳布般又臭又長。」

「別浪費時間，快回答我的問題。」

「不若『堂棣』。這就是我的回答。」

礙於劉哲宇的避重就輕，我再度提問：「16世紀於義大利所發現的羅馬花椰菜，由許多螺旋狀小花組成，並以一種指數式螺旋結構生長，和傳統幾何模型原理相似。因為這層關係，而吸引了諸多數學家和物理學家至今仍投身在研究之中。你和楊原靖目前又是處於什麼關係呢？」

「哈，有趣的譬喻。將你自己名正言順對應了數學家這個名諱呢！」

「快回答。」

我咄咄逼人的追問著。

「同學借過。」一名陌生的女學生將我擠開，從我身後貨架上拿了包被化學色素染紅的魚片。沒營養的傢伙竟為了個沒營養的零嘴，打斷我關鍵的詰問。

正當我重整旗鼓準備再次詢問時，宣告著時限終止的上課鐘響無情迴盪著。劉哲宇轉身便要離開，我竟不自覺用手按著其肩頭不讓離去。

「你還沒告訴我答案。」

「『荼蘼』。」

道出這二字後，我的手掌被狠狠甩開。

劉哲宇他的背影則以規律的距離前進，卻淹沒在慌張亂竄的人群裡。

不知道是否是我看錯，穿越過結帳櫃檯後再度出現在眼簾中的劉哲宇，手裡竟多了袋似曾相識的零食。律己甚嚴的他會吃那種垃圾食品，令我略感意外。

荼蘼嗎……這是你的真心話嗎？

無論如何這場揉合了植物以及文學借代和數學譬喻兩類修辭，堪稱別樹一幟的問答對決，至此告一段落。

我信步朝教室折返，這回轉筆等待生物老師到來的時間無疑會縮短一些。

3

下午第八節課，在朱可欣強勢主導下展開一場網路上的祕密通訊會議，或許是為了故作神祕來彰顯情資重要性，並加以保護其源頭，她要求各社員皆用全新代號進入剛開闢的聊天室，以交換彼此所得到的線索與消息。

坦白講，關於劉哲宇對於我問題的答案，無疑話中有話，我還琢磨不透。但是否該全盤托出，或者語帶保留，這中間分寸的拿捏我同樣仍在思量。

首開話鋒的是暱稱為D調的人。

「宇和靖在進高中前已結識，是同一所國中同班畢業的。」

沒料到這兩人淵源甚深，看來是詢問到同樣畢業於同一所國中的人，才能得知這則情報。緊接著打字跟上的第二個人，暱稱為調查局的臨時工。

「靖出身陣頭世家，而且該陣頭在附近宮廟小有名氣，宇在結識靖時應該已知情，所以兩人翻臉或許和陣頭無關。」

雖然劉哲宇有時會以用陣頭的是流氓的口氣嘲弄楊原靖，但其實陣頭活動縱有害群之馬，大部分仍是恪遵戒律。何況楊原靖所屬陣頭既有名望，諒必更是潔身自愛。但劉哲宇會常以此諷刺若說是辭窮所致，只怕牽強了些，背後或許還隱藏了什麼因素也說不準。

第三個接續者暱稱為工時八小時。

「有多人聲稱曾在假日廟會看過宇出沒，一定是翹掉補習班的課了。」

等、等一下。

Ｄ調、調查局的臨時工、工時八小時，什麼時候用作代號的暱稱變成文字接龍了？這太弔詭了吧，難道只是偶然的巧合，其實是我多慮了？

時刻表上的詭計：「湊熱鬧竟然不找我，可惡的宇！」

啊啊，真的變成接龍了這是什麼神展開？不是莊嚴肅穆的情報交換會嗎？為什麼會莫名其妙玩起了文字接龍？我真是搞不懂這群人在想些什麼啊！

「斷。」接著打字殺出重圍的暱稱是伽利略怪人。

明快一字，終於中斷這詭譎的代號版文字接龍，不管真實身分是誰我都想謝謝這個人。多虧此人將我從這無謂的漩渦中拉出，我默默在手機螢幕前表達由衷的感謝。

時刻表上的詭計：「嘖，被斷掉了啦！該死的伽利略。」

我有種預感關於時刻表上的詭計的真身，似乎已然呼之欲出了。

在掀起短暫漣漪的插曲斷弦後，祕密會議逐漸導回正軌。一連串的訊息如雨後春筍般冒出，彷彿在手機螢幕上展開瘋狂洗版的行徑。

時刻表上的詭計：「據傳宇國中時有交往過一個野蠻女友喔！」

調查局的臨時工：「難道是爭風吃醋？」

第二騎士：「一定是覺得靖壞壞的比較帥吧。所以移情別戀了，然後宇得知被橫刀奪愛後，就跟靖決裂了啦。」

D調：「嗯嗯，言情小說都是這樣寫的。」

豆漿不加糖：「女友是沒有，情書倒是收過幾封。」

工時八小時：「還有啊，聽說有人目睹過靖有一天來上學被打得鼻青臉腫的。但不知道是誰下的毒手！」

時刻表上的詭計：「難道宇其實是扮豬吃老虎，『惦惦吃三碗公半』、『黑酐啊裝醬油，無底看』的高手！」

喂，在毫無證據的情況下，直接認定劉哲宇即是毆傷楊原靖的罪魁禍首，不會太過於武斷嗎？而且怎麼感覺討論正朝著一個詭異的方向前進呢。

我以假名炸彈魔為暱稱，準備首度拋下名為情報的震撼彈，試圖扭轉導向。

炸彈魔：「宇說他和靖的關係已是『荼蘼』了。」

調查局的臨時工：「咦咦，是直接跑去問本人的嗎？」

炸彈魔：「是的。」

第二騎士：「還真是大膽呢！」

工時八小時：「wwwwwwwwwwwwwww。」

時刻表上的詭計：「荼蘼是什麼啊？能吃嗎？」

D調：「開到荼蘼花事了，絲絲天棘出莓牆。」

炸彈魔：「荼蘼是花季中最晚開的花，代表已到盡頭的意思。」

時刻表上的詭計：「資優班的人就是『假掰』啦，有夠愛拐彎抹角的。」

炸彈魔：「還有能吃。」

豆漿不加糖：「那還真是對不起啊。」

我後續解釋的補遺和豆漿不加糖的回答，幾乎同步出現回應著不同的句子，這種跨行錯置的情況，在網路上使用文字聊天時雖是常態，但每次看到還是會有種不協調感湧現。

工時八小時：「wwwwwww。」

時刻表上的詭計：「這麼說來真相幾乎已經釐清了嘛！」

第二騎士：「真的嗎？說來聽聽。」

時刻表上的詭計：「簡單講就是靖趁著宇不注意的時候，勾搭了他的女朋友，結果導致兩人的情誼決裂。然後兩人決戰紫禁之巔，靖被打爆了，從此兩人互相仇視。應該就是這樣吧！」

調查局的臨時工：「喔喔。」

這種七拼八湊胡亂解釋的臆測，到底有哪一點值得發出讚嘆的語氣？

工時八小時：「wwwwwwwwwwwwwwwwwwwwww。」

D調：「工時八小時怎麼一直在笑啊？」

工時八小時：「wwwwwwwwwwwwwwwwwwwwwwwwwwwwwwwwwwwwwwwww。」

D調：「又來了。」

調查局的臨時工：「這次好長。」

第二騎士：「她才不是在笑咧，是在打瞌睡一直按到W鍵吧！哈哈。」

時刻表上的詭計：「原來如此啊。」

看來工時八小時的真實身分也同樣攤在陽光下了。

等、等一下。

有些不對。D調、調查局的臨時工、工時八小時、時刻表上的詭計、伽利略怪人、第二騎士、豆漿不加糖，加上我炸彈魔，一共是八個人！

炸彈魔：「喂，為什麼這裡會有八個人？」

時刻表上的詭計：「那又怎麼樣了？」

調查局的臨時工：「換句話說，話劇社目前的成員全都在這了對吧。」

時刻表上的詭計：「所以……」

D調：「表示宇和靖也一樣在這裡……」

時刻表上的詭計：「接接接接接！」

大笨蛋朱可欣現在用《小海女》裡頭的方言來表示驚嘆，也絲毫於事無補。這場祕密會議已然東窗事發，重點是面臨這騎虎難下的窘境究竟該如何應對呢？

工時八小時：「wwwwwwwwwww。」

笑屁啊。都什麼時候了，大姐妳醒醒吧。

豆漿不加糖：「很抱歉，對於你們邏輯薄弱的推測，我只能打個零分。致力於學習的我，至今還未談過戀愛，請重新建立假設。」

伽利略怪人：「……………………」

正當伽利略拋出曖昧不明的刪節號留言時，霎時間氛圍僵持在誰也不願破壞的弔詭平衡裡。萬萬沒想到最後挺身而出，延續文字對話的竟是一則系統留言。

系統：第二騎士下線。

嘖，陣前脫逃，依軍法可是要視同戰犯處置的啊。

伽利略怪人：「再不滾，就領死！」

瞬間螢幕刷出一整排系統留言，回應著這極具威脅性的磅礡字句。

系統：時刻表上的詭計下線。

系統：調查局的臨時工下線。

系統：豆漿不加糖下線。

系統：D調下線。

若非親眼目睹這一幕，我絕不會相信人類是如此貪生怕死的生物。

剎那間整個聊天室除了伽利略，只剩下我以及──

工時八小時：「wwwwwwwww。」

於此，我領略到一件事。

當一個人逃跑時，是戰犯；當一群人逃跑時，是知進退者為英雄。而獨自選擇留下的則是不折不扣的狗熊。

我緊握著顫抖的手默默按下退出鍵。

不知何時劃過臉頰的冷汗，乍然滴落在手機螢幕上。

我，也是個人類。

4

黑板上落款的粉筆字於鐘響催促下替課程作結，斜揹上書包帶，在前往記不清何時成為慣例的社團教室路線上，一則訊息突然造訪了我的手機。

「咳咳……我生病了，今天不去社團。雖然我不在，你們還是要認真排練喔，不准給我偷懶。咳咳……以上，可欣。」

即使不看留言末端的署名，也能毫無疑問地得知傳訊者身分，會做出在文章裡塞入咳咳這種假裝咳嗽的狀聲詞來欲蓋彌彰的蠢事，除了笨蛋朱可欣外別無第二人選。

若我猜得沒錯，她應該是隻身去調查關於劉哲宇和楊原靖的事情。簡直像是一頭栽進偵探遊戲裡無可自拔的推理迷，探人隱私絕不是什麼好的習慣，很多時候會為自己帶來麻煩。只要放著不管自然就被人痛宰了吧！人總是要在受傷以後，才能學會教訓。

我收起手機，再度邁開步伐。

日薄西山，雲蒸霞蔚，向晚的風借來康斯特勃的筆觸，以天際作畫布抹上橘黃餘暉。我繞著街區遊走在連衽成帷的雜沓人群中，偶望著逐漸斑斕的穹蒼。

翹掉了社團活動的我，此刻竟然蹲下身子躲在Twice子瑜人形立牌後，連我自己都不敢置信。這全拜在前方不遠處，挨家挨戶展開情報搜查的那個笨蛋所賜。

呿，真是讓人放心不下的傢伙。

自從找到她的蹤跡後，已經暗中尾隨著她拜訪過各家陣頭以及附近住家，依調查方向來看，主要落在楊原靖身上，莫非兩人互不順眼的癥結是由他而起？

又是一家陣頭，朱可欣拿出紙筆殷勤地記錄著對方的回答。

而我的隱蔽物也從偶像人形立牌，換成佔據在街道旁漆上墨綠的電箱。

因為距離的隔閡，導致我完全聽不見交談的內容。

但朱可欣時而認真皺眉，時而插腰大笑的模樣，仍保有她個人愚蠢的風格。

正當我有一瞬閃神發呆凝望著天空晚霞，然後又轉回視線時，局面有了一百八十度的大轉變。猶如不小心壓到滑入坐墊下的遙控器，從拿著室內拖鞋打頭的瘋神無雙轉台到上演豹群獵食秀的國家地理頻道。

不知道從哪裡跑來一群騎著機車，無袖上衣的臂膀上還滿佈著刺青肆虐的青少年，手裡搖晃著金屬球棒和裹著報紙疑似西瓜刀的物品，團團圍住朱可欣。

嘖，我所期待的可不是這種貨真價實的痛宰啊！

倉皇中我用手纏緊了書包的揹帶，準備將書包作為武器使用，早知道應該將書包裡用作分隔的塑膠墊板，換成木板或鐵板才是。或者塞台平板電腦。

殊料，一聲刺痛神經的尖叫，讓還沒結束備戰階段的我，懷著驚懼不假思索地衝出來查看，此時我甚至能聽見自己心跳的悸動。

「給我住手啊！」來至半途的我，眼簾裡清晰映入一個奮力揮下的球棒和朱可欣的腦袋，以及橫亙在兩者之間高舉成盾的書包。還有挺舉著書包的一雙如狼般銳利眼神。

轉過頭來瞥了我一眼後，舉著書包的楊原靖如是說：「『一個笨不夠，兩個笨來湊』。」旋即一腳踢飛揮下球棒的不良少年。

趴在機車龍頭上的某名不良青年，緩緩開口：「雪狼，我們可是好心要幫你教訓這個暗中打探你的學生妹耶。結果你這樣對待我的兄弟對嗎？」

看來這個傢伙便是帶領這群飆車族的人了。

而那名慘遭踢飛的不良少年，已經躺在路上口吐白沫昏迷不醒。

「番鴨，別囉嗦。」楊原靖操著台語回嗆著對方的明嘲暗諷。「這兩個都是我的人，敢動他們。等瘋狗出來以後，可能要去殯儀館看你了啦。」

「幹！你還敢提瘋狗老大的名字。今天我們就打到你這隻雪狼變作跛腳狗啦！信不信？」

「『睡歸睡，別瞑夢啦』！幹！」

楊原靖攻其不備箭步向前一腳踹倒番鴨的機車，隨即拉著朱可欣朝我的方向跑過來。「還不跑，等『領便當』啊！」

在楊原靖如雷貫耳的喝聲中，我猛然拔足疾奔緊跟在後。

「追！一個都別給『林北』放過！」

背後傳來番鴨的喊殺聲，轉瞬充塞著整條街道。

跨越馬路來到對街的停車格，楊原靖從機車置物箱裡取出一頂安全帽塞給我，將機車牽出車格，指示著朱可欣縮在腳踏板的空間中，而我則坐在後座。

然後隨著油門催動，展開一場呼嘯風中的逃亡。

黃昏即將消失的背影於道路上拓長，街燈則接替著昏黃光暈盞盞點亮，在這晝夜接力的逢魔時刻，另一端背道而馳的駕駛們臉上神情，同樣像是遭逢惡魔。

當然我絕對能夠理解瞧見一台粉紅色的小綿羊機車，倏然自路口出現在自己眼前，同時還有著兩個戴著粉紅色半罩式安全帽的高中男生，和塞在腳踏板部位時不時探出頭來的詭異高中女生，以及緊接在後揮舞著球棒、西瓜刀、鐵鍊鬼吼鬼叫追趕的飆車族。

任誰看到這幅光怪陸離的情景，都會露出像是遭逢惡魔一樣的表情。

即使背景是襯托著一輪載沉的夕陽或者一輪載浮的銀月，同樣於事無補。

直至夜霾降臨，我們三人一車在夜幕掩護下總算將飆車族徹底擺脫。在某間超商外的桌椅停下休息，然而將恐懼取而代之的是擁有著雷同壓迫感的尷尬。

「欸……」朱可欣一邊捏著吸管，攪拌著剛買的鋁箔包果汁，一邊將視線投向仍警戒著街道上是否有追兵的楊原靖。並試著打破沉默。「那個……」

「嗯？」楊原靖一個察覺到有人靠近的回眸，嚇得朱可欣旋即將視線往我這丟過來。

「質數男，你怎麼會出現在那裡啊？」朱可欣轉移焦點問道。

楊原靖也同聲附和：「這也是我的疑問，除了副社，你也在調查我嗎？」

這一瞬間，我感覺一陣殺氣媲美八級強風橫掃過我的臉龐，劃下刺骨寒冽。

「我只是擔心這個笨蛋才跟來的。」

當然我絕對不可能是因為擔心朱可欣這個笨蛋才尾隨在後，這純粹是我臨時用來搪塞的一個藉口。

「畢竟你也看過她傳的那封簡訊了吧？老是搞些一眼就能拆穿的把戲，要不是怕她出事，我才不會出現在那裡呢！」

啊，這理由連我聽來都覺得牽強，楊原靖也恐怕不會相信吧？我怎麼可能會拋下社團活動和圖書館，只為了擔心她這麼可笑的理由。

「為了找到她，我可是踏破鐵鞋幾乎逛遍和線索有關的大半個街區。」

如今回想起來，只對自己中途放棄前往社團教室而來找她的行為感到疑惑。

或許這就是所謂的鬼迷心竅吧。

楊原靖卻露出讓我不解的神情，頷首道：「理解。」

這是什麼回答？你不是應該狠狠地質疑我一番才是嗎？為什麼會接受這麼荒誕不經的托詞，難道我的演技已磨練到能讓人瞧不出破綻的程度？

我望向朱可欣，冀望著她會和平日一樣大肆吐槽。

她卻避開我渴求的視線，轉向楊原靖提出問題，為何這麼快就克服了剛才還有的畏懼，是情緒在短暫時間內產生替換？不可能吧！若有，又是什麼情緒？

「喂，我怎麼都不知道你有叫什麼雪狼的綽號啊？」

面對朱可欣掙脫懼怕感後，恢復了往日白目的直問，楊原靖臉上的緊繃似乎也因此舒緩幾分。

「我也不知道，忘記從什麼開始就有人這麼叫我。」

「而且我發現你們愛用動物當綽號耶，還有什麼薑母鴨跟米格魯的。」

妳是故意的吧！即使番鴨記成薑母鴨也就算了，瘋狗到底是怎麼轉換成米格魯收藏進妳的大腦記憶體的？

「雖然是群素行不良的傢伙，但應該還不至於隨便出手。」楊原靖斜睨著朱可欣，語調嚴肅冰冷地逼問。「副社，妳到底跟他們說了些什麼？妳又查到了些什麼？」

楊原靖咄咄逼人的氣勢，連身為旁觀者的我都能輕易感受到。朱可欣則搔著後腦勺，露出個笨拙的笑容打算蒙混過去，但上揚的嘴角卻難掩顫抖。

「這、這個嘛……」

其實我大可以出言掩護朱可欣，我現在腦海裡至少就構思出十種以上能夠幫她自圓其說的藉口。但我更想知道事實的真相是什麼，所以我選擇了緘默。

「啊，飲料都喝完了。」楊原靖將可樂罐重新放在桌上，然後抬起手掌猛力往鋁罐上方壓落，鋁罐在剎那間被擠壓到扁平，掌心則緊貼著桌面。「也該回答我的問題了吧？」

這毫無疑問的是威脅！絕對是威脅！

重點是這傢伙真的是人類嗎？難道手不會痛嗎？

吞了口唾液後，朱可欣出聲回應：「其實……一開始我想他們既然認識你，應該是你的朋友，所以問了些你在陣頭表演的情況。後來越講感覺氣氛越僵，為了化解難堪的氛圍讓氣氛變得熱絡，我講了一個笑話。」

楊原靖道：「笑話？說來聽聽。」

我也屏氣凝神豎直耳朵。

「我告訴他們，有一天丁丁走在路上，結果竟然被人往肚子打了一拳。」

「然後呢？」我追問。

「就變成ㄎㄎ了！噗哈哈哈……」

朱可欣捧著肚子大笑道。

我無奈地說：「很明顯的，這個企圖取悅他們的笑話，起了反效果。」

「就是說啊！講完之後，他們突然就生氣了。真是一群沒幽默感的人啊。」

朱可欣用雙手比出火山爆發的示意圖，來描述當時的情境。

「取悅？」楊原靖一本正經地提出疑問。「副社，妳講這個笑話，難道不是為了激怒他們嗎？」

啊，我可以瞭解為何楊原靖會有這樣的認知，而事實上那群不良份子也確實被這個笑話所激怒了。

「總之，別再主動招惹他們，剩下的我會處理好。」楊原靖從椅子上起身。「這裡離學校很近，相信你們有辦法自行回家，我就不送你們了。」

「嗯，掰掰。」朱可欣作出敬禮的手勢，呼應著道別。

「放心離開吧！我會親自送這個麻煩精回家的。」

我向楊原靖許下保證。

簡略道別後，楊原靖騎上機車揚長而去。排氣管冒出的濃濃灰煙，極有可能是三人共乘後不幸導致的小小後遺症。

廢氣煙霧被晚風輕輕吹散，而這蹩腳的掩飾故事也同樣該煙消雲散了吧。

「可以說出妳得到的情報了，還有跟那群人產生衝突的真正肇因。」

我淺嘗一口熱度已溫的紙杯咖啡後道。

「咦，被你看穿啦？」

「誰會真的無聊到因為一個冷笑話用球棒打妳啊！」

「說得也是。那麼我先從打各個陣頭蒐集來的情報開始說起吧。」

「我洗耳恭聽。」

「根據打探，阿靖所屬陣頭名叫『十天團』，在附近算是數一數二的有名陣頭喔。很多宮廟都是老主顧。」

「直接切入重點吧，我還想留點時間溫書。」我掏出手機查閱時間。

「好啦。後來似乎有黑道開始介入宮廟和陣頭之間，計畫從中收取仲介費或保護費之類的錢，簡單講就是巧立名目的勒索啦！而引起了某些陣頭的反彈。」

「妳口中所謂的黑道，該不會是剛才追殺我們的那些人吧？」

「沒錯！因為本副社長一時義憤填膺，滿滿的正義感宛如爆濃球一般在嘴裡炸裂開來，忍不住毒舌了幾句，結果就看到球棒從頭上掉下來了。」

啊，真是禍從口出啊。

但為了加速議程，我決定將湧至喉頭的調侃再度囫圇吞下。

「楊原靖也是隸屬於反抗陣頭中的一員吧？」

又為了加速議程，我決定直接叩問關鍵所在，這樣可以避免遭到一堆加油添醋的妄想和匪夷所思的修辭所荼毒。

「是的。而且兩派人馬衝突最激烈的時候，正和哲宇與阿靖鬧翻的時間點十分接近。」

「換句話說，可以大膽推測兩者間或許有所關係？」

「沒錯。」

「要再取得進一步的情資並不容易，妳有什麼下手的目標嗎？例如直接殺去楊原靖家，找他爸媽促膝長談一番。」

「不行啦，阿靖除了上學幾乎都待在家，會被發現的。」

「難道還有別的路徑，可以通往真相的所在嗎？」

「嘿嘿！你可真是健忘啊。」

凝望著朱可欣搖晃的食指和燦爛到令人想呼她兩巴掌的微笑，一股寒意自潛意識深處油然而生，如特戰隊衝鋒般乍然搶灘心頭，讓身心同時打了個冷顫。

「喂，妳該不會想從剛追殺我們的那票流氓嘴裡，問出情報吧？」

朱可欣嘛著嘴說：「要不然咧？」

啊啊，我果然不該期待狗嘴裡能吐出象牙，豬腦袋裡會裝著愛因斯坦的腦漿。如今我的處境彷彿正置身於鱷魚醫生的玩具前，按下第一顆牙齒後，好不容易化險為夷，又要被迫按下第二顆牙齒，讓鱷魚伺機將我一口咬下。

「直接去問他們可是會被大卸八塊的喔。」

「山人自有妙計啦。」

朱可欣拍著胸脯自信道。

當我打算繼續追問何謂妙計時，朱可欣只扔下一句回去再傳訊息給我就分道揚鑣了。確實時間也很晚了，但她賣關子的舉動卻令我有些起疑。

算了，反正再過一點時間就會知道答案了。我朝著回家的方向走去，一路上試著整理並歸納相關的線索。某段記憶中的剪影卻輕輕刷出了輪廓，早前游泳課時曾經和二班同時上課，但印象中劉哲宇並未下水而是在一旁旁觀。

對照手機裡各事件發生的時間序列後，和楊原靖負傷上學的時間點吻合，莫非劉哲宇無法游泳的原因是因為身上有傷口，兩人真的打過架？若真的有，原因又會是什麼呢？此刻的我仍是毫無定論。

回家後，一則訊息如約造訪我的手機。

懷著忐忑心緒的我，點開訊息恭敬地迎接著錦囊妙計，仔細一觀果真字字珠璣妙不可言。僅僅四字，萬無一失。

訊息上頭寫道：「交給你了。」

看著訊息上的文字，我笑了，我笑了，我不禁笑了。

我笑我自己都幾歲了，為什麼還會相信朱可欣那個笨蛋的鬼話！啊——

5

在太歲頭上動土雖然不智，但朱可欣地毯式的搜查也並非徒勞無功。除了楊原靖外，也幾乎概略掌握了附近陣頭的成員和那群流氓的基本背景。

最後由我擬定策略再交由朱可欣的三寸不爛之舌，或者該說是死纏爛打的「盧功」發威下，順利拉攏陣頭中的反繳保護費份子，進而一同設下圈套。

鎖定的對象則是當初揮棒準備打朱可欣頭的那名男子，道上的外號叫作倉鼠，利用了附近便利商店的監視器作為媒介，營造出無辜高中少女差點被滿臉橫肉的地痞流氓，給追打加性騷擾的情境。

當然這段出現在監視器中的影像，很巧妙地避開了前段，少女用冰淇淋砸頭或螺絲起子刮車殼等挑釁流氓的一連串舉止。也省略了後段，一群陣頭成員將流氓予以擒拿壓倒在地，再用他的側臉磨著柏油路打蠟的畫面。

其中少女在某些身形於影像中和流氓重疊的部分，利用錯覺隱蔽而自己撕開制服或跌倒掉鞋匍匐爬行的橋段，更是將流氓的印象抹黑到無以復加。而那時彈出的上衣鈕扣，目前還在我的腳邊不遠處躺著。

「剛才你調戲還有企圖染指我的過程，都已經被上面的監視器拍下來了。如果不想我拷貝這捲影帶送到警察局，還有你屏東老家年屆六十的慈祥母親手裡，戳破你說在財務公司上班的謊言的話。就得乖乖回答我的問題，否則你的人生要是因此而崩壞，我也只能說聲sorry。」朱可欣擺出裝可愛的敬禮道。

「我說、我說，什麼我都說……」

看著朱可欣用手掌輕拍著流氓蒼鼠的臉頰出言威脅，而蒼鼠的眼眶裡則噙著眼淚泫然欲泣的模樣。為什麼我會有種變成壞人的錯覺？

「哇哈哈哈，哇哈哈哈……」

在用手掌背側輕靠在唇邊的朱可欣仰天笑聲下，這策略也算是功德圓滿了。

多虧倉鼠知無不言的自白，真相總算逐漸清晰了起來。

取得線索後，便將流氓倉鼠交由其餘協助的陣頭成員處置，當然不讓影帶外流的條件仍是成立的。

除非日後倉鼠又打算來找晦氣，否則將永遠埋葬。

根據倉鼠所言，以瘋狗為首的勒索集團，曾數度聚眾找上附近陣頭中反抗黨的領袖人物之一，雪狼。也就是我們所熟知的楊原靖。

然而在一次最龐大的鬥毆事件後，卻出現一名頭髮方向往斜後方梳，留著all back刺蝟頭的男人找碴，男人左手臂上有著荊棘刺青從手腕蔓延到肘部。

雙方打得天昏地暗，頻頻掛彩，後來警察聞訊來到，刺蝟男趁機從人群掩護中逃走。瘋狗集團等人也四處逃散，但由於人數眾多，仍是有一部分人難逃警網捕獲。再加上有個人提供瘋狗集團犯案的證據向警方密報，為避免殃及手下，瘋狗挺身攬下所有刑責，在審判後關入監獄。

經過番鴨等人鍥而不捨的追查，才知道暗中密報的人，是一個男高中生，但真實身分仍不確定。

而刺蝟男則一點蛛絲馬跡都沒留下，行蹤成謎。

十五分鐘後，我和朱可欣來到了當初刺蝟男和瘋狗集團械鬥的柑仔店前。

鐵鏽隨興爬滿了捲門和櫥櫃，牆上免用統一發票貼紙以及春聯都已斑駁褪黃，彷彿只存在於上一輩人記憶裡的擺設，雲淡風輕走入我的眼簾。

「哦，這比我平常去的那間柑仔店東西還要多耶！簡直是座藏寶窟嘛！」

朱可欣眼睛發出亮光，沉浸在佈滿玩具和零食的區域優游著。

我則掃視店內確認無人在外部顧店後，開始出聲叫喚：「請問有人在嗎？」

只聞蹦蹦聲，由內而外逐漸清晰。突然眼前隔開店鋪和住家分界的門簾，被一把掀開從裡頭走出一個盤著頭穿著碎花洋裝的老婆婆。

老婆婆略彎著腰負手往我們走來，然後右手伸出食指，以疾速移動指著我身旁朱可欣身上掛的、肩上披的、手上拿的、嘴上叼的各個物品，同時唸唸有詞。

「5元、15元、25元、20元、5元、10元……」還偷空多塞一個麥芽糖餅棒到朱可欣嘴裡。「這個兩支25元。總計105元，付錢。」

旋即手掌轉化攤開向上討錢的姿勢。

原來剛才電光石火般的一瞬間是在計算價格，這速度著實令我瞠目結舌。

「嗚嗚嗚……」嘴裡被塞餅導致無法說話的朱可欣，仍試圖以她難看的肢體語言和單聲字詞表達著，要我幫她拿出口袋裡錢包付款的要求。

當我從錢包拿出一百塊紙鈔加一個十元硬幣放在老婆婆手上時，她以迅雷不及掩耳的速度收下。然後緩緩走向收銀台，從脖子上的棉繩拉出藏在洋裝裡的鑰匙，再緩緩打開鎖將錢放進抽屜，又緩緩取出要找的五元硬幣，再上鎖。

嗯，不得不說收錢的速度挺快的，找錢的速度倒是很慢。

將五元硬幣收進錢包，塞回朱可欣的口袋後，我言歸正傳。

「老婆婆，我們有事要問妳。」

老婆婆眼神倏地一變霎時精光內斂，以極嚴肅的口吻回覆著我的話。

「我知道為了什麼。」

「嗚嗚！」即使此刻朱可欣不管說什麼話聽起來都一樣，但我仍能感覺到她語氣中的驚嘆和我內心中的驚訝是一致的。

老婆婆忽然轉過身去往後邁步，這一襲背影假如旁邊再擺上一張搖椅，簡直像極了不出門實際勘查就能洞悉一切的安樂椅偵探啊！

但見老婆婆往放在櫥櫃旁邊的紙箱裡埋頭翻找一陣後，嘴角浮現一抹微笑，然後猛然起身轉向前，手裡緊緊攥著一袋東西朝我們展示。

「這就是限量首發版的『甲蟲格鬥』機體！」

什麼！我看著透明塑膠袋裡長得像螳螂的玩具，一時無語凝咽。

「嗚嗚！」朱可欣激動張開嘴，使得麥芽糖餅棒跟用繩子纏繞的草莓餅袋同時掉落。「是『海利歐斯』啊！」

「沒錯，正是孤高的鬥士，螳螂海利歐斯啊。你們真是厲害啊，這可是我昨天傍晚才進的貨。不，或許這是命運的安排也說不定。掏出鈔票讓這段難得的邂逅，成為永恆吧。」

不，怎麼看這都是商人蠱惑消費的話術。

我當機立斷即刻阻止這莫名其妙的發展：「我們不是來買這個昆蟲玩具的。」

喂，笨蛋朱可欣我哪裡說錯了？幹嘛露出一臉哀怨的表情淒涼地看著我。

「是嘛……我懂了！」老婆婆一轉身臉上突然多了副墨鏡，手裡一個換過一個的東西更是撩亂了我的眼睛。「你看啊不管是戰鬥陀螺、溜溜球、遊戲王卡片還是四驅車零件，這裡可都是應有盡有啊！」

我不得不承認讓陀螺在玻璃櫃邊緣行走的技術，還有雙手施展的雙重快打，甚至是用卡套保護妥善的黑暗大法師，都讓人折服不已。但現在的我只希望這個話題，猶如旋風衝鋒龍捲風飛向天際，不要再回來了啊！

幾番折騰後，總算向老婆婆闡明了我們的來意。於是老婆婆將我們請到門簾後的檀木椅上商談，本以為她會抗拒這個話題隨便敷衍了事，但卻非如此。

「外面沒人顧店無所謂嗎？」我提出疑問。

老婆婆則悠悠道：「放心吧，即使沒人看顧，一但客人拿了東西，也會把該付的錢放在玻璃櫃上頭的。」

對於老婆婆的自信我難掩懷疑，畢竟這裡的商品琳瑯滿目，而且幾乎都沒有標價。少了一樣，也難以察覺，但看看門可羅雀的店面或許這顧慮多餘了。

「所以說，你們主要的目的是來問一年前發生的那個打架事件對吧？」

「是的。詳情是這樣的……」

我延續著老婆婆展開的話鋒，將瘋狗集團勒索附近陣頭，進而堵上楊原靖。以及神祕的刺蝟男和密報的高中生導致的後續效應，一併如實告知。

「當時我拉下鐵捲門，跑到二樓的陽台觀看。再怎麼說有這種免費的熱鬧可以看，都不能錯過的嘛。」

「刺蝟男能夠以一人之力抗衡瘋狗集團，一定很厲害吧！」

卸下一身戰利品的朱可欣，興奮地向老婆婆發問。

「不，只有登場的嗆聲能看而已。過沒多久就被打得當狗爬了，只是那群『七逃囝仔』很倒楣老是被周遭冒出來的東西打傷。後來聽說有個圍觀的漂亮妹妹打電話報警，警察來後就一哄而散了啊。」

我接著問：「您知道那名刺蝟男的名字嗎？或者說曾在附近見過他呢？」

「沒見過，警察也問過我和周邊的鄰居。但這附近沒有人留著那奇怪的髮型，連手臂上的刺青有荊棘圖騰的人也同樣找不到。」

「這樣啊……」

我摸著下巴陷入思索。

朱可欣則用吸管喝著老婆婆放在桌上招待的彈珠汽水，我真有股衝動想將她的腦袋像彈珠一樣壓入水底，以平撫我絞盡腦汁搜索枯腸的幾分痛苦。

「喂，小子。汽水既然擺上桌了，就算你不喝也要付錢的啊！」

老婆婆突如其來的一席話鞭笞了我。

原來這不是基於禮儀的免費招待，而是強迫消費嗎！

「不過看在你們是第一次來，我還是半買半相送請你們吃點東西吧！」

老婆婆自前庭的貨架上拿了一袋零食過來，我見過這個包裝。她打開了袋子封口，從袋子裡拿出一顆巧克力球然後將袋子遞給我們，朱可欣和我各拿一顆，裡頭便已彈盡援絕。

將巧克力球塞入口中後，老婆婆以緬懷的語氣卸下市儈，眼眶霎時滿溢溫暖。

「以前這家店常有兩個小鬼頭，會湊錢來買這個巧克力球呢！各拿一顆後，總是你推我擠的爭奪著吃第三顆球的權利。」

朱可欣則咀嚼著巧克力球，露出滿足的愚蠢笑容，連看著她表情的我，都差點要被這份愚蠢氣息所感染，身體不禁往旁邊移動了三公分來避難。

「我也想搶……」

妳還是先將食物嚥下再開口好嗎？

對朱可欣無可救藥的發言，老婆婆回以幾聲輕笑後接著講：「一開始那個上吊眼小鬼仗著拳頭大老是搶贏，可是另一個下垂眼小鬼後來就頻出怪招取勝。」

老婆婆一邊講一邊用手指上下移動著眼角的弧度，模仿著嘴裡的兩個小鬼頭特徵。

「像是藏雜誌在衣服裡互毆，讓上吊眼小鬼打不痛，再趁機打趴上吊眼小鬼。或者灑胡椒粉讓上吊眼小鬼淚眼汪汪，還是用作弊猜拳硬拗取勝……」

「這樣聽來，後面好像都是下垂眼那個小鬼佔上風嘛？」朱可欣問。

「那倒也未必。」老婆婆語帶玄機。「有一段時間，我閒著無聊便記錄起每一天到底是誰吃到那第三顆巧克力球，結果你們猜怎麼著？」

朱可欣先聲奪人說：「一定是卑鄙的下垂眼小鬼贏啦！我要梭哈押他贏。」

什麼時候這個問題，變成一場賭注了？

我不理會朱可欣跳躍式的無厘頭發言，合理解析道：「奇策雖在短期能產生一定成效，但長久來看還是比不過擁有較強武力的對手。畢竟這可是弱肉強食的世界啊！所以我認為應該是上吊眼小鬼贏。」

「才沒有這回事呢！」不等老婆婆解答，朱可欣迫不及待反駁我的論點。「像獅子跟老虎物理攻擊比人類強，但現在還不是只能在動物園裡被豢養著。」

「不，正確的說法應該是圈養。」

「少鑽牛角尖啦！在文字的領域裡可是約定俗成、積非成是的啦！」

「如果妳的國文老師聽到這番話，應該會當掉妳讓妳重修吧。」

「哈哈，才不會咧。老師說我們全班只要段考不要爛到救不回來，都會加分到讓我們過關的。」

「是喔，我一點都不覺得這有什麼值得開心。」

「你這討人厭的資優班質數男！」

這一陣互相攻訐被老婆婆旁觀的笑聲所中斷。「呵呵，真有趣。看來比較聰明的卻覺得力量比智慧重要，看來比較兇悍的卻覺得智慧更勝於力量。」

或許只是順藤摸瓜無心插柳的一席話，卻讓我體會到或許人們正因為自己掌握某些能力，才能感覺到那個能力的極限，而容易對於擁有不同能力的人給予過高的憧憬和評價。

「言歸正傳吧！結果到底是誰贏了呢？」我問。

老婆婆淺淺地笑說：「是平手喔！」

咦？對於這個答案我和朱可欣異口同聲表達了訝異。

「雖然我只做了大概一個多月的紀錄，但根據這段時間的紀錄來看，兩個小鬼吃到第三顆球的次數是一樣多的。當然後來到底誰吃得多些，我也不知道了。或許這只是個巧合，但挺有趣的不是嗎？」

但或許也不只是個巧合，對吧？

告別了老婆婆離開店鋪後，我和朱可欣並肩走著。

「到頭來還是沒查到什麼有用的線索嘛……」跟老婆婆拿了個塑膠袋將戰利品裝起來的朱可欣，手提著塑膠袋又插進口袋裡。一面踢著路上的碎石一面發著牢騷。當然塑膠袋要另外加收一塊錢。

「我倒是覺得有很多脈絡都釐清了呢！距離名為『真相』的拼圖，完成的時刻已經近了。」

「什麼嘛，那說出來聽聽啊！」

「時候未到。」

「裝什麼神祕啊，快說啦。」

看著朱可欣咄咄逼人的態勢，我不自覺拔腿往前跑，她則緊追在後。

「我才不想降低我的智商，用笨蛋語言跟從笨蛋星球來的笨蛋解釋呢！」

「誰是笨蛋啊！你別跑啦。」

我頻頻回頭望著朱可欣，同時向前狂奔。

6

星期日，為了加緊排演話劇茱麗葉，眾人特別撥出一個上午的時間，在社團教室聚頭繼續練習著每一幕每一場的橋段和對白。

被諾恩三女神轉動的時間輪軸，指針終於合而為一指向十二點。正當眾人準備作鳥獸散時，自以為很有副社長派頭的朱可欣盤起雙臂，朝向劉哲宇、楊原靖兩人下達指令。

「哲宇跟阿靖，你們兩個給我留下來。」

看來是打算強行突破了，與其曠日廢時來解開心結，不如直接拿把剪刀將打結處給剪斷嗎？果然是笨蛋才會有的魯莽行徑。

豈料楊原靖卻理直氣壯地回應：「神明誕辰的廟會快到了，我必須回去排練陣頭。沒辦法再留下來，所以我先走了。bye！」接著捏出劍指帥氣往斜上一勾，比出別了的手勢。

「喔喔。」無力反駁的朱可欣只能用狀聲詞填補回答，目送離去。

「我也不奉陪了。」劉哲宇揹起放著劇本書和文具等雜物的斜背包，往門口走去。「下午我還有補習課得上，有事下次再說吧。」

凝望著揚長而去的背影，朱可欣本能伸出挽留的手，卻僅能留下一截蒼涼，繞影自憐。

「什麼嘛，人家我好不容易鼓足勇氣的說！」朱可欣喃喃自語抱怨著。

正所謂一股作氣，再而衰，三而竭。看來這不知有心或無意的拖延戰術，順利打擊了朱可欣自以為很堅定其實也還好的決心。

倏然，門外傳來零碎而急促的跫音逐漸清晰。然後出現在眾人眼前的是上氣不接下氣，姍姍來遲的黎青辭。

「我們已經要打道回府囉。」侯棋玉扶著鏡框對阿辭道。

朱可欣一手插腰一手伸出食指，指著阿辭嘟嘴道：「妳遲到太久了啦！不是說好大概十點左右就能趕到嗎？」

「抱、抱歉。高鐵誤點了，而且……趕來的路上也有點塞車……」

因為在星期六要參加外縣市出於親善交流為目的的鋼琴比賽，所以阿辭早前便向朱可欣告假兩個小時，希望能在十點前趕來排練話劇。

無奈天不從人願，發生了不少事故使時間延誤，氣喘吁吁趕到後只迎來結束。

「算了，跟我們一起去吃飯吧。」

啊啊，好一招借力使力的無差別攻擊。在赦免了阿辭遲到的同時，也順道強迫了所有在場的人要跟妳一起共進午餐。

阿辭掃了眼前半圈後，提出疑問：「劉哲宇和楊原靖同學怎麼不在呢？」

「阿靖，要去練習陣頭啦。所以先閃了啦。」涂智寶解釋道。

「而哲宇那個傢伙說要去參加補習班，也隨後撤了。」朱可欣接力道。

「補習？」阿辭露出滿是問號的神情。「可是剛才來的路上，哲宇同學上的那間補習班根本沒開門啊！」

咦？在場眾人臉龐上同時蒙上一陣疑惑，直到一個慵懶的聲音打破寂靜。

「副社，要去吃飯了沒啊！我好想睡覺喔。」在排演完後陷入昏睡的張佳慧，乍然醒轉。「喔，青辭妳什麼時候來的啊？欸，哲宇跟原靖怎麼不見了？」

身處滿是奇葩的話劇社裡，這人的神來一筆最令我無所適從。

「可惡的腹黑男，竟敢騙我！」得知被欺瞞後朱可欣頓時火冒三丈，忽然手機鈴聲響起，聽了電話表情旋即又翻波瀾。「什麼！好，我知道了。」

「怎麼了？」她一掛斷電話，我即刻問道。

「之前和我們聯手的陣頭打來說今天是瘋狗出獄的日子，阿靖或許會有危險，希望我早點讓他回家去。」

涂智寶不知何時手裡多了包零食，一邊將食物塞進嘴裡一邊歪著頭問：「靖，不是已經閃了嗎？怎麼還會打來討人啊？」

侯棋玉登時靈光一閃，但驚訝卻令她有些語塞：「難道說……」

「楊原靖將話劇排演的時間謊報了，更正確的說是拉長了。」我稍微頓了下接續著我的臆測。「換句話說，劉哲宇和楊原靖同時撒了謊離開。」

話既至此，所有人皆心領神會究竟發生了何事！沒錯，劉哲宇和楊原靖之所以要以謊言隔出這段時間的原因只有一個──為了即將出獄的瘋狗！

「兩個笨蛋！」拉高嗓音的朱可欣在一聲吶喊後，衝出社團教室。

變生肘腋令在場眾人一時呆若木雞，迫於無奈的我隨即發號施令道：「你們去通知陣頭的人前往監獄接應，我追上去。」

未等允諾回覆，我一個箭步甩開門口狂奔於走廊上，後頭的呼喚聲被周遭逆向衝刺的風所模糊，尋覓著眼簾裡因消失而鏤空的人形。

是兩個笨蛋，一個大笨蛋。

7

乘上計程車的我長驅直入往監獄方向而去，同時試著打手機聯繫三個笨蛋們，但不是關機就是轉入語音信箱，焦躁感伴隨著計價錶不斷向上堆積攀升。

我並未直接讓車停在監獄門口那目標太明顯，甚至可說是有勇無謀。而是挑了個距離數百公尺的路口下車，再沿著電線杆的陳列，一邊遮掩著身影一邊逐步前進。在監獄門口的另一端不遠處，兩輛黑廂型車停靠在路肩，若所料不差，應該是番鴨一干人等在此等候瘋狗出獄。

藏在電線杆後的我，離監獄門口只剩兩百公尺，目光所及處並未見到朱可欣或是劉哲宇、楊原靖任何一個。劉、楊二人或許正躲在某處蓄勢待發，但應該不負笨蛋名望，在門口徘徊的朱可欣卻不見所蹤，難道她已遭不測被番鴨等人擄走？或是跟劉、楊其中一人共處？

離出獄時間還剩下十分鐘，我屏氣凝神斬斷無謂的胡思亂想，將手機靜音。無論如何，所有答案都即將揭曉！該是飛逝的時間在這一刻拉得格外漫長。

倏然自前方小巷裡，信步走出一個僅止於描摹裡的身影，首度躍然於眼前。

一頭all back往斜後方梳理的刺蝟頭，無肩上衣裸露的右手臂上盤繞著刺青的男人，霸氣現身。雖然從這個距離，無法看清刺青到底是不是荊棘圖騰？但無庸置疑這個男人，就是在柑仔店前跟瘋狗集團火拚的人。

似乎是因為和我一樣瞧見這個男人，兩輛黑廂型車的側門皆被拉開，手持球棒的混混們蜂湧下車。或許是還忌憚著畢竟是在監獄門口，所以並未直接衝過來廝殺。最後一個下車的人，如同預料果然是番鴨無誤。

刺蝟男將蟄伏在口袋裡的手伸出，指間還套著指虎，向對面的混混們比出挑釁的手勢。正當混混們打算衝過來開幹時，卻被番鴨伸手阻攔。

這時，喀鏘喀鏘聲自刺蝟男後方傳來，是鐵管拖在地上劃過柏油路面的響聲。刺蝟男並未回頭，來人駐足於刺蝟男的身旁，將鐵管扛在肩上。

「這次還想一個人幹嗎？」

拿著鐵管的人，正是楊原靖。

「你不該來的。」刺蝟男仍緊緊盯視著眼前，未曾撇頭看楊原靖一眼。

「我絕不容許同樣的悔恨，在我身上發生第二次。」

「笨蛋。」

「彼此彼此。」

楊原靖現身後，番鴨似乎有些波動，對他而言是兩個該剷除的對象正在眼前，但監獄可是有眾多獄警配置的，貿然行事只會兩敗俱傷。

番鴨偏頭比了個手勢指向附近的公園，打算轉移戰場嗎？當番鴨一夥人轉頭準備遷移時，刺蝟男展開了奇襲，楊原靖緊跟在後揮舞著鐵管！

太卑鄙了，我該說果然是劉哲宇會做的事嗎？沒錯，刺蝟男的真實身分正是劉哲宇，在拜訪完柑仔店的老婆婆後，這個答案便令我深信不疑。

為了不被報復而刻意喬裝和自己原本裝扮差異甚大的模樣，為了在人數居於劣勢下，能夠儘早結束打鬥而選擇在監獄門口開幹。每個步驟，都是經歷縝密的計算和取捨後所採取的。

雖然說街頭鬥毆本來就不是符合武士禮儀的舉止，但即使搬出兵不厭詐這陳腐的擋箭牌，也無法掩蓋趁人之危的事實吧。

「喝啊！」

「幹，給我打。」

「啊……」

兩方正式交鋒的剎那，光陰在我眼前變得極度緩慢，一個念頭卻很快衝出在腦裡盤旋轉著。假設早前在柑仔店的打鬥是出於經周詳思索的報復，為了讓瘋狗集團來不及逃離而被捕。那麼現在應該也是一樣的計策，因而有所顧忌的番鴨才會在第一次挑釁時忍讓下來，但如今瘋狗尚未出獄，即使番鴨等人因鬥毆傷害入罪服刑，也無法收擒賊擒王之效。更何況要在這裡逃脫獄警的掌握，幾乎是不可能的，換言之劉哲宇根本沒有明哲保身的退路之策可用。

隨著眼前楊原靖奮力揮下的鐵管，我的思緒同樣靈光一閃，原來如此只有一個險招能夠不用賠上自己的人生，同時能將番鴨等人拉下水。楊原靖早就明瞭了劉哲宇的謀算，這兩個傢伙果然是很有默契的啊！

挨揍吧！不要還手！急遽收回的拳頭和刻意敲向地面的鐵管，皆成功達到誘敵出招的成果。緊接著是如驟雨般自四面八方侵襲而來的球棒和拳腳，兩人縮緊雙臂保護住要害，撐過去，只要撐過去，就能以傷害罪提起告訴加以牽制番鴨等人，甚至令其鋃鐺入獄。

為了謹慎起見，我以手機報警。同時間，察覺到監獄門外喊殺的獄警們衝過來喝阻，但卻反遭番鴨用球棒衝撞腹部，摀著肚子疼痛倒地。

「媽的，今天誰都別想阻止老子教訓這兩個小鬼！」

番鴨使勁將木製球棒朝旁邊的電線桿橫向打去，頓時球棒斷裂，裂口處佈滿無數尖銳的木刺，然後雙手緊握握柄準備由上而下朝被打趴在地的劉哲宇攻擊。楊原靖見狀想撿回掉落的鐵管，但手卻搆不到。

「可惡啊……」

這時一個混混則用腳使勁踩住楊原靖的手。

「啊……」楊原靖因疼痛而嘶喊。

「乖乖被打趴吧。」混混道。

番鴨將斷棒舉至高點，用力砸下：「死娘砲刺蝟頭，給老子去死！」

「給我住手啊！」著急的我衝出電線桿的掩護。

車輪剎車蒸冒的白煙，斷棒揮下刺耳的風聲，混亂交錯在我思緒雜沓的腦袋，無從運算視神經傳遞來的繁複剪影，只餘身軀在僵硬和顫抖中裹足不前。

「敢在監獄門口打架，活膩了啊你。」但見一隻手臂橫空出世應聲擋住揮下的斷棒，現身解危的是自緊急煞車的警車裡疾奔而下的男人。

「你這傢伙是誰？」番鴨怒氣未滅，移棒反攻。

「職業幹架人士……」男人側身避開斷棒，一個扣腕擒拿將番鴨制伏。同時其餘混混也改變對手，衝向男人施暴。「賊頭、稅金小偷、合法跟蹤狂、有牌流氓、鬼島傷害記錄保持人……」

男人一面輕訴不著邊際的話語，一面赤手空拳將混混們逐次擊倒。

最後用手揪著番鴨的衣領，將其高舉。「還是你比較習慣警察這個稱呼？」

同時，警車另一側的門打開，一名女警走出。

「秦警官。」忽然車上的無線電作響，女警又回頭去接。「好的，我們已經趕到現場，正在處理……」

「路海棠，回報他們就說事件解決了，聽到了沒？」

「是的，秦警官。」

原來這名剽悍的男人，是個警察。

「死條子，放手啊……」被高舉起的番鴨顯得呼吸困難，滿臉漲紅。

但男警官卻絲毫不為所動，直到一個魁梧高大的身影逼近。那人頂著光頭滿臉橫肉，予人一種不怒自威的感覺。身後還跟著幾名前來支援的獄警。

「鬆手吧！秦猛……警官……」

沒錯，這個剛從監獄門口走出的光頭男人，毫無疑問的就是──

「瘋狗。」秦猛鬆開手，使得番鴨跌倒。「一出來就這麼熱鬧啊！」

瘋狗將視線掃過周遭一遍，最後鎖定仍倒在地上的楊原靖與劉哲宇。「必須帶回警局作筆錄吧？在那之前可以先讓這兩個小鬼去醫院嗎？」

「瘋狗，你……」楊原靖詫異道。

「上吊眼的小鬼啊。真正的男子漢不是只懂往前進，還要懂得如何向後退。」

瘋狗吐出這番話後，旋即上前攙扶番鴨。

「哼。」秦猛不知所謂的輕哼一聲。「路海棠，留下這兩個小鬼的資料。」

「是的，秦警官。」

女警走向楊、劉二人。「請先給我你們的身分證……」

填寫完資料後，番鴨等人被帶往警局偵訊，瘋狗則陪同而去。楊原靖和劉哲宇在瘋狗要求下獲得警方通融，能可先行就醫，再自行擇期前往應訊。

正當我和楊原靖、劉哲宇目送著警車相繼離去時，後方陣頭相關成員與話劇社員也連袂趕到。

「在這裡。」是侯棋玉的聲音自後方叫喊。

我趕緊趨上前去，遮擋住劉哲宇。或許是因為我潛意識裡，認為他不願意讓其他社員瞧見他這副裝扮。對於我突如其來的舉動，劉哲宇似乎有些訝異。

「被看見沒關係嗎？」我問。

劉哲宇露出難得一見的苦笑：「躲不過了吧！」

這時，楊原靖卻語出驚人：「我倒是有個方法。」

我轉向後方領銜邁步，前頭有阿辭、侯棋玉、涂智寶、張佳慧和一票似曾相識的陣頭成員。理應最早出現於此處的朱可欣，卻反倒失了蹤影。

黎青辭蹙眉道：「傷得如何？要不要緊？」

「咦！那個不是……」張佳慧瞧見我身後，由楊原靖撐臂攙扶的人不由得驚叫了起來。「假面騎士！」

啊，沒錯。正是在剛剛被楊原靖硬是戴上面具遮掩容貌的劉哲宇。

「假面騎士黑琵不是阿靖假扮的嗎？」無視於侯棋玉在身邊，涂智寶一時說溜了嘴。

楊原靖急忙撇清：「你在說什麼啊！我怎麼可能會是正義的使者、壞蛋的剋星傳說中的假面騎士黑琵呢！」

原來在你的認知裡，假面騎士是這樣的設定嗎？

不，這根本無關緊要。粉飾這樁早已東窗事發的謊言，毫無意義啊。

侯棋玉推著鏡框道：「又見面了啊，假面騎士。」

妳是故意裝傻的吧？我才不會上當呢。

「好了。總之先送他們到醫院療傷吧。」我以快刀斬亂麻結束這弔詭的對話循環，避免其無止盡的旋轉下去。

一行人朝著陣頭成員所開的車停靠處往回行進時，不遠處的公車站牌迎來雪白車身的駐足，驟開的車門躍下一襲令人鴉雀無聲的身影。

「兩個笨蛋。你們偉大的副社我來解救你們了！」

這個姍姍來遲的大笨蛋，正是朱可欣。

「事情都落幕了。」侯棋玉道。

「副社，妳一定是迷路了對不對？」張佳慧伸出食指比劃。

「拜託，這麼慢我還以為妳有買零食咧！竟然兩手空空。」涂智寶摸著肚子，顯得有些失望。

「妳也來得太晚了吧？」連楊原靖都忍不住吐槽。

「嗚……」朱可欣蹲在站牌下用手指劃圈圈。「人家忘記帶錢包沒錢坐計程車嘛。只剩不到一百塊的悠遊卡可以用，而且轉車轉得很辛苦耶。」

阿辭走過去用手輕拍朱可欣的雙肩。「好了啦，別再逗可欣了。再不趕快去醫院，傷口可是會發炎的喔！」

「好！讓我們出發吧！」一掃陰霾的朱可欣朝天際伸長手臂躍起。

挨過假面騎士身分隨時可能崩盤的車內提問，總算抵達醫院。我趕緊搪塞個藉口分開話劇社和假面騎士，然後讓「假面騎士」離開，再瞎編個理由發現劉哲宇竟因傷住院，而楊原靖也湊巧分配到同一間病房住下。

勉為其難地將一切蒙混過去，當然實際上真正騙過了誰連我也說不準。

「哲宇，你怎麼會摔下樓梯啊？」

張佳慧凝望著恢復原本髮型和裝束，躺在床榻上的劉哲宇發問。

插著腰的朱可欣插嘴道：「他一定是在偷練無敵風火輪啦！被我猜中了吧。」

涂智寶則拿著新買的零食，不斷往嘴裡塞。

這時，辦妥住院手續的黎青辭跟侯棋玉也走進病房。

「真的不用聯絡你們的家人來嗎？」阿辭有些擔憂。

劉哲宇道：「晚一點我會自己打電話的。」

「這點小傷算不了什麼的。」楊原靖則一臉泰然自若。「我躺一下就可以走回去了。」

「有輕微的腦震盪，醫生可是說要留院觀察一天的喔。」

侯棋玉扶著眼鏡邊框提醒道。

「不用擔心啦。正所謂強將手下無弱兵啊！哈……」

盤起胳膊的朱可欣，露出像個笨蛋的笑容仰頭製造著噪音。

話劇社司空見慣的喧鬧肆虐過後，為了讓劉哲宇和楊原靖能好好靜養，我們便在道別後魚貫離開，我刻意壓陣在最後虛掩門扉。所幸從病床上的角度來看，瞧不見門是否真的關上。

而之所以這麼做，是因為出於對一件事的好奇。

旋即我隨口用了個上廁所的理由，再度折返回病房外，透過門縫的間隙試著聽取關於那項物品的處置方式。

是劉哲宇在剛才托涂智寶替他買的，還放在紙袋裡甚是神祕。我趁著眾人注意力集中在朱可欣誇張的行為時，曾偷看了一眼。

正如我猜測的包裝，映入眼簾，又勾勒另一個想法繞著彎拉成問號。

所以我來了。

病房裡很靜謐，即使隔了點距離我還是能聽得清楚兩人間的對話。

「拿去。」

一開始出現的是劉哲宇的聲音。

「給我兩顆，好嗎？這次我可沒花錢。」

「這樣記錄就扯平了啊！誰也不欠誰了。」

「哼，誰欠了誰的，誰又還了誰的，重要嗎？」

「我可是一直都記著啊。」

「我倒是全忘掉了。」

「那你為何會出現在哪裡？」

「路過。」

「手裡的鐵管呢？」

「不知道是誰塞給我的。」

「我知道是誰。」

「誰？」

如我所預料，劉哲宇委託涂智寶買的零食正是一袋巧克力球。輕靠在牆壁上偷聽的我，靜悄悄半轉身旋上把手將原本虛掩的門扉關上。

裝作剛走出病房關門的樣子，除了因為有護士經過外，同時以藉口假借脫身的我也不能離開太久。

解開一個疑問後，又在另一個疑問上打了結。

剎那間，我的腦海掠過無數飛鳥攫獲一個個象徵著臆測的魚隻，但哪一條魚肚內藏著答案，卻無從得知。

或許答案並不存在，或者問題本身就是答案。

或許打一開始問題和答案，僅僅是種彼此內心有數極具默契的掩飾。

「友情。」假如是無聊的勵志題材肥皂劇，毫無懸念會是這個回答吧。

我衷心期望答案不是這個陳腐的詞彙。

或許我離開的真正原因，只是因為想把答案留給我自己。

8

風和日麗的某一天下午，我再度來到刺蝟男和瘋狗集團幹架的案發現場。

當然，我真正的目的是去拜訪柑仔店的老婆婆，來釐清整件事的來龍去脈以驗證我苦心建立的假設，能否切合事實真相。

一個預料外的人，出現在柑仔店門前，向著老婆婆鞠躬道別。似乎是發覺到我的存在，也轉過身向我點了個頭，旋即告辭。

「呵，瞧你嚇得簡直像隻發抖的小貓咪。」

站在門口的老婆婆瞇著眼睛，朝著不遠處的我嘲諷著，看來還記得我。

「瘋狗，怎麼會來這裡？」我一邊走了過去，一邊提出我的疑問。驚訝則仍調皮地抽動著我的皮膚和嘴角，不由得微微顫抖。

「我這裡可是來者不拒啊！畢竟是柑仔店嘛……進來吧，我知道你的來意，還有一個同樣意圖的人來得比你還早喔。」

我尾隨著老婆婆走進柑仔店內部，心中不免有些頭緒，果不其然出現在我眼前是那頭筆墨難以形容的生物，身上塞滿了廉價的戰利品不斷掉落又塞回去、不斷掉落又塞回去，不斷又不斷重複這無意義的舉止。

在其野蠻原始的領域裡，對於購物袋這種概念大概還尚未成形吧。

「咦，質數男。你也來了啊！」

「為什麼不拿個袋子裝呢？」我終於按捺不住內心的想法。

她卻用雙手做了法官敲槌的動作，表達恍然大悟。「對喔，我怎麼沒想到。」

「上次不是才這麼做過嗎？看來要讓妳學會教訓，大概比證明費馬最後定理還要困難吧？」

「我才不管什麼斑馬狗不理咧！聽都沒聽過啦。」回嘴了我後，她又轉向另一端。「婆婆，給我一個袋子。」

等朱可欣將滿身塞滿的零食和玩具都放進袋子，老婆婆也倒好了茶入席。這場前置鋪陳稍顯混亂的訪談，總算正式開端。

「那麼你們打算和我說些什麼呢？」

「是這樣的……」

我和朱可欣異口同聲道。

因為這令人有些尷尬的巧合，讓我和朱可欣對看一眼，氛圍似乎更顯得難堪。

「呵呵呵，小倆口還真有默契啊。」老婆婆見縫插針地調侃著。

「算了，讓你先問好了。」朱可欣盤起胳膊嘟著嘴別過頭。「免得你到後面根本沒東西問了。」

「意思是妳準備了比我更多的問題？」

「沒錯！」

瞧著朱可欣一副志得意滿的神情，本不願降低格調的我，還是壓抑不住吐槽本能的悸動，以媲美光速的電子訊號傳遞到我的手部神經。

我彎曲著食指，以叩門的動作往她的腦門旁空敲三下並唸唸有詞道：「penny、penny、penny。」

「你幹嘛啊？自以為是宅男行不行裡的謝爾頓嗎？我的英文名字才不叫penny咧，人家叫Angela！」她往旁邊挪動三公分，躲著我的手指。

「我只想知道妳的大腦睡醒了沒？」

「什麼意思啊？我早就醒了，要不然怎麼跟你講話啊！」

「準備了比我更多的問題代表對於事實的真相，妳掌握的比我還少，為什麼反倒露出一副比我還厲害的跋扈模樣？除了妳是個笨蛋外，只剩下妳的大腦還沒睡醒這個答案，可以勉強解釋。妳可以告訴我是前者還是後者嗎？」

面對我尖銳的提問，朱可欣只得用十指插入頭髮煩躁的撥動著來加以宣洩：「啊……真想拿一筒除皺針打進你的大腦。」

「想減少我的大腦皺摺讓我變笨嗎？挺有創意的嘛哪學來的？」

「韓劇。」

振作起精神的朱可欣拍拍臉頰，頤指氣使道：「你快問啦！要不然我問囉。」

得理不饒人並非我的作風，於是我重整旗鼓言歸正傳。

「老婆婆，接下來關於楊原靖、劉哲宇和瘋狗集團發生的種種，我會提出我的推論，如果有不對的地方再請妳糾正。」

老婆婆輕啜一口茶，點點頭。

「說吧、說吧！反正你知道的事情，我一定早就知道了。但我知道的事，你就未必知道囉。」

我無視於朱可欣拙劣兼幼稚的挑釁，開始闡述：「瘋狗集團為了向各陣頭收取保護費，而多次針對楊原靖，原本應該僅止於恫嚇和威脅的舉止，終於擦槍走火。即使強如楊原靖也在人數劣勢下負了傷，在學校看見傷痕累累的楊原靖後，劉哲宇決定替他出頭教訓瘋狗集團。當然依劉哲宇的智慧，不會為自己招惹後續的麻煩，於是染了髮、變了裝、加上刺青，化身為刺蝟男向瘋狗集團發出了挑戰！」

「咦，哲宇是刺蝟男。」朱可欣驚叫道。

我無奈地回應：「妳該不會連這都不知道吧？」

「怎、怎麼可能，我早就知道了……真的……」瞧她慌張的。

我無意咄咄逼人，於是轉向老婆婆續道：「而且這件事情，妳早就知道了。不，更精準地說幫助劉哲宇變身成刺蝟男的人，就是老婆婆妳。」

「咦，真的嗎？老婆婆是刺蝟男的幕後黑手！那不就是等於是蝙蝠俠的管家一樣了嗎？」朱可欣浮誇的語氣和神情，再度出賣了她對真相的無知。

老婆婆則露出令人玩味的一抹微笑。「何以見得呢？」

「這個。」我拿出一張刺青貼紙宣示。「這是我剛剛跟妳進來時，順手牽羊從貨架一隅上拿的。上頭的圖案正是刺蝟男手臂上的荊棘圖騰。」

「這麼說，哲宇真的是在這裡變身的囉！」輕皺眉頭的朱可欣摸著下巴道。「等一下！」

「有什麼問題嗎？」我問。

莫非我的推論有所遺漏或破綻？

「順手牽羊是不好的行為，質數男你小心會被百百目鬼附身啦！」

「這不是重點。PASS。」

我再度無視於朱可欣夾雜著頂撞和找碴意味的偽道德正義，繼續推論：「在第一次造訪時，老婆婆曾說過當時和刺蝟男打鬥的瘋狗集團，總是忽然被周遭冒出來的東西所傷。我想那應該是站在二樓陽台觀戰的老婆婆妳，自陽台處居高臨下所送的『從天上掉下來的禮物』吧！而刺蝟男之所以能夠在警方趕到時順利逃脫，也是因為及時躲進了這間柑仔店裡。」

「沒了嗎？」老婆婆問。

「是的，我的推論至此結束。」我回答。

老婆婆的雙眼和嘴巴各自莞爾成一條半圓弧線：「真有趣，簡直像極了日本的推理劇呢！不過半桶水可是當不成偵探的喔！」

「哪裡錯了呢？」

「大致沒錯，只是不夠完整。」

「那麼請老婆婆將真相告訴我吧！」我誠懇地請求。

「哪個、哪個……」朱可欣滿臉寫著心虛，結巴著。「真相我早就知道了啦，不過還是聽老婆婆妳說一下好了。要是講錯，我可以幫妳糾正喔。」

「呵呵，那就先謝謝妳啦。」老婆婆竟也放縱著朱可欣鬼扯蛋。

倏然老婆婆嘻笑神情一變，嚴肅用力拉緊了氛圍。「其實瘋狗有個年邁的母親，久病不癒，幾經輾轉卻在這附近寺廟的祈福法事中，使得病況有所改善，連主治醫生都嘖嘖稱奇。為了答謝廟方的幫助，瘋狗無意再為難和廟方關係緊密的陣頭，已決定離開這裡。」

朱可欣伸出食指敲打著臉頰道：「這麼說剛才瘋狗只是來道別的囉。」

「沒錯。」

細聽著老婆婆的話語，一個可怕的臆測轉瞬盤據我心頭，額上冷汗不由滴落。

「這件事，是發生在和刺蝟男鬥毆前還是後呢？」

我會這麼問的理由很簡單。假如這檔事發生在和刺蝟男的鬥毆前，表示劉哲宇將原本該圓滿落幕的紛爭又推向極端。

雖然瘋狗入獄後集團的運作不復興盛，但仍會與陣頭們有零星的械鬥。而肇因這一切的始作俑者，則變成基於友情化身刺蝟男強出頭的劉哲宇。若這是真相的話，楊原靖和劉哲宇兩人真的能夠接受嗎？

老婆婆卻露出了曖昧不清的微笑對我說：「這個問題去問巧克力球吧！」

9

薄夜在金烏振翼回巢時逐漸轉濃，橫在屋簷樑柱間鱗比節次依序羅織的一條條下弧線，垂吊著一顆顆璀璨的圓燈，將廟埕照得金碧輝煌。

自從離開柑仔店後已過了一個星期，但老婆婆語帶玄機的那句「這個問題去問巧克力球吧！」仍在我心頭往復縈繞。

今夜適逢廟會慶典，苦練多時陣頭的楊原靖也將披掛上陣，當然楊原靖並無主動邀約我們前來觀禮，但朱可欣一如既往展現出犟牛筋的本領，死拖活拉硬是將全體話劇社員都趕來湊這個熱鬧。

對望著楊原靖仿若新開撲克牌般毫無皺紋的臉，實在弄不懂他到底是開心或者厭惡？但無論開心或厭惡，我們都來了。

「撲鼕、撲鼕鼕……」

鼓聲登時作響，陣頭表演於焉揭開序幕。

手裡捏著一袋巧克力球的我，坐在半矮的圍牆上由人群的隙縫中往內眺望。

「幹嘛躲在這裡耍自閉啊？質數男。」

嘖，果然又是這個傢伙來煩我。最近似乎還不用聽到聲音或轉頭親眼確認，只要她一靠近，就有種周遭氛圍被改變的感覺，連心律都會因此不整。

朱可欣用手扶住矮牆頂端，打算以後蹬方式坐上來，豈料臀部剛碰觸到牆頂，卻一個重心不穩身體往前傾倒。

在這個剎那我能感覺到一個名為驚惶的力量揪緊了我的五官，使得一貫平靜如湖面的臉龐激盪出波濤。回過神來，我的手臂已如安全帶環抱住她的腰際。

「沒事、沒事啦……」她說著這句話自下傾的方向往我這裡轉過頭來，四目對望這一瞬間，讓我有一種情不自禁的衝動想吻她。然身為質數的冷靜，卻讓我的身體往後縮退，再度躲進那個刻劃著害怕紋路的殼裡。

而我到底在害怕什麼呢？

「笨蛋。」勉強擠出的這個詞彙，是在說誰卻連我自己也弄不明白。

對號入座的朱可欣，展開毫無尷尬熟悉的反擊：「你才是笨蛋啦！我就算是笨蛋，也是最聰明的笨蛋。」這令我感到安心。

「那不還是笨蛋嗎？」我反唇相譏。

她卻伸長了手摸著我的頭，燦爛地笑著說：「無所謂只要比你聰明就好啦！」

呿，此刻的我似乎能聽見覆蓋身上的鎧甲繫線條條斷裂的聲音。她的手直搗黃龍伸進殼裡，兵不血刃瓦解了我自囚的堡壘，我卻佯裝一計空城敞開了門。

「你還在想老婆婆的話嗎？還是擔心自己的猜測成真？」

「我還以為妳會比我更擔憂，但妳似乎比我還看得開。假如真如我所料，一但楊原靖知道了劉哲宇反倒是使得雙方重燃戰火的原因，難道不會因此記恨而和劉哲宇更加沒有機會重修舊好嗎？」

「你在說什麼啊？在我看來阿靖跟哲宇的感情才沒有不好呢！」

「咦？」朱可欣的話令我不由得瞠目結舌。

「你說過的吧，老婆婆是幫助哲宇變身成刺蝟男的幕後黑手，若瘋狗的幡然醒悟是在哲宇的化身與戰之前，老婆婆應該會加以勸阻吧！」

「有道理……但或許老婆婆基於某些理由未予以告知，不能排除這種可能性……」

「假設你說得對，其實老婆婆早就看那兩個上吊眼跟下垂眼小鬼不爽了。又或者老婆婆的真實身分乃是主宰商店街的影皇帝，刻意促成兩大勢力的對決，虛耗其實力，以鞏固自己的影響力。並躲在暗處『哈哈哈……』狂笑，而且還有加了echo喔！」

「真是浮誇的推理啊。」

我忍不住低聲吐槽。

「但無論真相如何，其實都不重要吧？」

「這是什麼意思……」她的這番話將我推向糊塗的懸崖上，思緒如語氣不經意透露出的顫抖般顯得搖搖欲墜。

她的神情倏然變換，漾開截然不同的微笑：「當有一個人願意為了自己，奮不顧身挺身而出時，即使最後沒有好的結果，可是這過程本身不就已經夠美好了嗎？」

原來是我想錯了嗎？

立足的崖石登時碎裂，我的思緒在墜落中被重力加速度的風刃抽絲刷白。

她瞇著眼睛笑說：「假如今天換成是我的話，我會很感動喔！」

然後，我掉落深不可測的海洋周遭從波濤到漣漪，最後連泡沫都被留在逐漸遠去的蔚藍，直到只餘黑霾入眼悄然而無聲。

我的推論是從哪裡開始種下謬誤呢？啊，腦袋似乎lag到當掉了。

突然，手裡緊握著的什麼在瞬間被奪走了。

原來還能感覺嗎？

我的視野拉回現實往旁邊挪移，她的手裡是從我手裡搶過去的那袋巧克力球。

「給我一顆吧。」朱可欣毫不客氣拉開袋子，取出一顆巧克力球往嘴裡塞，然後鼓著右側的臉頰，將袋子推還給我。「啊，阿靖上場了！」

她一邊說著一邊躍下矮牆，往人潮簇擁的前方筆直奔去從我的身邊。

原來我錯在計算。

半開著口的包裝袋在掌心上欲言又止，一襲乍止於眼前的倩影卻伸手取走了袋裡的第二顆巧克力球，徒留愕然的我呆滯抬望。

黎青辭微笑著說：「也分我一顆吧！」得手後隨即揚長而去。

原來我錯在執著於對失去的計算。

我拿出袋裡最後的一顆巧克力球，放進嘴裡用舌尖品嘗，憶起另外兩顆巧克力球的去處，別有一股暖意湧上心頭。

原來我錯在卻忘了去計算所得到的一切。

偶然瞥見劉哲宇趁著楊原靖上場表演，在其休憩處遺下了一袋東西，我知道那是什麼，和我手裡頭握著的如出一轍。

但我無暇去確認。

而是躍下矮牆，昂首闊步走入前方擁擠。

我要的答案，巧克力球已回答了我。

乍然收聲的周遭，一如質數與世隔絕的封閉，可向前邁進的步履，每一步卻似轉動了音量鍵般漸次侵蝕寂靜。

最終，我止步於她的身後。

這一瞬間四周復歸喧囂。

「到底妳是我的另一個問題，或許我追尋已久的答案呢？」我輕訴。

朱可欣驀然回首，凝望著我。

再度萬籟俱寂。

Count 5

1

她似乎說了些什麼？

我應該要聽見。

或許是周遭喧鬧聲響如隨潮湧生的苔蘚，青了耳翼，讓自輕啟朱唇飄飛而出的片語，相抵在互補的對照中消彌無聲。

疑問，欲言又止，還來不及嘴邊成形。

眼前人潮卻無端潰散，她驀然回首時但聞爆竹聲響，無數沖天炮朝四面八方狂竄，附近卻毫無可供臨時遮掩的地方。

「哇啊！」她驚慌失措地尖叫。

這次，我聽得很清楚。

如果沒有可供遮掩的地方，我來給妳。

我伸出手一把拉住朱可欣將她擁入懷中，旋即一個轉身用我的後背阻擋住漫天烽火肆虐。

「別怕，有我在。」

彷彿隕石群般的爆竹拖曳著火光在以夜幕為背景的畫面上，畫上一條條流金軌跡。同時夾雜著刺耳鳴叫和不時灑落的滾燙火灰，掠過身旁。

她似乎說了些什麼？

而我多希望能聽不清楚。

2

廟會那晚，後來故事並沒有邁入任何超展開，而是以平淡到理所當然的形式落幕，社團眾人在慶典尾聲會合後便各自分道揚鑣回家。

歷劫歸來的朱可欣和我，則一如往常。

或許身為質數的那一個我會為之暗自慶幸，那麼是否存在著非屬質數的我呢？

潛藏在胸口鬱積的沉悶感，逐漸逼得我無所遁形。

我有預感。

潰堤的那一天即將到來。

而我，終將被淹沒。

數日後，不甘於平靜的社團又蕩起了線頭連結著一個錯綜複雜的謎團，謎團後等待著的又是一段用青春描摹的剪影，等待著慢慢拼上回憶裡不曾出現的曾經來圓了缺，來圓了那蝕心的缺。

「喂，醒醒啊……」

呼喚聲持續了很久卻得不到回應，在社團教室內放任擔憂回音。

不知過了多久，緊闔的眼總算隨著睫毛顫動而緩緩睜開，滿佈著血絲的眼裡已非惺忪可以描述，而是疲憊。

「佳慧，妳怎麼了？要不要去看醫生啊？」身為副社的朱可欣責無旁貸地關心著社員的身體狀態，同時伸出手去摸張佳慧的額頭以確認是否發燒。

「副社，我沒事啦……只是比平常更想睡而已……」

「騙人，妳額頭很燙耶！都可以煎雞蛋了妳知道嗎？」

「太陽蛋，要五分熟，謝謝。」

瞧著張佳慧進入語無倫次的嶄新境界，朱可欣不由得用單手搖晃著她的肩膀，試圖讓她保持清醒。

「啊，副社，我看到白光了耶。」

看來這是白費工夫。

「哪有什麼白光啊？」

「白光裡出現了我爺爺耶，好幾年沒見到面了的說。」

朱可欣終於按捺不住爆氣，拉起張佳慧並用雙手奮力搖晃著她的雙肩。「振作一點啊！佳慧，妳爺爺去蘇州賣鴨蛋很久了啦！」

「咦，不是要吃雞蛋嗎？怎麼又變鴨蛋？」

嗯，邏輯跟短暫記憶功能似乎開始恢復正常了，真是不幸中的大幸。

圍觀的社員們也開始發表各自的意見。

侯棋玉用手指扶著下巴，露出精光內斂的認真眼神穿透鏡片。「我看還是趕快送佳慧去醫院吧！而且也需要向她打工的地點請假才行。」

「我……不……請假……」

似乎在侯棋玉的話語中，隱藏著足以刺激張佳慧神經的關鍵字。

楊原靖則強硬道：「無論如何先送她去醫院吧！打工這種小事，翹個一次班也無所謂的。」

這時一陣手機定時鬧鈴響起，是來自張佳慧的手機。

「我……要去……打工……」

看來關鍵字是打工。

同樣察覺到這一點的劉哲宇當機立斷道：「打工的事情若是不處理掉，恐怕佳慧不會乖乖去醫院喔。」

楊原靖運動手指關節，發出喀吱、喀吱聲。

「由不得她不去。」

劉哲宇見縫插針嘲諷道：「想讓她除了掛內科外，順便掛外科嗎？」

「你說什麼！」楊原靖瞪大了眼怒向劉哲宇。

即使經過巧克力球事件的洗禮，似乎還是改變不了兩人這種早就習以為常的相處模式呢！

「都別吵了！先送佳慧去醫院。打工的事情就由我們來搞定。」

朱可欣以霸氣外露的氣場發表宣言。

涂智寶則糾結著臃腫的臉，揪成包子狀。「意思是要我們去分擔佳慧的打工，讓她不用請假嗎？真麻煩。」

最後三個字，真是深得我心。

但牢騷終究只能拿來發發而已。

將張佳慧送到醫院後，根據診斷是由於過度勞累導致的昏迷症狀，為了儘早恢復健康決定住院一天打點滴，所幸並無大礙。

在張佳慧的父母家人相繼抵達後，我們話劇社的成員便一同離開了醫院並開始分配代理打工的順序，當然還需徵得打工單位負責人的許可。

20：00～22：00的電腦打字輸入工作。

22：30～00：30的居酒屋外場服務生。

04：30～05：30的派報工。

以上三項便是張佳慧每日必備的打工內容，以一個高中生來說負荷實在太重，我開始能夠理解為何她能養成無入而不自得的入睡技能。

但為何她需要那麼多錢？倒在我心裡凝聚成一個疑問，是為了貼補家用或者有其餘不為人知的理由呢？

對被好奇心扼殺的貓角色，我毫無扮演興趣，所以決定不再多想。

最後打工內容由一臉精明的侯棋玉攬下電腦打字的工作，當然這必須修改她那繁複的行程表，來擠出空檔。涂智寶則由於胖胖外型被選為居酒屋服務生，於是他的臉又由十摺的包子皺成二十摺的小籠包。要騎自行車的派報工作，則是落在看來精壯的楊原靖身上。

本以為能落得無事一身輕的我，卻又被朱可欣以惡鬼鎖鏈毫不留情拖入地獄。

「為什麼佳慧要打那麼多工賺錢，你們不覺得奇怪嗎？」

這貓角色看來是當定了，我似乎只能哀求好奇心手下留情。

「她到底隱瞞了什麼？」

隱瞞？不，只是單純地沒有人任何人問過她吧！

「我賭上佳慧爺爺的名譽發誓，一定會找出事情的真相。」

望著緊握拳頭宣誓的朱可欣，我對於慘遭山寨的金田一感到可憐，對名譽莫名其妙被當成賭注的佳慧爺爺更寄予無限同情。

轉動手腕將錶面和低垂的視線短暫接觸後，劉哲宇則將錶面轉向朱可欣。

「這個時間，妳想向誰討取線索呢？」

簡潔有力地反駁，令朱可欣不自覺嘟起了嘴表達出厭惡。但確實無論是要向相關知情人士詢問情報，或者是去尋找線索，在這掩上夜幕深深的時刻，都會將一切遮罩而變得不再清晰吧！

我正欲開口附和劉哲宇的論點，即使我不清楚這是他真正的想法，抑或只是故作拖延的手段。但漆黑的醫院樓面卻驀然點亮了一個房間，如北極星在深深夜幕裡仍能綻放著雋永的光一般燦爛。

於是，我緘默了。

「好啦！那明天放學後我們三個再去調查。」

最後朱可欣盤著雙臂沒好氣地撂下這句話後，我們三人便在醫院外的人行道分道揚鑣。

可是，我沒有走。

那盞燈火所照白的空間，眺望，依稀可見數道如烏鴉般振翼著亂飛的影子在牆上映現，仿若被燒成焦黑的紙旋轉著，然後沈入一團漆黑。

到底發生了什麼事？

辰星無語，還以為會有一抹流星劃過夜幕的我，竟變得有些陌生。

我離開人行道上的鐵製欄杆，離開了我。

3

計劃如同一隻愛賴床的豬，老是趕不上名為變化的列車準時出發。

翌日，放學後才得知張佳慧因身體狀況好轉而出院回家休養，這下子倒是省費不少周折，畢竟直接詢問當事人無疑是釐清來龍去脈，最簡潔有效的方案。

趁著打工前的空檔，話劇社全員浩浩蕩蕩往張佳慧家進發，連昨天因練習鋼琴而缺席的阿辭，此刻也和我們連袂同行。

但我們怎樣也想不到按了電鈴後，出門迎接我們的竟然會是「牠」！

沒錯，一頭大豬自打開的鋼門裡搖著捲捲的豬尾巴朝我們走來。

「咦，佳慧家是養豬的嗎？」朱可欣首開疑問，同時手一揚露出驚訝的表情。

侯棋玉點開平板電腦，查閱後回答：「佳慧的爸爸是高級公務員，媽媽的職業欄填的則是家管，親戚裡也沒有從事畜牧業的人。」

為什麼妳會有這麼詳細的資料啊？該不會連我也被身家調查了吧？

「讓我來對付。」楊原靖活動手指關節，同時挺身上前。

「豬下巴的肉要留給我啊！」涂智寶厲聲一喝，乍聽之下似乎是要楊原靖看準部位打。

「可以。」一聲允諾，楊原靖拉開手臂。

正當拳頭即將如拍肉錘疾速墜下之時，一句話卻自身後傳來仿若轡繩勒馬於懸崖，石堤止濤於泊岸。

「同學，你們來了啊！」

驀然回首，映入眼簾的是頂著燙捲髮手臂還勾著買菜籃的佳慧媽。

「小嚄真乖啊，還會出來開門。」佳慧媽越過了我們身邊，蹲下身子撫摸大豬的頭皮。

說是開門其實應該是將沒鎖的門給撞開吧？

五門嚄嚄，但聞豚聲。看來這頭大豬的名字是用豬叫聲來命名的。

「張媽媽好。」阿辭果然是受過禮儀熏陶的優等生，和這群野蠻傢伙對照下儼然大相徑庭。

「大家好。都是來看佳慧的吧？來、來、來，快進來。」

佳慧媽以引領者的姿態開拓出前往門內的路徑，大豬則搖著捲尾緊跟在後，若說是牧人倒也毫無違和。旋即大家夥一鼓作氣橫客廳、闖走廊，將禮節二字夾回書本裡頭無視，直接殺進了張佳慧的閨房內，映入眼簾的則是一臉倦容，勉力伸手向我們打招呼的雙頰消瘦骷髏臉怪。

「你們來了啊……」氣若游絲的語氣搭配上詭異黑眼圈，要是再來首陰森驚悚的背景音樂襯底，順便拉上窗簾掩作夜幕，我可能會以為我們是組團來打怪的。

「佳慧，妳真的可以出院了嗎？要不要再回醫院複診一趟？」阿辭擔憂道。

劉哲宇銳利的眼光，則如出鞘當飲血而歸的劍光，掃視到棉被下不經意露出的一隅書角。

「是熬夜看漫畫了吧？」手指同時往書角露餡處無情指去。

「嘿嘿，被發現了。」還真是坦誠不諱啊，果然是一貫的傻大姐風格。「沒辦法，之前忙著打工根本沒時間追進度，只能趁著現在生病來看了。」

倏然，朱可欣一副被雷打到才猛然喚醒記憶的模樣。

「對了，正想問妳為什麼要打那麼多工賺錢啊？」要是她沒提及到打工這個關鍵詞，妳是不是打算將這個問題放在失物招領箱，直到腐爛被送進垃圾掩埋場為止。

我見過笨蛋，但還真沒見過這麼笨的。

擋在房門口的涂智寶這時天外飛來一句：「屁股涼涼的。」

一回頭才發現大豬正嗅著菊花香，彷彿要一親芳澤般豬鼻緊黏著涂智寶的後門不放。

「哇，不要吃我的屁屁啊！大不了我以後不吃松阪豬、梅花肉和大小里肌……還有萬巒豬腳、豬扒包，連夜市賣的豬排都不吃了啦……」

俗諺云惡人無膽被自己嚇得半死的涂智寶，細數著自己過往認定是豐功偉業的輝煌吃豬史，如今倒是自貶成罄竹難書的罪業了。

一個踉蹌，涂智寶往前跌倒眾人還沒來得及去攙扶他一把，大豬已一腳踩上他朝著天的屁股，隨即又是第二腳、第三腳、第四腳像個暴虐的征服者似的無情踐踏過去。

站在案發現場附近的楊原靖，移動步履往匍匐在地的涂智寶靠近，原以為是要將他拉起，沒想到又是一腳踩在他的屁股上。

「趕快起來！裝什麼死啊？不過是隻豬有什麼好怕的？快給我起來！」

楊原靖一邊讜言直聲，一邊用腳前後移動蹂躪著涂智寶的屁股。

而大豬則靠在了張佳慧的床沿旁邊，輕聲叫喚同時奮力地搖晃著捲捲的豬尾巴。

「我打工賺錢的目的，就是為了養牠。」張佳慧伸出手摸著大豬。

以這句話作為楔子，她將被歲月泥封住的舊往，一下一下慢慢鑿開。隻字片語恰似剝落的泥片層層，積累愈多，輪廓則漸次清晰，重築於眼前的純真竟無瑕得晶瑩剔透。

故事撰寫的筆觸要回溯至國中時期，和那個人的相遇是很簡單的。

「啊，我忘了帶國文課本。」

「去隔壁班借吧。」

在鄰桌同學的建言下，她到了隔壁班的門口拉住了一個剛要走進去教室的人的袖子。「同學可以借我國文課本嗎？」

那個人似乎有點受到驚嚇，但還是笑了笑：「好啊。」

後來每當她又將課本遺落在家裡時，就會去找那個人借課本。

時間久了，兩人逐漸變得熱絡，甚至無話不談。

有一天，她問了那個人一個問題：「為什麼每次不管我要借什麼科目的書，你都有啊？」

「因為我把所有的書都放在座位抽屜和書包裡，家裡面一本也沒有。」

「這樣塞得下喔？書包不會很重嗎？」

「很重啊，可是……我怕妳會忘記帶書來，所以我一定要帶，帶來借給妳。」

後來兩人常相約去逛夜市，在攤販的巧舌如簧下買了隻號稱不會長大的可愛迷你豬。

「小嚄，小時候很可愛的喔！」張佳慧逗弄著大豬，將故事擱筆。「現在還是很可愛啦，只是變大隻了，躺在我身上的時候會覺得有點重。」

「被騙了吧？這根本不是迷你豬嘛！」侯棋玉用手指推著鏡框，眼神則透過扶正的鏡片緊盯大豬。

涂智寶扶著門牆掙扎爬起，哭喪著臉道：「就是說啊，哪有那麼大隻的迷你豬，我的菊花都快被牠撞成向日葵了。」

朱可欣快刀亂麻打斷眾人的吐槽，追問道：「那後來呢？」

「沒有後來了。」張佳慧的臉龐覆蓋上我未曾見過的惆悵，然後令下逐客。「我要睡了，謝謝大家來看我。」旋即拉被子將身軀埋入被窩裡。

緊接著從被窩裡傳來了被棉被弄得厚重的聲音：「小嚄，送客。」

只見大豬彷彿極具靈性般叫了一聲，然後搖著豬尾將我們一干人等趕出房間。

被一隻豬驅離，還真是生命中絕無僅有的一次體驗。

「喂，有沒有搞錯啊，話說一半，當作我會通靈，還是這google的到啊？」

遭紅牌趕出場的楊原靖捲起兩邊袖子，似乎不肯還乖乖就範，打算來場人豬大戰硬闖山海關。可惜這回城裡只有陳圓圓，沒有李自成，這吳三桂（大豬）怎麼也不會輕易放清兵入關的。

正當劉哲宇又一副嘴癢，想要開口調侃楊原靖的野蠻行徑時，阿辭的手快了一步搭在楊原靖的肩上，楊原靖回頭一望，但見阿辭輕輕搖頭。

「哇。」悶哼一聲，楊原靖垂下雙臂竟選擇了放棄。

阿辭，有時很令人生畏。

退出大豬所巍然鎮守的轄區，客廳裡精緻的玻璃長桌上已備齊蛋糕和一壺花茶，隨著氤氳而散的撲鼻香氣正招著手恭迎我們入席，以資款待。

「點心準備好了。同學們，快過來吃吧！」佳慧媽熱情地招待著。

「好耶！肚子餓好久啦！」以媲美奧運短跑選手之姿，率先飛奔向客廳裡的是剛才還要死不活的涂智寶，此刻卻讓人不禁讚嘆這世上怎麼有這麼靈活的胖子。

侯棋玉則滑動著平板電腦裡的行事曆查閱後，緩緩走去：「根據時間表規劃，還能在這裡待上三十分鐘，用點心來填滿這空隙的發展，還不算差。」

我已經搞不懂這傢伙到底該算是善用時間，還是被時間所奴役而不自知。

「喔喔，有整顆的草莓耶！」一個蠢到極點的驚嘆聲，忽然自客廳裡最大最舒適的三人座沙發中間傳來，在我感官未及察覺前某個笨蛋竟然已經捷足先登，享用著滿桌餐點。

我真是搞不懂她真的是因為擔心張佳慧才來的嗎？

不，或許真正讓我搞不懂的是身為一個離群索居的質數，我為什麼會出現在這裡？

搔著頭，搔著滿髮疑惑的我，尾隨在所有成員後頭走向同一個歸處。

4

欲言又止的回憶帶著青澀的酸，刺激著求知的欲望但我壓抑了下來，一來被大豬阻擋的山門我無力叩關，二來不願探人隱私，只能將這難熬的感受和著奶油和茶香囫圇吞入喉下。

「偷偷跟你們說喔，我女兒的前男友很帥！而且他就是小嚄的爸爸。」

佳慧媽彷彿早有預謀般拿出一個相冊，然後毫不避諱地述說起女兒的往日情事，蛋糕的碎屑自瞠目結舌的我們嘴邊掉落。誰都預料不到，佳慧媽會是再度提筆濡墨，將故事續寫下去的那一個人。

歷歷在目的照片，透過佳慧媽一點都不留情地出賣著女兒的口沫橫飛，使得照片裡的畫面躍然眼前栩栩如生。

有兩人拿著小豬拍照的燦爛笑容。

有兩人左右環抱著某觀光景點的大玩偶雕像的合照。

有她在列車上睡著還流著口水的慵懶睡樣。

有她男友在排隊人龍裡，身心俱疲面對鏡頭的無奈苦笑。

還有一張在紛飛的雪白花瓣裡兩人對望的合照。

佳慧媽指著那張落英繽紛的合照，興奮道：「這張是我偷拍的喔！」

咦？這麼直接承認好嗎？

「拍得很好耶，是用單眼相機嗎？」侯棋玉問。

「是用我的手機啦。」

朱可欣再下一城：「一定有開美肌對不對？」

佳慧媽用手輕靠在嘴邊半掩著笑：「哎呀，這是一定要的啊。」

俗話說三個女人就是一個菜市場，所言不虛。轉眼間，佳慧媽、朱可欣和侯棋玉的情誼彷彿有了大躍進一般，簡直像極了多年不見的姐妹淘，話無止盡。更令人感到可怕的是阿辭正逐漸地被吸引過去，即將掉入這三姑六婆的染缸裡。

「這張是什麼時候在哪裡拍的啊？」阿辭真的開口加入話題了！

「是在桐花祭的時候喔！」佳慧媽拿出一張廣告傳單，上頭寫著的正是關於桐花季的簡介。「喔，對了，最近又要開始舉辦桐花祭了喔。之前佳慧跟振東還約好每年都要去看桐花的說。」

「振東就是那個前男友嗎？」

八卦的耳朵天線搜索到關鍵字後，朱可欣仿若老練的盜墓者般由佳慧媽的嘴裡，將高振東的十八代祖宗秘辛全都挖掘了出來，更令我驚訝的是佳慧媽知道的未免太多了點。難道有暗中請徵信社全天候二十四小時跟監，還是在戶政事務所有埋藏眼線啊？

不曉得究竟聊了多久時間，我確定的是手機裡輸入的數學公式集至少反覆背誦了三十次以上，但卻還是有種將韶光蹉跎的罪惡感在我心底滋生，揮之不去。

踏出佳慧家門口時，月影已將日照連黃昏一併偷換，徒留滿街霓虹指引歸途。

但我卻覺得有些悵然若失，似乎少了些什麼？

「喂！」突然朱可欣一聲獅吼震散頹廢氛圍，跑到前面再回過頭對著大家展開宣言。「我決定了接下來要進行室外排演，而地點就是這裡！」

只見朱可欣從懷裡抽出一張紙高舉向前，定睛一看赫然就是那張關於桐花季的廣告單。

「誒？誒！」眾人不約而同發出了驚訝聲，當然包括了我。

我終於知道少了什麼。

但這極端愚蠢而又無比任性的發言，此時看來已是覆水難收！

5

開拔至桐花季會場的排演行程，甫一轉眼已翻飛過三頁日曆的荏苒。我們呼吸在不時醞釀婉約香氛的林間，邂逅了普天壤而無儷，曠千載而特生的一抹雪白倩影湧上綠蔭，該是何等風雅？

但卻偏偏有一個假排練之名，行遛狗，喔，不，是遛豬之實的笨蛋，將這閒情逸致破壞殆盡！

「豬豬，我們來找你爸爸吧！」朱可欣蹲下身子喊話，手裡則攥著一條繩鍊連接著豬頸上的項圈。

「哇～有豬耶！」每當朱可欣牽出大豬就會從四面八方傳來這句話，然後一群小孩子便會蜂擁而上圍住大豬，讓牠寸步難行。

緊接一堆莫名其妙的零食會送進大豬嘴裡，再然後大豬開始享受不知道該稱為按摩，還是性騷擾的撫摸攻擊。等朱可欣好不容易擺脫那群孩子們時，通常分針已走了半圈。

排演的這三天內，累積人氣的不止是大豬，這還不完整的茱麗葉戲碼，同樣讓排練場地外圍了一圈圈錯落的人們，或是席地而坐，或是駐足觀賞，還不時附贈著稀落卻激勵人心的掌聲。

「佳慧說從今天開始不用去幫她打工了，她可以自己搞定了。」侯棋玉掛斷手機後，朝著在廣場石階上休憩的話劇社眾社員轉述道。

「好耶！總算不用去了。」涂智寶疾聲歡呼著。但沒多久又摸著肚子，嘆息道：「不過以後也沒有免錢宵夜可以拿來進補了。居酒屋的伙食還不錯的說。」

「那要不要乾脆繼續去居酒屋打工好了，應該還有在徵人喔。」劉哲宇露出腹黑的微笑，試探道。

「不了、不了。我才不要，累死了。」涂智寶猛搖著頭，臉頰的肉則跟著顫抖。

楊原靖盤起胳膊，一臉冷肅道：「還要瞞著佳慧，讓副社去找那個男的嗎？」

劉哲宇反問道：「怎麼，你覺得不好嗎？一直以來最縱容副社的人不是你嗎？」

楊原靖回答：「感情的事，外人不方便插手。」

劉哲宇聞言不禁發笑：「哈，還真是傳統的觀念啊。不過打從一開始那個傢伙就不會覺得自己是外人吧！這個理由，對她可是不成立的喔。」

這一席話，直掐要害，讓眾社員盡皆啞口無言。

沒錯，朱可欣就是這樣一個人，她是不會袖手旁觀的。因為她重視著這裡的每一個人，對她而言這裡的每一個人都至關重要，不是外人，而是家人。

「無論如何，當務之急是先掌握副社的行蹤。」劉哲宇發號施令道。「要是真的讓她找到高振東，可是會鬧得天翻地覆，才能罷休喔！」

始終謹守緘默的我和阿辭，卻和其餘社員一樣對這番宣言輕輕頷首表示贊同。

緊接著劉哲宇自作主張，將在場社員分成了三隊，分頭去尋找朱可欣的下落何處，第一隊是他和阿辭，若說無私心驅使只怕沒人相信，但我並無提出異議，因為我最害怕的同隊人是阿辭。

第二隊則是侯棋玉跟涂智寶，還真是一個嚴謹和放縱的極端組合啊。

最後與我同隊的是一直以來對我沒啥好感的野蠻男楊原靖，幸虧我對他也沒啥好感，在對彼此的感觀這點上，倒是扯平了。但和他獨處，無論如何絕對稱不上自在。

原地解散後，三隊人馬各自帶開。

劉哲宇露出陰謀得逞般的神情和阿辭談笑風生，彈指間身影已隨著蜿蜒沒入樹叢彼端。涂智寶則衝向距離最近的攤販，買了幾個淋上酸黃瓜跟番茄醬的熱狗堡放肆大快朵頤。同隊的侯棋玉跟在後頭滑著手機，似乎計算著自己能在密密麻麻的行程表裡擠出多少時間，應用在這個臨時任務上。

但最誇張的還是首推楊原靖，竟蹲下身子觀察起石板道上肉眼難辨，甚至令我懷疑或許根本未曾存在的腳印。難道他以為自己此刻是四大名捕上身嗎？然後要去會京師還是震關東啊？

啊啊！還嗅著鼻子追蹤氣味，這下連靈犬萊西都當上了嗎？

「跟我來。」丟下簡潔扼要地一句話後，楊原靖旋即拔足向前直奔。

坦白講我不知道他究竟發現了什麼？低頭俯視著手機上電話簿裡顯示出的朱可欣號碼，我沒按下，而是將掏出口袋的手機再度放回原位。不知怎地有種打手機就違反遊戲規則的感覺在心底萌芽。

然後我揮舞著雙臂，半衝刺追上胸有成竹的楊原靖。

「你發現了什麼？」

「重點不是我發現了什麼，而是發現沒了什麼。」

套句網路新詞彙，真是「不明覺厲」的一段話啊。

雖然我不明白他在說什麼東西，但聽起來卻覺得好像很厲害的樣子。

「找到了，在哪裡！」楊原靖露出鷹眼般銳利的目光，射向前方。

我跟隨著那道目光將視線挪移，一座拱橋上出現了牽著一頭大豬的朱可欣矗立在橋前端，竟然真的找到了！但她的身軀卻如被美杜莎之眼施下詛咒般僵化不動，反觀大豬卻異常躁動著。

對向的橋中央，頓見兩抹身影同樣裹足不前，遙望中不難由裝扮得知為一男一女，而且那個男的越看越讓人覺得眼熟，似乎曾在哪裡見過這張臉，但到底是哪裡呢？

等等，這張臉，這個男的，該不會是……

「高振東，獵物捕獲了。」楊原靖搶快了我一步，認出男子的真實身分。

不可能，怎麼會有這麼湊巧的事？簡直比扯鈴還扯，比瞎子還瞎，一直以來渺無音訊的高振東有如此輕易就被朱可欣遇上嗎？就憑一個到處亂嗅的豬鼻子？莫非……

正當我竭思苦索之際，楊原靖卻橫身越過環繞在前方作為道路屏障的樹叢，向橋墩上三人一豬奮不顧身狂奔而去。

「喂，你要幹嘛？」我朝著他大喊。

「我要去找他問個清楚，他和佳慧究竟發生了什麼事？」

「你不是說感情的事，外人不方便插手嗎？」

「宇那個傢伙說得有道理，我們不是外人……」後面的聲音我已聽不清楚。

腦袋還在研判是該停留在原地守候或者趨步向前時，周遭的景緻卻已被風壓拋在後頭。

我追了上去！我竟追了上去，在我下判斷前，腳步不由自主往前跨了開來。

到底是從何時開始？我漸漸解讀不出自己的行為舉止，質數的架構彷彿正在邁向崩塌，有種隱形的白蟻侵入了我的作繭自縛，一縷一縷將我的防線抽絲剝繭，我卻無力阻止這嚙食……

一晃眼，我人已駐足於橋前，將四人一豬的身影納入眼簾。

「高、高……振東。」囁嚅許久，朱可欣終於吐出這幾個字。

眼前挺拔而俊秀的男子，以溫柔到有些空靈的語氣回應：「妳認識我？」

旁觀的楊原靖則單刀直入，斬開繁瑣的社交禮儀和循序漸進，直探核心。「我們是張佳慧同一個社團的朋友，攔住你的原因只有一個，告訴我們你跟佳慧究竟發生了什麼？」

一抹不知是微笑或冷笑的弧線在高振東嘴角上揚：「是話劇社的朋友對吧？」

朱可欣為掩飾驚惶而大聲叫喊著：「沒、沒錯。」

「她……過得怎麼樣？」高振東的臉龐，在傾刻間竟顯得有些黯然。

「提到你以後，神情很悲傷，從幸福洋溢到悲傷，所以更悲傷。」楊原靖比我想的更善於言辭。

「是嗎……」高振東的情緒在冷肅間驟然一斂，旋即瞪大雙眼。「發生了什麼？很簡單，就是我玩膩了，所以甩了她，就只是這樣。」

毫無疑問的挑釁，楊原靖卻毫無遲疑地上鉤了！電光石火的一拳重逾萬鈞，揍在高振東面白如紙的臉上，渲開一束鮮紅自嘴角飛垂而下。圍觀的兩個女孩一個面露詫異，一個捂嘴失聲。

我懂得。

只有男人才能懂得。

最期待這一拳制裁的不是別人，正是高振東自己。

楊原靖同樣懂得，所以他出手了。

而我毫無反應。

高振東被擊倒在地並往後滑了幾步距離，同行的女孩放下捂嘴的手趕忙湊到他身邊攙扶，眼角裡淚珠映著粼粼波光，彷彿隨時會奪眶而出。

「金萱，我沒事……」

墜如伊卡洛斯的高振東，在名叫金萱的女孩幫助下緩緩站了起來，一身潔白襯衫和藍棕色方格交錯的短領帶，同時沾上豔麗的紅，如滿佈著尖刺的那種薔薇紅。

「你幹嘛啊！信不信我叫警察來。」金萱哽咽著聲音略帶哭腔，朝著楊原靖嘶喊。

「對、對啊，阿靖你在幹嘛啦！明明才剛見……」正當朱可欣準備氾濫不值錢的同情，替金萱贊聲時，我從後方像個罪犯似的用手掌堵上她的嘴。「嗚嗚～嗚嗚～」

無視於她那口齒不清（雖然是我造成的）的詭異嗚嗚聲響，我低喃道：「別把事情弄得更複雜。」

高振東向金萱道：「沒關係，我們走。」

金萱扶著高振東的手臂，以警戒的眼神緊盯著楊原靖，但楊原靖卻是低垂著頭紋風不動。兩人往前路線如同顫抖的筆所畫出的直線，顯得有些搖晃。

直到擦肩錯過橋上最後一個人的我，高振東才又開口：「她還是跟以前一樣，活潑的像是裝了永動機一樣，無論何時都躁動地停不下來吧？」

不，我怎麼覺得你形容的人不是張佳慧，反倒像極了我身前這個笨蛋女。

楊原靖沒回頭，卻回答了他的問題：「她很愛睡覺，一直睡、一直睡，這就是我認識的她。」

「是嗎……」雖然瞧不見高振東的表情，但語氣中的落寞卻已表露無遺。

兩人離開的步履再度邁出，這次出聲的是轉頭過來凝望著兩人背影的楊原靖。

「這次，還要一走了之嗎？」

高振東沒有停下腳步，在跫音裡回覆：「我能給她的，只有離開。」

跫音漸遠，黃昏漸斜，我眺望著橋的另一端，燈火再度照白空間，這情景依稀相識。

有種假設在我腦海裡構築，隨著澎湃血液逐流到內心深處。

大豬不知何時已趴在橋面上，一直睡，一直睡。

6

我的假設在週一的放學後旋即得到了驗證，正當我揹著書包路經某個笨蛋的教室時，瞧見了令我有些訝異的人，以及快掀開屋頂的愚蠢聲音放肆又吵雜地竄入我的耳膜。

「妳是說高振東當初離開佳慧，是因為生病了！」

「是的。」站在朱可欣正對面的女孩，竟然是金萱。「所以請不要責難他，更不要再找他麻煩。這個週四，振東就會再度離開台灣，飛回國外去讀書了。」

「什麼嘛，為什麼又要逃到國外去？既然回來了，幹嘛不見佳慧一面？」

「因為另結新歡了，所以不用再跟她見面了，藕斷絲連對誰都不好，不是嗎？」

或許是對到眼神瞧見了我，金萱草草作結，隨後告辭，還向我點了個頭。

朱可欣疑惑著金萱的舉止，而回過頭看見了我：「原來是質數男啊。」

「喂，她說了些什麼？」我竟對於這件事的發展感到興趣。

社團教室１０６的瓦楞紙招牌在風中晃蕩著。

「所以說啊，就是『貝克街的亡靈症』啦！當初高振東就是得了這個病，才拋棄佳慧的啦！」

半失控狀態的朱可欣用手掌猛拍著社團教室台前的講桌，闡述著從金萱口中得知的情報。

但這世上絕不存在叫什麼貝克街的亡靈症，這種詭異到爆的病名。

很明顯的是朱可欣聽錯或記錯了，不過我本來就不對她抱有太大的期許。

「那他的病好了嗎？」侯棋玉發問道。「就是那個什麼貝殼，什麼症的……」

「是貝克街的亡靈症啦！」朱可欣義正詞嚴地糾正著侯棋玉，對於病症名的亂拼一通。

但她自己其實也不遑多讓。

涂智寶咬了一口剛買來香噴噴的雞排，用油膩膩的嘴道：「真的有這種奇怪的病嗎？名字聽起來很中二耶。該不會是中二病的一種吧？那是不是算精神病或心理疾病啊？」

楊原靖則鎖著雙眉，認真推測：「難道這病具有傳染性，所以那傢伙才會選擇遠走他鄉？」

「哈……」發出笑聲的是用手壓著肚子，眼角飆淚甚至連劇本都不小心因此掉落到地上的劉哲宇。笑聲則由壓抑而逐漸釋放。「抱歉，聽到你們這麼煞有其事地討論這個擺明就是瞎扯的病症，讓我忍不住笑了。哈……實在是太好笑了。」

而朱可欣則被這舉止氣到臉為之漲紅，憤然再拍桌：「笑屁啊你！」

劉哲宇仍抱著肚子卻抬望眼，將焦點鎖定在我身上。

「徐爵，你當時也在現場對吧？難道看不出來他可能會是得了什麼病症？」

「假如已經痊癒的話，自然看不出來吧！」我不想自惹麻煩。

楊原靖用手指抵住下顎，思索著當天情景：「當我一拳揍向他時，他的眼裡毫無畏懼，實在不像是有病在身的樣子。或許真的已經痊癒了，所以才會回來。」

侯棋玉接話道：「該不會真的變心了吧？」

阿辭則提出疑問：「若是這樣，為何高振東不和佳慧聯絡呢？」

「好，我決定了。」在講台上的朱可欣高舉著右手宣誓，緊握的拳頭則攥著堅定。「我要帶佳慧去找高振東，讓兩人面對面將話講清楚！」

又是這自以為是的無腦發言。

可是竟然沒有人出言否定或者大肆調侃一番，是因為早已習慣她的任性了嗎？還是……

我截斷了再往下深究的念頭。

算了，就讓她自己一個人去白費工夫吧。

「喂，誰要陪我去？」

搞了半天，還是要討救兵啊。

「我陪妳去。」阿辭跟侯棋玉竟異口同聲要陪朱可欣前往，執行這艱鉅又不討好的任務。

「好，擇日不如撞日。我們這就出發。」

一嘴執行力十足的模樣，其實只是不趁這個時候讓衝動一鼓作氣將自己推著走的話，等冷靜下來以後，根本連一步也踏不出去了吧？

「沒要排練的話，我就先走了。」隨口一個敷衍道別，我用手纏住書包的揹帶，然後將書包馱在背後，不回頭揚長而去。這剎那，有種重歸於質數的安寧與孤寂湧上心槽，將一切雜緒掩沒。

惆悵在我臉龐上蔓延開來以質數之名，放肆地……

啪、啪、啪！猝然我的後腦袋彷彿被重物擊中一般，發出聲響直竄感官，我能聽到擊中腦門、彈到柱子上，然後墜地，分別的三個聲響。啪、啪、啪雖不清脆，卻很清晰。

我手撫著發疼的後腦袋，緩緩回過頭去。

「裝什麼憂鬱啊？中二病發作了嗎？質數男！身為副社長，我決定指派你一個特別任務，給我找出高振東那個傢伙現在人在哪裡。聽清楚了嗎？睜開你『目小』的眼睛給我好好找。」

瞧見朱可欣盤著雙臂，一腳踏在講桌上，另一腳則硬是找了張椅子來墊，以彌補和講台的高度差。看似囂張實則可笑的模樣，令我不禁怒火中燒，將剛才的什麼鬼惆悵全都燒個精光了。

「為什麼我要聽妳的話啊！」

我用食指指向朱可欣，展開前所未有的怒吼。

「你弄壞我的書包不用負責喔？」

「明明就是妳拿書包丟我。」我忍不住用腳去踩跌落在地的朱可欣書包。「就這個書包。」

突然眼前燈光一閃，朱可欣放下手機露出奸笑：「你踩我書包的舉動已經被我拍照存證啦！假如拿給你們班導師看的話，會怎麼樣呢？喔～哈、哈、哈……」

這傢伙，這招不是對付流氓倉鼠時用的招式嗎？

「妳這傢伙……」我被氣得不知道該講些什麼，才好表達憤怒。

「快給我去查高振東到底還有沒有得那個『貝克街的亡靈症』啦？知道了沒？」

「什麼貝克街的亡靈症啊？應該是『貝賽特氏症』吧！」糟糕了，我似乎洩漏了不該說的話。

等我驚覺不妙回過神來時，阿辭秀眉一蹙幽幽道：「是哪個可能會導致失明的貝賽特氏症嗎？」

「什麼！」社團教室１０６裡掀起一陣怒濤般的驚呼。

7

漆黑，伸手不見五指的漆黑，如混沌籠罩著我渾身上下，漆黑得令人絕望。

這不是修辭上的譬喻，此刻的我是真的伸手不見五指，因為我的雙手正被反綁在椅背後，眼罩緊貼著臉連一絲光線都擠不進來，蓋上耳朵的耳機播放著貝多芬命運交響曲，震耳欲聾。

我被綁架了嗎？

是擄人勒贖的綁匪？還是潛入學校的恐怖份子？

不，不對有股怪異的味道飄來，好像是泡麵的香料香，可是還夾雜著些許雞蛋和奶味。

等等，雞蛋加牛奶難道會是……沒錯，一定是的……

涂智寶曾在話劇排練空檔向我炫耀過的私房菜單，名列十大暗黑料理之一的『布丁泡麵』！

沒錯，綁架我的人一定就是話劇社那票傢伙。

我的記憶似乎逐漸甦醒過來，在我怒不可遏而將「貝賽特氏症」這個關鍵字不打自招之際，一群人衝出了教室朝我進逼，然後一條人影自楊原靖和侯棋玉中間火速竄出，用手上的麻布袋將我套住。剝奪了我的視野，旋即一陣酥麻連我的意識也慘遭剝奪。

那個人是……那個人是……

「朱、可、欣，放開我！喂，聽到了沒放開我！」我再度爆氣大喊。

突然感到張開嘶吼的嘴裡被塞進了異物，不是毛巾或襪子一類的布織品，味道有些酸澀。

緊接著眼罩瞬間被抽掉，檯燈的白熾光芒如繡花針般刺入我的雙眼，讓我睜不開。但她手拿著檯燈朝向我照，還露出詭譎笑容的臉卻是再鮮明不過，彷彿撰印在我的眼簾上還護了貝。

她的嘴脣微微變換著，似乎正向我說著什麼話，但我的耳裡依舊只迴盪著命運交響曲的磅礡。

微光斜照著暗處裡一條人影，比劃著手勢對她說些了什麼，於是她拿下了我的耳機。

妳這傢伙，這可是犯罪啊！

我聲嘶力竭地吶喊，卻因口中物堵塞住，使得聲音只能細微地發出「嗚……嗚嗚……」。

朱可欣一腳踩著隔壁的椅子上，露出一臉不良少女的冷淡和不屑用眼角瞟著我。

「柳橙的味道如何啊？」她繼續用手掌將柳橙往我喉嚨深處塞進去。「當神豬的滋味不錯吧？」

在我慘遭凌虐之際，陰暗一角，倏然竄出一個天使般的聲音正欲將我拯救：「好像有點可憐耶，可欣同學，還是放過他吧？」

是阿辭的聲音，此刻聽來比平時更加溫柔。

「這個可惡的質數男明明知道我講錯了，竟敢隱匿不報，不能這麼輕易放過他！」

平板電腦的螢幕光映照在侯棋玉臉上，她劃著螢幕忽然抬起頭道：「根據網路上的資料，這可不是能輕易治癒的病症喔！莫非徐爵你打算置身事外，裝糊塗當作沒這回事嗎？」

嗚，好冰冷的眼神，看來這傢伙是不會站在我這邊了。

我旋即將視線投射向不遠處的一團黑影，若沒猜錯應該是盤著胳膊靠在牆上的楊原靖。你不是說感情事別插手嗎？別被輕易說服了，喂，別過頭去是什麼意思？

「佳慧，或許根本不知道高振東得了貝賽特氏症。換句話說，高振東很有可能是因為患病所以才拋棄了佳慧，明明知道有這個可能性，卻佯裝不知打算讓誤會繼續在兩人間發酵。徐爵，身為話劇社的一員，以及佳慧的朋友，你的良心過意得去嗎？」

打暗處裡高談闊論，同時往眼前逐步逼近的這個傢伙，果然是劉哲宇無誤！剛才比劃著手勢的傢伙就是你吧？一副落井下石，棒打落水狗的討厭模樣，尤其是那個嘴角上揚的奸笑再配合推眼鏡的姿勢，真是讓我忍無可忍啊！

「要是副社沒有逼出你的話，你是不是就要沉默到底呢？」

閉嘴，你這個傢伙。

「我們大家都這麼關心著佳慧，你卻雲淡風輕地想靜悄悄閃開？」

閉嘴，你們這群傢伙。

別用那種眼神看我！

「喂，你啊……」

卡的一聲，牙齒撞擊聲清脆回響在這漆黑空間裡，吞噬了煩人話語，萬籟頓時俱寂。酸澀橙皮和甘甜果肉同時在我嘴裡作用，一大半的柳橙如缺一角的球體瞬間掉落在地，灑著汁液輕輕滾動。

我吐掉嘴裡剩餘的柳橙一隅：「少笑死人啦！在這裡裝出一副正義使者的樣子，把責任全推到我身上，以為這樣就能改變什麼嗎？說我想輕悄悄地閃開，那麼你們呢？既然知道了這一切，為什麼寧願留在這裡刑求我，卻不肯去為張佳慧做些什麼呢！」

「那個……那個……我們等一下就要去了啦……」朱可欣囁嚅著聲音，回覆著我的質問。

「難道妳就沒有事情瞞著我們嗎？朱可欣！」

「你、你在說什麼啊？別血口噴人喔。」

我不再緘默，將觀察到的所有直接道出：「桐花季的排練，大豬的尋覓，都是妳和佳慧媽暗中規劃的對吧？除非早就知道掌握到高振東的動向，否則怎麼可能剛好遇上？我不知道你們究竟達成什麼協議，但肯定有所隱瞞。」

當話劇社眾社員，將焦點凝聚在朱可欣身上時，氛圍一時僵冷，但我仍未停歇下我的臆測。

「當時在橋上的高振東背後的建築物構造，和我們送張佳慧去的醫院如出一轍，再加上能夠面對你的鐵拳而絲毫不顯露畏懼，你真的沒懷疑過他的眼睛出了問題嗎？楊原靖！」

這次視線再度聚焦到楊原靖身上，即使黑暗中只有微弱光線淺薄映照，我仍能感覺他臉上的抽搐。

「還有劉哲宇！打從一開始我來到這個社團，就察覺張佳慧有時會對你做出不禮貌的舉止，依你睚眥必報的個性早該發飆了。可是你卻不止一次隱忍下來，我合理懷疑對於張佳慧打工背後的緣由，你根本早就瞭若指掌了吧？」

最後的逆襲，我將鎗管對準跟前戴著眼鏡，朝我苦苦相逼的劉哲宇，狠狠扣下扳機，一字一句恍若銀鍍子彈閃耀著光輝，劃出彈道，略帶弧度地射向他之胸膛。

「呵，真是觀察入微啊！沒錯，我早就知道了。」

即將貫穿身軀的子彈，此時彷彿被一股無形力量硬生生將彈道為之扭轉，避開了目標。

侯棋玉垂下撐持著平板的手，有些詫異道：「你是說真的嗎？哲宇你是從什麼時候開始知道的？」

劉哲宇毫不避諱回答：「從佳慧她開始打瞌睡那一天。」

「咦，這麼早？」朱可欣似乎不敢置信。

楊原靖則帶著憤恨厲斥：「既然如此，你為何不早一點跟我們講呢？」

「哼，之前鼓吹著袖手旁觀的人，不就是你嗎？而且即使察覺到高振東眼睛的異樣，仍視若無睹不是嗎？」劉哲宇的反問，令楊原靖為之語塞。「徐爵，說得沒錯。其實我們跟他都一樣，害怕多管閒事，而放棄了關懷，選擇在這裡凌遲這個討人厭的替死鬼，已慰藉那個在心底深處，面壁著心牆低垂著頭的懦弱自己。」

討人厭那三個字，明顯是多餘的吧！

「你是故意的吧？班長。」阿辭開口了。「故意要欺負徐爵，將他逼迫至極限，好讓他說出大家都不願意說出的話。因為你們根本說不出口啊……」

或許察覺真相的人不只是我，只是誰都沒勇氣跨越那條警戒線。是嗎？阿辭。

侯棋玉無力地詢問：「那麼現在該怎麼做呢？」

鴉雀無聲。

縱使將話全攤了開來，還是無能為力？

「別擅自把氣氛搞僵啦！很破壞我吃東西的興致欸。」黑暗一隅竟突然坍方，萬丈光芒登時耀眼照入。臃腫的身影逆著光卻比光還亮。「掀開這些黑布，今天我請大家吃蔥油餅，餓著肚子可是幹不了大事的啊！」

出現在眼簾前，讓我刺目的睜不開眼的竟是涂智寶。

難怪我剛才覺得好像沒聽到他的聲音，只見他高舉著一個大塑膠袋，霎時震攝全場。

「什麼？你要請我們吃東西！」

除了我和阿辭外，原話劇社成員們無不異口同聲地叫喊著。

這有如此值得驚訝嗎？

「哼，看來男子漢該出手的時候，還是得出手啊。」

楊原靖走至窗檯邊又扯下一塊黑布，夕陽餘暉透過玻璃灑在臉上，嘴角竟揚起一抹微笑。

「好，大家拆掉黑布吧！現在可不是沮喪的時候啊！」

在朱可欣再度擺出副社長架子登高一呼後，其餘社員劉哲宇、侯棋玉、阿辭，加上她自己，各自分頭扯下不同位置的黑布，社團教室１０６於此刻再度盈滿了陽光，重見明亮。

涂智寶旋即邁步上前，將一大袋蔥油餅放在桌上布丁泡麵的殘羹旁，撕開紙袋，霎時香氣芬馥撲鼻而來。眾人一湧而上用竹籤分食著被切成三角狀的蔥油餅，吃得津津有味。

「那接下來到底要怎麼做？」朱可欣放肆地往嘴裡塞著蔥油餅，絲毫無視於雙眼噙淚的涂智寶。

「還用說嗎？」劉哲宇用竹籤尖端指向我的眼前，近得難容秋毫。「當然是讓這個傢伙出主意囉！這可是將功贖罪的機會啊，何況擬訂計劃不正是你的拿手好戲嗎？」

最終，所有人的目光移轉到了我身上，然後膠著。我低垂了頭，暗自嘖了一聲，我明白只能當仁不讓，即使是條多管閒事的不歸路還是得斬開荊棘勇往直前。

於是我抬起了頭：「可以，不過……」

朱可欣自椅子上站起身來，嘴角還沾滿油膩：「不過怎樣？」

「先將我鬆綁啊！」我仰天大叫，激烈搖晃著束縛住我的椅子和童軍繩。

8

根據朱可欣的坦誠自白，佳慧媽和高振東的父母仍有聯繫，所以得知高振東在近日內短暫返台。雖然理由是因為在台有健保給付，所以寧願定期搭機回診，而不願讓國外醫師接手治病。

但這藉口多少有些牽強，或許有其餘更重要的理由隱藏在後？

佳慧媽明瞭張佳慧和高振東餘情未了，因此暗中拜託朱可欣前往尋覓高振東行蹤，希望能帶回高振東來家作客且和張佳慧見上一面，以冰釋當年不告而別遺留的缺憾和誤解。

所以才選在回診的醫院周遭，遛豬徘徊，託辭排練，希望能夠順利遇上高振東，不辱使命。

「目前當務之急是掌握住每個關鍵人物的動向，由照過面的楊原靖加上善解人意的黎青爵和看起來毫無殺傷力的涂智寶，三人在前往醫院附近詢問並搜索高振東和金萱的行跡。」

這是最關鍵的一個變數，因為再過不久高振東即將離台，若是不能徹底掌握住其去向，全部計策皆將淪為空談。

「再來，由善於察言觀色的劉哲宇搭配心思縝密的侯棋玉，裝作去探張佳慧的班，順便套套她的意願和對高振東近況究竟有幾分了解？」

我大膽研判，那頭寵物大豬極有可能涵蓋了她對高振東的移情作用，當初的離別是否在她心底埋下痛苦的種子猶未可知？她的感受是最重要，但卻又最難以觸及的謎團，倘若我們不能往正確的方向解謎，無疑將會弄巧成拙。

「最後，由我和接下佳慧媽委託的朱可欣，再跑一趟佳慧家，將佳慧媽所擁有的情報一滴不剩地徹底榨乾，務必要釐清整個來龍去脈。」

我伸出了手，朝向圍成圓圈的話劇社全體社員。

旋即一個接著一個的手掌，疊在我的手掌上，締結著彼此將全力奮戰的宣誓。

「我在此宣布，行動開始！」

目標只有一個：讓兩人再度重逢。

翌日，放學後。

來訪須臾，但嗅得鐵觀音瀲灩茶湯，勾勒出玻璃壺內載浮載沉的果肉清甜，使水果茶的風味妙至巔毫，若得煙霞之靄，似散群卉之芳。幽幽香氣此刻仍瀰漫在氛圍裡，讓略嫌尷尬的無聲凝滯，化作品茗間的一時出竅神遊，將空間換取。

啊，正當我用雕琢的字句裝模作樣，側寫著無聲旁白時，某個笨蛋卻以直率的一句話俐落破題。

「阿姨，妳拜託我的事被話劇社的社員知道了。都是旁邊這個傢伙害的啦！」

「對、對不起。」

不對，我幹嘛道歉啊。

我重整旗鼓，將現況整理一番。朱可欣的發言乍看下有點莽撞，但拋棄所有盤問技巧和繁複禮節直搗黃龍，或許是此時此刻最大智若愚的妙計，於是我決定趁勢打蛇隨棍上，把話說白。

「我知道伯母抱持的想法跟我們一樣，想讓佳慧跟高振東能夠面對面，補上那場該有卻被遺落的辭別，即使相顧無言，即使痛徹心扉，都無所謂。」

冷不防，我一個身軀向前雙手緊捉著桌緣，然後俯首在桌上，擺出自日劇裡有樣學樣來的懇求。

「請您把所知道的一切，都告訴我們吧！我們一定會設法讓他們見上一面的。」

被我突如其來的舉動驚嚇到的朱可欣嗚哇一聲，也趕忙複製我的動作將頭緊挨在桌上，卻因太過匆忙而使得力道失控，距離失準，竟一頭撞上桌面，弄得嚴肅認真的氛圍，登時全盤瓦解。

「呵。」前方傳來佳慧媽的掩笑聲。「我知道了，你們真的是佳慧的好朋友呢。」

有一瞬間我腦海閃過一個念頭，或許佳慧媽和話劇社社員們一樣，都期望著能有一個人代替自己，來跨越過那道藩籬，而我在命運捉弄下雀屏中選。

雖然朱可欣態度倔強地婉拒，但佳慧媽還是將醫藥箱裡的ＯＫ蹦貼上她的額頭，覆蓋了腫包。

「怎麼不貼張黃符好用來停止妳愚蠢的行為？」我低喃道。

倏然朱可欣凌厲目光朝我斜眼掃來：「質數男，你是不是在偷偷地說我壞話啊？」

我卻連否認都嫌懶，只是將話題策馬引開。

「把心思放在佳慧媽接下來要告訴我們的事情上吧。」

「哼。」她嘟著嘴，似乎壓抑了疑問，將可能無端延燒的情緒火苗予以撲滅。

不久，帶走醫藥箱的佳慧媽帶來了一個餅乾盒，盒裡擺滿了情書、信箋甚至是便條紙。

孩子在父母面前，總是毫無隱私可言。

「嗯，這麼多封信，加起來那麼多字，我可能要看三天。」

朱可欣望著鐵盒裡的載物，煞有其事地發表感想。

「這裡只是開胃菜啦，現在都什麼時代了，這些才是主菜啦！」只見佳慧媽拿出一大疊打通訊軟體上複印下來的談話紀錄，重磅上桌。

「好、好厚一疊喔。」

「還沒完呢！」

隨即一本本裝訂整齊的談話紀錄，接二連三如雨後春筍般轉眼堆滿桌上。

何止毫無隱私，在父母面前孩子根本是透明的啊。

「好精緻的裝訂喔！還有標題跟副標題耶！甚至還有張媽媽妳寫的前序跟後記，喔喔……」

朱可欣陸續針對滿桌文件發出蠢到極點的讚嘆，對於這驚人的信息量我則驚訝地無言可表。

「我知道的都在這裡了，還是要我打個電話或用視訊跟高振東的媽媽現場連線，或許還能套出一些什麼我遺漏的情報喔！有我能幫得上忙的地方，不用客氣，儘管開口。」

坦白講事情的進展，遠比我所臆測的來得更順利許多。

對於佳慧媽如此積極配合的態度，同樣令我感到始料未及，能有這等慷慨相助可謂是受寵若驚。

「伯母謝謝您，願意這麼相信我們這群未成年的孩子。」

她莞爾一笑：「高中生不算小了吧？而且大人未必能理解小孩的想法，或許大人懂得更多，看得更遠，但有些事只有小孩才能了解小孩……」

所以才將一切託付給我們嗎？跟妳一樣關心著張佳慧的我們。

佳慧媽沒有繼續說下去，但我是這麼理解的。

接下來二十分鐘，我和朱可欣沉浸在張佳慧和高振東的純真話語跟文字中，為了儘快翻閱並吸收，我幾乎拿出了準備段考時的速讀本領，清晰且迅速地將內容一字不漏拓印在腦海裡。

其中有幾本通訊紀錄，仿若無字天書只有表情符號跟貼圖往來，頓時我簡直像是名作家丹．布朗筆下的羅柏．蘭登教授，不得不展開關於符號解謎的重責大任。

但朱可欣那傢伙針對這幾本無字天書，反倒是愛不釋手啊。還時不時發出莫名其妙的笑聲或怒吼，猶如徹底瞭解內容般所以感同身受而發出了共鳴，若是真的，難道她的雙眼有配備解碼器嗎？

逐字讀了幾段紀錄後，我幾乎不敢置信隱匿在紙裡和張佳慧對談的人，會是那個在橋上擺出兇狠臉譜挑釁的傢伙，高振東這個人原比我假設還要溫柔，還要值得讓人傾心相許。

我細細咀嚼著這些文字：

「我頭好沉喔！」

「而且咽喉有點痛。」

「你怎麼知道啊？你在我房間裝針孔喔！」

「不，我在妳肚裡養了條蛔蟲。」

「我的肚子裡才沒有蛔蟲咧，要是有的話我要喝十罐養樂多把牠消化掉。」

「好啊，我把養樂多放在妳書包裡了喔。」

「咦？真的嗎？」隔了一會。「哪裡有啊！不過謝謝你的喉糖，你什麼時候知道我感冒的啊？」

「蛔蟲偷偷告訴我的。」

翻了幾頁，情感又加溫了幾頁，讓手指暖暖的，讓心頭也暖暖的。

「明天陪我去看海？」

「要看黎明破曉的海，還是黃昏的海？」

「意思是要看早上還是晚上嗎？」

「是的。」

「有什麼差別啊？」

「一個是看日出，一個是看日落，一個可以靠在我肩膀上賴床，一個可以靠在我肩膀上入睡。」

「人家才沒那麼愛睡咧，而且為什麼要睡在你肩膀上啊？」

「因為我的肩膀是一座山谷。」

「什麼意思啊？」

「山谷，擁抱著東昇西墜的太陽，而我的肩膀，擁抱著屬於我的太陽。」

誰也沒預料到，或者是我沒預料到，本以為順遂的發展在幾分鐘後，失控卻一個個接踵而來。

打從手機鈴響那一刻開始——

我接起手機。

螢幕上顯示的來電者是阿辭。

「不好了。」阿辭的語氣滿溢著慌張，有別於平日裡的嫻靜。「楊原靖跟高振東打起來了！」

「什麼？」

最糟糕的情況發生了。

「我該怎麼辦才好？小爵。」

「涂智寶呢？他在幹什麼？」我無懼於佳慧媽和朱可欣面露擔憂的神情，拉高了音量。因為無須在遮掩什麼，我們此刻都是同一條船上的人。「不會又跑去買吃的了吧？」

「不，他正在阻止兩人的鬥毆。像個英勇的騎士和可憐的沙包。」

「騎士和沙包？」一時間我無法理解阿辭的形容。

「我用視訊，你自己看。」

視訊通話開啟後，阿辭的手機攝影鏡頭正對著衝突現場，只見涂智寶夾在楊原靖跟高振東中間，承受著兩人的拳打腳踢，我為我的誤解深感抱歉，你果然是個足以肩負騎士名號的男子漢啊！

但手機即時傳來的畫面並未引來圍觀，因為鈴響的不只是一支手機。

「喂，棋玉怎麼了？」朱可欣對著開啟擴音的手機，隔空喊話。

「哲宇那傢伙，激怒了佳慧她瘋狂地摔著居酒屋的碗盤，連客人都被嚇得落荒而逃了。」

「咦咦？」

朱可欣的驚疑聲未歇，侯棋玉旋即改以視訊轉播出現場實況。「直接看，比較懂事態有多嚴重。」

畫面中店長由後環抱住張佳慧的腰，應該是在試圖將她帶離到別的地方安置，但她仍以隨桌抄起的碗盤砸向坐在前方椅子上，一臉寫著欠揍的劉哲宇身上。

面對如箭鏃般飛向自己的碗盤，劉哲宇有的閃躲，有的接住，腳邊滿是摔得粉碎的瓷片。

透過收音不佳的手機，仍能勉強聽清楚劉哲宇嘴裡吐出的話：「既然妳不愛了，何必留下那隻豬觸景傷情呢？還是讓我宰來吃吧！我家可是認識好幾個從事屠宰業的親戚喔。」

「嗚啊～嗚喔～」氣得連話都說不出來的張佳慧則只餘野獸似的嘶吼，奮力著反駁。

這個混蛋！

用打擊療法，也要看對象是誰啊。

瞧見這一幕荒唐的佳慧媽，臉色霎時鐵青，我知道不能阻止她誰都沒有立場阻止她。蠟燭兩頭燒，現在該怎麼辦？我該去處理哪一邊，我又能將哪一邊處理好？

這時，朱可欣將自己的手機丟給我，緊接著搶走我的手機。

「妳幹嘛……？」我腦袋仍深陷在一片空白。

她卻揚起一抹微笑對我說：「你去搞定高振東，佳慧交給我和張媽媽，我們由手機來掌握彼此的情況，看能不能在需要的時候給予對方幫助。」

我幾乎驚訝得無以言表，如此臨危不亂的表現，這個笨蛋總能讓我感到安心……

「我知道了。」我將倉皇情緒強行鎮壓。「走吧，逆轉的一拳正要揮出呢！」

於是最後決議讓佳慧媽用機車載朱可欣前往居酒屋，而我則騎單車趕赴桐花祭的景觀橋附近，正要話別然後兵分兩路時，一個龐然大物倏然撞開門扉，跳躍過我的眼前！是大豬。

頸圈上的鏈條，自空中垂落竟離奇地纏上單車的龍頭，繞了幾圈，大豬回頭瞧了我一眼，前蹄在柏油路上向後掘了兩下，旋即往前直衝而出猶如猛虎出閘。

「哇啊！」單車被這股衝力牽動，逕自轉圈向前。一轉眼，朱可欣跟佳慧媽已被拋在身後，不知道這一幕，是否在她倆人眼裡刻畫下和我同樣的驚恐？

而我還知道了一件事，原來豬能跑得這麼快！

9

兵荒「豬」亂中我勉強將手機固定在單車前的手機架裡，然後才終於可以抓緊握把，大豬簡直如有神助一路跑下來竟然全是綠燈，要是來個紅燈，可能我就知道明天的報紙頭條是什麼了。

嘖，烏鴉嘴！綠燈消失了。

燈號一變換，大豬並沒有因此煞車而是發出了陣陣吼聲響徹雲霄，彷若是收到狂按喇叭的效果似的眾車蠢動頓遭遏止，第一次搶黃燈順利闖關成功，在紅燈來臨前將十字路口甩在身後。

怎奈福無雙至，禍不單行，下一個路口在黃燈跟紅燈夾殺間，被喇叭聲圍剿了一曲四面楚歌。

「哇，對、對不起。」我盡力地向用路駕駛和受到驚嚇的斑馬線行人道著歉，雖然很想澄清說不是我驅豬而行，而是我被豬拖著走啊！但無奈卻苦無機會。

幸天不棄，幾經危機總算闖過了險要的街道，奔入桐花祭會場的轄區裡，滿林蓊鬱轉眼襲來。

這時，從手機螢幕裡可瞧見朱可欣跟佳慧媽還未趕到居酒屋。

丟到最後連杯子、筷子、調味盤和所有伸手可及的一切東西都全傾巢而出的張佳慧，整個一發不可收拾，而劉哲宇的身上似乎多了些傷痕新添，但那張嘴還是不饒人持續刺激著她的神經。

不消半盞茶時，觀景橋時隔數日再度撩動我的眼簾，挺身兩人拳來腳往間的涂智寶終於壯烈犧牲，只能徒呼負負頹喪的倒下，然後被不知是誰的腳踹後滾到橋上另一側。

阿辭則從身後拉住楊原靖的衣服，試圖阻止他的暴走，但很明顯只是徒勞無功的舉動。

正當戰火要開始自兩人拳風裡再度竄燒時，大豬吼叫著衝刺上前，用身體隔開兩人，高振東還因此跌坐在地。而我則緊壓煞車，卻是煞不住。往大豬曾奔馳的軌道直衝過去，眼看就要撞上橋側的欄杆，然後翻車向上畫個半圓後，筆直墜入河底！

卻有股力量從後方揪著我的衣服後領，我則本能抓住手機架上的手機將其拆卸下來，旋即我被這力量往後拋出，看著單車撞擊欄杆後輪翹起後，又掉下來往旁邊倒落，同時我摔坐在橋上。

「哼，你是來幫忙還是來跳河的啊？」

原來出手救我的人是楊原靖。

另端，大豬跟高振東四目相接似乎達成某種無須言喻的共識，豬叫了幾聲後，又奔離橋上。我雖伸出了手挽留，但最後還是只能選擇目送，根本不可能追上那頭要是寫上車牌號碼，鐵定會被開單的四腳生物。

「不用去追嗎？」楊原靖再度向我開口。

難得這麼有說話的興致，看來情況沒我想像中那麼糟糕，至少他並沒有放任怒氣將理智沖昏。

「那頭豬可是很有靈性的，腦海裡搞不好還配備著google map呢？該擔心的應該是這邊吧！」

我緩緩站起來，將視線落在同樣剛剛自橋上站起的高振東。

「衝突的原因是什麼？」我拍著屁股上的灰塵，故作輕描淡寫地詢問著事發緣由。

楊原靖語氣中夾雜著迷惑和不悅道：「我不過是問他，是不是因為得了貝賽特氏症，所以放棄了佳慧罷了。然後他就發起飆來想打我，我當然不可能白白挨揍。」

「於是涂智寶為了勸架，就捐軀成仁了？」我撫著額，腦袋如火燒般的溫度在冰冷手掌裡降溫。

「抱歉，我沒能阻止他們。」阿辭低著頭這麼跟我說。

是我的錯，我低估了這傢伙對張佳慧的情感。

「放心吧！你生病的事我們還沒透露給張佳慧知道，所以你不用再這麼張牙舞爪了。」

高振東緊握的拳頭逐漸鬆開，我知道我猜對了。

這傢伙是害怕我們將他生病的訊息告知給張佳慧，讓她擔憂，讓她傷心，甚至讓她自責，才會這般憤怒。

阿辭似乎茅塞頓開，以細若蚊鳴的音量低聲道：「傷害了佳慧那麼深的人，卻是因為深怕傷害她所以如此決絕，直到此刻仍是如此，這傷害源於保護，而這保護卻又造成了傷害。」

「開什麼玩笑！」聽到這番話的楊原靖，握拳朝著橋欄一個如鐵鎚般的奮力敲擊，似在宣洩著對這份感情的不平之鳴，擊落處如蛛網散開的裂痕，深陷了什麼？「你這傢伙，既然會為了我可能洩漏你的病症而使得佳慧痛苦，你又為什麼要離開佳慧讓她痛苦呢？」

「這與你們無關。」高振東將眼神武裝得如刀鋒般冰冷。

「自以為地在兩個傷害裡，選擇了自認為較小的傷害給佳慧，這就是你唯一能做的嗎？」

楊原靖，你是想說兩害相權取其輕吧？

「你們又瞭解了佳慧什麼？」

「她才不是會因為什麼鬼貝克亡靈，而拋棄你的人。」

「正是因為這樣，我才會害怕啊！」高振東將雲濤震破的吶喊，在激昂後換來鴉雀無聲。

「是這樣嗎？」我在這片寂靜中趁虛而入，毫無畏懼地陳述著我全無根據的妄言。「害怕對她造成傷害嗎？開口傷害，閉口傷害，可別太自以為是啊。在這裡我或許是最不懂得張佳慧的人，在我眼裡她不過就是個整天打瞌睡的怪異同學。當然我並不討厭她，但也沒有什麼交情可言，甚至連互動都少得可憐。但所謂旁觀者清，其實我並不認為你讓她受到了傷害。」

「什麼？你在說什麼……」

「有沒有受到傷害，應該以當事者的實際感受為判斷依據吧？既然如此，你就自己開口問她啊！問她，你是不是讓她受到了傷害，是有，還是沒有啊！」

我將手機舉起面向高振東，阿辭同樣將手機螢幕對準高振東。居酒屋內，侯棋玉和剛趕赴現場的朱可欣則將手機螢幕對準了張佳慧。

藉由四台手機所架構出的重逢正式上演，這是我趁著剛才楊原靖和高振東爭辯時，暗自透過手機所臨時訂定的計畫，雖然倉促，卻是我所能想到最面面俱到的解方。

將隱藏在心底深處的話說出來吧！

但緊接而來的一幕卻如驚濤拍岸，捲起千堆雪白了思緒、白了時間、白了情感和我們。這頃刻裡彷佛世界驀然填上一塊空白，這發展我無論如何都預料不到，同時不敢置信。

高振東竟然將雙眼闔落，閉目不觀，更令我詫異的是手機裡的張佳慧，做出了同樣的選擇。無聲卻在宣告著，在該相逢的時刻來臨前，即使命運要逼我們見面，寧願選擇形同陌路的牽掛。

嘖，我果然完全不懂得張佳慧這個人啊。

不知為何，此時的我竟上揚了嘴角，這個微笑來自我的失策，多麼美麗的失策。

我掌心裡的手機率先因電力耗盡而陷入關閉狀態，然後如連鎖效應般朱可欣、侯棋玉和阿辭的手機相繼斷了電力奧援，果然這段時間的視訊通話太過耗電了。智慧型手機的續航力，還有待改進。

「可以把眼睛睜開了。」我搔搔因騎車狂奔而一頭雜亂的髮絲，向著高振東說。「沒電了，看來我們果然是白忙一場，早就說過這種事根本是吃力又不討好嘛。」

高振東不疑有他緩緩睜開了眼，或許該感謝他對於我的話還保有信任。

「她……看到我了嗎？」這是高振東睜開眼睛後開口的第一句話，我不禁又笑了。

阿辭則著急地想回應這雙顯得空洞的眼神：「她……」

「看見了喔！」我卻毫不遲疑搶了話，而且我的話引來了楊原靖和阿辭的側目，質疑著我。

「是嘛……」高振東頹喪地像洩了氣的皮球，低垂了頭。

我似乎再一次笑了：「雖然閉著眼睛，但她確實看見了你，就跟你看見了她一樣，因為你們的目光從沒離開過對方的身上，即使隔著再遠的距離或者隔著像我們這些礙事的傢伙，但還是能看得很清楚呢！有眼無珠的人，是我們。」

高振東倏然抬起頭，然後在詫異中露出微笑：「這樣啊，這樣就好。」

是啊，這樣就好。

「該撤退囉，徐……」我歪著頭，塗改了修辭。「朱可欣跟她礙事的夥伴們。」

於是楊原靖和我攙扶著被打得遍體鱗傷的涂智寶，阿辭則牽著破爛不堪的單車，一行四人逐漸在高振東視野裡變得渺小，直到消失。

懷揣著高振東的一個請求，默默消失。

「浪子三唱，不唱悲歌。」楊原靖用這一席耐人尋味的話，作下結語。

而我則看著前方，看著即使隔著再遙遠的距離，還是能夠看得很清楚的人。

10

夜，又來到十點後的刻度。

隨著揮拍灑出的汗水，在一盞街燈下散映著微弱的晶瑩，球在擊中牆壁後又彈回，我再揮拍，球又彈回，一來一往，歷百十回卻還不疲倦。

因為，今天她沒有來，不知道我名字的她。

只剩阿音還陪著我，不知道何時來到我身邊的阿音，陪著不知道她名字的我。

我向阿音傾訴了關於話劇社的事，最近我的話題似乎總圍繞著話劇社，或許阿音已習慣了。

昨天，傍晚六點五十的班機。

高振東離開了。

我們依照著高振東的囑咐讓張佳慧在晚上七點七分到桐花祭的景觀橋去一趟，她答應了。當然，朱可欣跟她礙事的夥伴們一樣不會缺席，即使是躲在草叢後偷窺並餵著蚊子，還是很自得其樂。

「後來那頭豬有回家嗎？」楊原靖很關心這件事。

侯棋玉扶著眼鏡邊框，回答：「大豬，後來跑到了居酒屋讓佳慧抱著牠哭，然後一起回家。」

「果然很有靈性。」楊原靖點頭稱是。

「這不重要啦！」全身貼滿紗布跟繃帶的涂智寶，往嘴裡塞著剛買來的串燒甜不辣。「姓高的又要搞什麼鬼啊，耽誤我的用餐時間了啦。」

「你不是在吃了嗎？」阿辭一本正經提出疑問。

「拜託，這只是餐前的點心，連開胃菜都算不上好嗎！」涂智寶理直氣壯回答。

劉哲宇那傢伙則湊近了我：「我傳給你的『那個』收到了嗎？」

「別給我那種奇奇怪怪的東西。」我表示出不悅。

「放心，我不會告訴別人的。」啊，我似乎能夠體會張佳慧在面對這副嘴臉時的暴怒和失控了。

「安靜，時間要到了！」朱可欣肅然一喝將喧鬧收聲。

秒針進入倒數，七點七分的時刻即將來臨，張佳慧倚靠著橋上的石欄杆，映眼一幕似曾相識，高振東是否也用過同樣的姿勢、同樣的神態，同樣的在這座橋上獨自而憑欄呢？

「不過為什麼要選七點七分啊？用七點整不是比較乾脆嗎？」朱可欣不解地嘟囔著。

涂智寶則又往嘴裡放入一根串燒，用模糊的聲音低語：「副社，還真是個不懂浪漫的笨蛋。」

我或許懂得高振東的浪漫。

約定時分悄然來臨，倏然自橋底竄出了異光，一顆顆粉紅色的心形氣球飄飛而出，球裡還裝著燈泡發出絢爛的虹彩讓月暈和星辰相形見絀。在圍觀眾人的驚嘆聲中，這群氣球藉由長短不同的繫線盤據了高低各異的位置，竟組合成了一個更大的心形飄浮在夜幕裡璀璨。

橋底竄出一個人站在小船上，是金萱。

是高振東拜託她幫忙的吧？她撐篙上了岸，將一口刀應該是瑞士刀，遞給了張佳慧。

然後張佳慧將眼眶裡的淚擦掉，捉著氣球的線用刀全部劃斷，一顆顆氣球隨晚風翳入天際重雲。

高振東應該能夠看得到，這託付在氣球上的真心，一定看得到，無論是她還是他都能看得到。

「嗚，太感動了啦。」朱可欣一把鼻涕一把眼淚從草叢裡起身，衝上橋去。

其餘社員如羊群般尾隨而去，在橋上朱可欣和侯棋玉抱著張佳慧哭成一團，真是灑狗血的收場啊。

我不禁有此抱怨。

凝望著夜幕裡閃著光飄飛的那些氣球，我想我真的懂高振東的浪漫。

七點七分，是象徵七月七日的涵意，選擇小了兩輪的時間刻度來代替未逢七夕的遺憾。這氣球此時看來倒有點像是無翼的喜鵲了，跨越了星河，見證了堅貞的情誼。

後來我趁著空檔問了張佳慧，為什麼不願意見高振東而選擇閉上了雙眼？

「他不肯見我一定有他的原因，我不想勉強他，等他準備好了，我一定會很開心很開心地見他。」

她的回答，至今仍縈繞在我腦海裡。

我不懂愛情，但我開始相信有種愛情能夠這麼的簡單和真誠。

為了減輕佳慧的經濟負擔，大豬竟開始咬著餅乾盒到各大公園索討著伙食，後來為了雅觀一點佳慧爸在大豬的項圈上掛了一個投錢筒，讓大豬也能夠順利自力更生。

「豬豬，給你錢去買飯飯。」

不過投錢的幾乎是小孩子，但總歸還是不無小補。

我再度揮舞球拍，球卻只彈回一小段就後繼無力，我知道後繼無力的不是球，而是我。

臉上蓋著濕透了的毛巾，我靠著圍牆坐下。

在這圍牆後的她，是否就是一個我雖然看不見，有著隔閡，但卻又能看得很清楚的人呢？或許只是我自作多情吧？打開手機，劉哲宇寄給我的圖檔佔據了全螢幕顯示出來，是即時趕到居酒屋的朱可欣以一個撲壘的動作，將張佳慧丟出的一個招財貓接住的瞬間。

這傢伙還真是誇張啊！

我回憶起了廟會時朱可欣在那煙火掩護下的話語，清晰的無以復加，彷彿此時還在我的耳畔復誦。

「你會一直待在話劇社嗎？你會一直陪在我的身邊嗎？」

多希望沒有聽到這些話，可是我又害怕錯過了她的任何一句話。

我沒有回答，仿若我根本沒有聽到。

我只能抱著她將所有爆竹雷火阻擋在外，但這能算是回答嗎？我害怕回答。

害怕回答後我不再是個質數，本來我只有阿音，但現在卻不是。

我回過頭看著阿音，希望能得到回音。

可是阿音什麼都沒說，只是默默陪著我靜靜凝望著我，什麼都沒說，什麼都沒說……

Count 6

1

最近我是否陷得太深了？

「徐爵，聽說你最近加入了話劇社，老師很開心喔，你的感覺跟以前判若兩人呢！國際奧林匹亞數學競賽即將開始，要繼續加油喔，我跟學校都很期待你的表現。」

在上一節下課，到導師辦公室取回批改完的全班作業簿時，老師對我講了這一番話。

身為質數的我是否真的將逐漸土崩瓦解，我還要繼續放任罪孽的加深嗎？

然而，此刻的我卻渾然不知，真正的天崩地裂才正拉開序幕，上演戲碼則是我慘遭砸壞的哀戚！

如轟雷般的喧鬧，猶如水壩洩洪自我偶然眺望的窗外傾倒進來，霎時竟瘋狂了整間教室。

同學接連站起，臉上滿是興奮的笑容，將面對外牆的每一扇窗戶，全都擠得水洩不通。是誰來了？我不知道。這陣旋風吹不動質數，瞧不見窗外景緻的我將頭轉向走廊那頭的窗戶，走廊外站在一個人，抱著一疊聯絡簿與我四目相接，是她。

沒有鬼臉，沒有挑釁，只是默默凝望著我然後默默地轉頭離去。

「好啦！同學們，全部回來坐好。」

物理老師放肆揮舞著教具，實際演繹著古典力學裡的牛頓運動定律，卻倒像是個圈不住羊群的蹩腳牧羊人，只能盲目搖擺著拐杖，可憐地彰顯著自己的無能為力。

「是謝懷安耶！」

「喂，真的是本人。」

「好帥喔。」

此起彼落的討論跟讚嘆聲迴盪在教室裡，經久不散。

下課時，全部的人都衝出教室去看那個名叫謝懷安的人，據說當時連校長跟教務主任都出來迎接，門口兩旁排滿花團錦簇，還鋪上嫣紅錦毯開道，連校門口都圍了一堆非本校學生的追星族。

原來這個謝懷安，是個當紅的偶像明星。

「像個鬧劇吧？徐爵。」放學時，梁有為來到我座位附近又逕自發表著如謬論般的言談。「這個謝懷安好像是三年級的學長，但因為展開亞洲巡迴演唱所以請了長假，才剛復學。」

我對這些事，其實不感興趣。於是收拾書包，自顧自地準備離開，我一向如此無禮，所以質數。

「喂，徐爵聽說你加入了話劇社，我沒想到你會加入社團，你不害怕在成績上被我追過嗎？」

沒有理會的我繼續往門口走去。

「參加社團好玩嗎？」

「怎麼可能，那群笨蛋只會給我惹麻煩而已。」我沒有回頭，話卻自然而然脫口而出。

梁有為在後頭露出感到詫異的聲音：「這還是你第一次回答我的話呢！徐爵。」

第一次回答嗎？

我不敢再開口，只低著頭邁步離去，但我還是依稀聽見梁有為又補上一句話。

「你變了，徐爵。」

是嗎？

或許吧。

但我卻不願承認這樣的轉變，因為這會讓我感到罪孽深重。

社團教室塞滿人群，有種不祥的預感籠罩著我，話劇社外站在兩個西裝筆挺的彪形大漢，如門神般分別佇立於教室106的前後門，本遭到攔阻的我在侯棋玉的帶領下才得以順利闖關。

一進到社團教室106裡，一個戴著墨鏡打扮時髦的男人殷勤地朝我打了個招呼。

我似乎不難明白他是誰，但令我感到困惑的是為何他會出現在這裡？

「你好啊，徐爵。」他竟然認識我？「很抱歉，這麼晚才自我介紹。我是謝懷安，話劇社的社長謝懷安。」

2

這個傢伙就是話劇社裡那個神祕莫測的社長？

放眼望去社團教室裡幾乎全員到齊，除了某個笨蛋跟阿辭還沒來以外，而我當著大家的面向自稱社長的那個男人，提出了一個質問，不假思索地將我壓抑多時的疑惑直接傾訴出來。

「為什麼會挑中我？」

謝懷安摘下墨鏡，凝望著我：「因為這劇本需要你，這角色是為你量身打造的。」

「你認識我？」

「這重要嗎？」

「我不懂。」

「等這齣戲演完，你會懂。這是我唯一能許下的誓言，對每一個人都是。」

我還猶豫著是否該追問下去，有一個人卻捷足先登，那聲音總是如此熟悉，而又陌生。

「你終於回來啦！社長。」朱可欣來到我的眼前。

謝懷安則伸出手摸著朱可欣的頭：「幹得不錯嘛，副社。人都找齊了。」

朱可欣毫不客氣嘟著嘴，賞了謝懷安一個膝擊：「別老把我當成Lucky摸頭，我不是你家養的比熊犬啦！」

瞧見謝懷安被襲擊，盤據窗外的眾多粉絲頓時掀起哭天搶地的吶喊，震得緊閉的窗扉咯咯作響。各種謾罵字句旋即漫飛半空，我的眼角餘光似乎能看見楊原靖為了壓抑住怒氣，微微顫抖的身軀。

「我沒事啦，請大家別為我擔心。只要有你們的支持，我就是無敵的啊。」

謝懷安嫻熟地安撫著群眾，而被抓著額頭推遠的朱可欣，仍揮舞著雙手試圖痛毆謝懷安，卻因手臂太短，只能痛毆空氣。

「看來最後的一個人也來了。」謝懷安的視線瞟向我身後的前門，我回過頭，阿辭倩影自擁擠人群裡現身。

「黎青辭，跟照片上一樣是個正妹呢！不，本人似乎比照片還漂亮一點。」

面對謝懷安的禮貌奉承，阿辭則感到有些疑惑：「謝懷安？你怎麼會在這裡？有活動嗎？」

「不，我在這裡的原因只有一個。很簡單，只因為我是話劇社的社長。」

「你是社長？」

「雖然很想請大家先吃個飯。不過……」倏然一股寒意竄過我的背脊，是我看錯了嗎？有那麼一瞬間，謝懷安的眼神竟冰冷得令我感到戰慄。「還是先驗收你們排練的成果吧！」

語氣溫和的這一席話，卻令朱可欣如凍僵般暫停了胡鬧的舉動，不僅如此，除了我和阿辭外，所有社員彷彿被籠罩在低氣壓中，被名為陰霾的蟒蛇緊緊纏住動彈不得似的。

大禮堂。

拉上窗簾後，整個禮堂不只寂靜無聲連塗鴉上窗戶玻璃的搖旗吶喊，全都一併排除在外。能夠輕而易舉地借到禮堂的使用權，果然當紅偶像明星的面子比小小社團幹部更能讓學校高層買單。

在謝懷安的要求下，全體社員甚至隆重地換上戲服，一場儼然可比擬正式演出的彩排，於焉開幕。

「羅密歐，啊，羅密歐，為何你是羅密歐？請你為我否認你的父親，拋棄你的姓氏，或許這是強人所難，但請你立下山盟海誓，向上蒼宣告你願成為我此生不渝的伴侶。」

羅密歐獨白：「我該選擇默默聆聽，還是回應？」

這幕是羅密歐與茱麗葉中最膾炙人口的陽台戲碼，飾演羅密歐的朱可欣和飾演茱麗葉的阿辭，將角色詮釋得入木三分，不僅是她二人，其餘社員幾乎都展現了有史以來最漂亮的演出。

當然，我也絲毫不遜色。

「古往今來多少離合悲歡，誰曾見這樣的哀怨心酸？」

劇幕於飾演埃斯卡勒斯親王的張佳慧嘴裡所吟詠出的輓歌裡，圈下了句點作結。

由於改編版的劇本，還缺了最後一幕，於是暫且以原版劇情演出。

但這無疑是自排練以來，最成功的一次表演。

臺下則同時響起了掌聲，謝懷安正微笑著鼓掌。

「欸，你們是不是離開了地獄太久？全都想死了啊？」那張和藹的容顏霎時變臉，笑紋瞬間緊繃將表情拉扯成猙獰，如霜眼神讓氣溫驟降至零下，凍結了氛圍。「敢讓我看這種爛戲！做好獻頭致歉的心理準備了吧？」

這傢伙是怎麼回事？竟和剛才判若兩人！

連一貫桀驁不馴的楊原靖，辯才無礙的劉哲宇，此刻都噤若寒蟬。

緊接著只見謝懷安深吸一口氣，我彷彿聽見眾人低聲呢喃著一句話：「要來了。」

海嘯，來了。

「涂智寶！過得挺爽的嘛，肚子又套了幾層游泳圈，腫到連走位都走不好了。你知道嗎？我真想把你的臉埋進馬桶裡，然後連按沖水板手兩百次，看能不能把你沖到紅海裡讓鯊魚將你的游泳圈當作甜甜圈咬掉幾個，順便把你肚子里窖藏的餿水油跟地溝油一次流光，看你的腦袋會不會變得比較清楚一點！不再『頭昏昏，腦鈍鈍』啊。」

涂至寶嚇得退後幾步，還從戲服裡掉出了幾袋零食。

「楊原靖！你是撲克牌鬼上身是不是？一張撲克臉面無表情，要不要我再用一次十字架炸彈摔讓你清醒一點，順便來個十字固定重新教你一遍什麼叫做喜、怒、哀、樂啊。『你阿嬤在煙蕃薯咧』，信不信我挖個土窯把你埋起來，就露個頭直到你做得出表情，才放你出來啊。要是做不出來，你就給我待在土窯等個五百年，運氣好的話，或許會有個要去取西經的禿驢願意放你出來。」

楊原靖竟鐵青著臉，連壓抑怒氣的顫抖都沒有，只是緘默不語。

難道連楊原靖都打不贏他？而且「你阿嬤在煙蕃薯咧」這句台語到底是什麼意思啊？某種髒話的借代詞彙嗎？完全搞不懂。

「侯棋玉！妳強迫症是越來越嚴重了是不是？不要以為妳演到一半拿出手機偷看行事曆，我沒察覺到啊。再讓我看到，我會砸爛妳的平板跟手機，將妳的記事本餵進碎紙機，再駭進雲端刪除妳的全部備份，然後在妳精神分裂前，往妳嘴裡倒入兩大罐百憂解跟安定文錠。這就是跟森田療法並稱兩大強迫症療法的謝氏療法，妳如果想試的話，我非常樂意效勞。」

侯棋玉呆若木雞彷若被點了穴一樣，動都不敢動，即使手機鬧鈴不識相作響，催促著下個行程。

「劉哲宇！少在演戲時打黎青辭的主意，什麼時候羅倫斯神父會以那種褻瀆的眼神盯著茱麗葉？你拿給茱麗葉的是假死藥，不是奇淫合歡散好嗎！要是敢給觀眾這種詭異的錯覺，我會不惜毒啞你的雙眼，然後配給羅倫斯神父一副墨鏡跟一隻導盲犬，當然那隻狗的品種絕對不會是拉布拉多或黃金獵犬，我能保證肯定是比特犬或藏獒其中之一。隨便一咬，就能咬下你這淫賊一整塊肉。」

劉哲宇喉頭輕嚥了口唾液，絲毫不敢回嘴，連對阿辭的愛慕都只能選擇默認。

還有為什麼明明是針對眼睛，卻用毒啞？

「張佳慧！妳眼睛裡的血絲還有剛才背對觀眾席偷打的那個哈欠是怎麼回事？我不是說過作息必須健康，才能呈現給觀眾最佳的表演嗎？我應該提過我有乙級廚師證照，再不給我認真點，我會宰了妳家那頭豬大卸八塊，全程冷藏空運給妳在國外的男朋友，讓他一同分享你們愛的結晶。順便發動粉絲的力量擠爆妳工作的場所搗蛋，讓妳引咎辭職，藉以獲得充足的睡眠。畢竟身為一個和藹可親的社長，我可是很關心你們這些社員的健康狀況和睡眠品質呢。」

張佳慧不但沒有像上次那樣暴走發狂，兩個眼睛反而呈現出如漫畫般的螺旋狀迷惘。

是試著退化自己的理解能力，以逃避現實嗎？

「還有朱可欣！我怎麼可能把妳誤認成我家的Lucky呢？我家Lucky的腦容量比妳這個遠古生物藍綠藻好太多了。剛才的排演妳一共念錯了三句台詞，導致情溢於辭，妳一定無法理解我現在到底有想跟哆啦A夢借個記憶吐司，將劇本全文翻印在吐司上，然後塞進妳的嘴裡，一直塞、一直塞、一直塞，直到妳不再說錯任何一句台詞，或者我緊抓著吐司伸進去的手，穿破妳的胃的時候。身為一個社長，我對於妳這副社的表現極度失望，要不是開演在即沒得換人，我一定丟把武士刀給妳切腹自殺，但我怕妳還沒把刀碰觸到腹部上纏的繃帶時，我就忍不住先幫妳介錯了！」

朱可欣將視線緊揪著我，眼眶裡彷彿還盈著淚眼汪汪，但看我幹嘛？

這傢伙的毒舌程度，根本遠遠凌駕在我之上啊！接下來，我跟阿辭都泥菩薩過江自身難保了吧？

「至於兩位新加入的社員……」

謝懷安將視線射向我和阿辭，正當要切入主題時，緊閉的禮堂側門倏然開了一道縫隙，瞬間自外面湧進無數吵雜的喝采聲，將整個禮堂的陰鬱氛圍全都趕跑，取而代之的是滿堂喧鬧。

回過頭的謝懷安則又換上職業的燦爛笑容，向即將擠爆門口的粉絲熱烈揮手招呼。

呃，真是個兩面人啊。

「借過！Lady們～」縫隙裡一條人影自保鑣的手臂下竄入禮堂裡，她穿著一襲黑色套裝，帶著一副紅膠框眼鏡，綁著馬尾的頭髮閃耀著如稻穗般的金色光澤，瀏海飄揚下的瞳眸則是藍的。

毫無疑問，她是個外國人。

旋即，門再度被關上，禮堂裡霎時又恢復了靜謐。

「索菲亞，妳來了。」謝懷安語調慵懶地朝金髮碧眼的女子打招呼，然後轉頭向我們介紹。「她是我的經紀人。」

「大家好。」索菲亞隨性地將該盡的禮儀敷衍，旋即矛頭一個移位轉刺謝懷安。「再不把這些人給疏散掉，校長可能會請我們喝一整個晚上的咖啡喔！你說該怎麼辦啊？」

謝懷安露出胸有成竹的微笑，站起身來：「沒辦法，用老方法先將人群引走，再金蟬脫殼吧。」

「請吧，My Prince scheming。」我的腹黑王子嗎？

索菲亞伸出手臂指引著通往門的路線，像個專業的引路人。

「你們倆，在這等我回來吧！」謝懷安笑顏不改地留下這句話，然後揚長而去。

門口再度切換了靜謐和喧鬧的開關，在謝懷安和索菲亞連袂離開禮堂後，除了我和阿辭外的話劇社員們彷彿被解開僵硬的石化狀態，瞬間自緊繃鬆懈下來，不但姿勢更易還喘著大氣或擦著汗。

「啊，差點要窒息了啦！」朱可欣大聲抱怨道。

「可惡，害我嚇得連零食都掉了好幾包。」涂智寶則猶恐失之地飛快撿起掉落的零食。

「看來我得趕快多做點備份才行。」侯棋玉一臉慌張，死命地滑著手裡的平板電腦。

「喂，媽，小嚄還活著嗎？」張佳慧竟打了通手機，確認大豬生死？

「呵，還是跟以前一樣咄咄逼人啊！這心驚肉跳的感覺還真令人懷念呢。」劉哲宇嘴角雖倔強地上揚，但很明顯只是強顏歡笑，因為語氣仍頻頻顫抖著。

楊原靖則在左手幫助下勉強將右手握成拳頭：「嘖，還無法克服嗎？」

現在我似乎能夠清晰地懂了，當初我剛到話劇社提及社長這兩字時，社員們各自流露出的複雜表情所為何來？微笑能讓人愉悅，眼神卻使人敬畏，擁有這兩面的可怕男人，謝懷安。

倏然，門扉再度開啟，一個身影側著半身進來。

明明是掛著燦爛如陽光般的微笑，為何竟能瞧見紫黑色的不祥氣流自身邊竄出，還勾勒了幾隻蝙蝠嘶鳴著陰詭叫聲迴響禮堂，令人不寒而慄。

「對了，其他人可以滾了！明天再見。」

門再關上，倒抽的一口冷氣卻還鯁在咽喉間，鎖住全身動彈不得。

「嗯，我要走了。趕快混在遷徙的人群裡好偷偷溜走。」

朱可欣率先響應謝懷安的逐客令，草草收拾著屬於自己的物品然後準備鳴金撤退。

豈料霎時一呼百應，劉哲宇、侯棋玉、涂智寶、張佳慧和楊原靖各自唸唸有辭，搪塞著拙劣不堪的藉口，以掩飾自己不顧情義的明哲保身。

什麼再不去夜市要收攤了？
什麼豬飼料買錯成魚飼料，要去換？
什麼補習班同學還在家門口等著借講義？
什麼臨時感應到神明有指示，必須回去擲個筊杯？
什麼平板電腦故障需要維修？
最瞎扯淡的是，什麼Lee Grinner Pace在巷口苦候著，要指導如何飾演羅密歐的訣竅？
滾吧！我連吐槽你們都嫌浪費我的腦漿。
於是整個大禮堂在頃刻間，人去樓空，只剩下我和阿辭呆立於原處，任鴉雀無聲，隨萬籟俱寂。

3

阿辭坐在舞臺的邊緣處面對著底下的遼闊空間，如今杳無座席，渺無人煙，只餘劃著各式球類運動的邊界用相異色彩塗抹成線，或是筆直，或是圓弧，各自盤據著屬於自己的世界，自得其樂。

不同的線或有交集，不同的人呢？

我仍站著，盈盈凝望的視野裡飄揚著一頭烏黑長髮和一襲背影，讓我彷若重回往昔。

黎青辭，我分道揚鑣的摯友，請原諒我讓自己入罪，卻可能同時懲罰了妳。我明瞭，我比誰都明瞭因為妳此刻的緘默，正是我久別相逢的體貼，在無語中溫柔。

直到禮堂門扉被推開時的細微聲響，將迷失在時間蜿蜒河流裡的我驚醒，猛然回過神來後，才發覺禮堂牆上高掛的圓鐘時針竟已轉了半圈，這映入眼簾邁步而來的人，正是折途歸返的謝懷安。

「讓你們久等了。」

阿辭禮貌地回應：「不會，倒是你辛苦了，要脫身很不容易吧？」

「還好，我習慣了，要是有一天無人簇擁反倒失落。但我知道這一天總會到來，只是早或晚。」

我則單刀直入：「說吧，這麼長的時間，心理準備也做得差不多了，就別再拐彎抹角了。」

謝懷安拿了一張折疊椅在禮堂中央，坐了下來，面對著臺上的我們。

「別急嘛，對於你們的演出我會盡量降低標準，畢竟是新人我也不好苛求，表現算是低空飛過吧。」

「就這樣？」我感到疑問。

「不，不只是這樣。」謝懷安倏然莞爾一笑。「你們若真的做好了心理準備，我會很開心的。」

果然還有後續，我深吁一口氣搔了搔頭，將心靈配上鎧甲武裝，迎擊即將到來的毒舌抨擊。

阿辭也將手按在胸口上，替自己鼓舞並平撫顫動的情緒。

謝懷安開口了，微微開闔的嘴唇卻吐出了我始料未及的話語。

令我感到世界正在震動。

崩壞了。

原來這就是，末日。

「『傅皓如』，假如看到現在的你們一定很生氣吧？」謝懷安不同於以往的笑顏，令我無所適從。

是不是我聽錯了？為什麼會在這裡聽到這個名字？

眼前似乎開始黯淡，燈光在劇烈搖晃著，帷幕被扯下，四周的東西開始傾倒滾落，神經莫名遭到剝離，血液失控地在體內亂竄，龜裂的地板將所有掉落物無止盡吞噬，但謝懷安卻不動如山。

我用雙手掌心壓著太陽穴，刺激著理智，頓時一切恢復如初只是我的錯覺。

那句話，是否同樣只是個錯覺？

「打從傅皓如離開之後，黎青辭妳開始讓自己忙碌，盡其所能用無關緊要的瑣事，填滿時間表上所有殘缺。而徐爵你則選擇封閉了自己，沉默寡言，斬斷所有情誼，老死不相往來。一個假裝忙碌，一個假裝質數，自欺欺人，卻連一個人都欺騙不了。真是笨拙的演技啊！」

謝懷安露出訕笑的表情，嘲弄著我和阿辭。

阿辭的臉龐霎時刷白，手則在顫抖：「你懂什麼？你又怎麼能懂得我的感受呢？」

「我懂。」謝懷安緩緩走了過來，將雙手搭在舞臺邊緣處，和阿辭面對面。「兩個妳一生中最好的朋友，一個離開了，妳本來希望能和另一個互相慰藉，相依為命，可是他卻選擇了封閉和逃避。於是妳在同一時間，失去這兩個人，只能用忙碌麻痺自己，好不去面對這殘酷的事實。聽清楚了，他們都不會再回到妳身邊了，徐爵已成封閉的質數，而傅皓如已、經、死、了！」

「不要說了、不要說了，我不要聽、我不要聽！」阿辭推開眼前的謝懷安，從舞台上一躍而下，用衣袖拭著淚，於啜泣聲中奪門而出。

我從未見過這樣失控的阿辭，在記憶裡她總是優雅、冷靜，從容不迫。

「阿辭，黎青辭！」

我嘶吼著，自傅皓如離開後，自甘願成為質數後，這是我第一次呼喚她的名字，我熟悉的名字。

謝懷安在我背後冷眼旁觀：「看來，你們根本沒做好心理準備啊。」

跳下舞台。

「我不知道你為什麼會知道這些，但是你永遠不會懂我們三人間的友情，永遠不會。」

我拔腿直奔，謝懷安的回答我並不在乎。

我在乎的是阿辭的去向。

打開禮堂大門，門外倚靠在牆垣上的索菲亞用手指替我指引了方向。

我不知道跑了多久，卻始終瞧不見阿辭，許久沒撥的手機號碼尚未陳舊，卻只剩語音信箱回答我。

我終於明白，成為質數後我傷害最重的人不是自己。

而是阿辭。

4

我信步來到國中時的學校，託親和性圍籬的福輕而易舉跨越了矮牆，回到我埋藏的往日故事。操場上有著附近社區的居民來這夜跑的身影，籃球場在微弱照明下還迴盪著拍球聲，三三兩兩。

教室在一樓。

第三個窗戶的鎖還是沒修理，於是我自窗口爬了進去。

不合掌祈願，卻斗膽向上天竊取一段月光斜映，為我作回照書的螢囊，重謄故事裡斑駁的墨跡。

手指撫過桌角，這是我的桌子，屬於那時的我，還不是質數的我。

我撐著手坐上隔壁的桌面，這是阿辭的桌子，每逢課餘時我總坐在這裡，阿辭則坐在椅子上翹首仰望，阿辭的斜前方還會有一個人，將手臂搭在我肩上興奮地高談闊論。

傅皓如。

他的座位在阿辭前方，那時很流行男女相間的梅花座。

座位構成一個三角，一如我們的關係像個鐵三角一樣堅不可摧，金剛不壞。

我還坐在故舊的位置上，彷彿他倆同樣還陪在我身邊，演繹著曾駐留在韶光裡那一抹璀璨。

故事如舊，故人可還如舊？

明知故問的我，太傻。可是情景卻還歷歷在目。

傅皓如總是最先開口：「我的夢想可是成為像莎士比亞一樣的劇作家喔！」語氣中滿滿熱情到此時還在心臟裡溫暖，卻多了份隱隱作痛。

「阿辭，妳呢？」

黎青辭露出會讓人感受到幸福的笑容：「我要到音樂之都維也納，成為一名知名的鋼琴演奏家，然後在金色大廳辦一場，不，不只一場，屬於我自己的鋼琴獨奏會。還有……」

這是我遺失已久，再不復見的笑顏。

「妳是《交響情人夢》看多了吧？」那時的我，毫不客氣地吐槽著。

「才不是咧。我在小時候就許下這個願望了。你的小提琴跟皓皓的黑簧管也不是因為看了動漫才去學的吧！」

「沒辦法，被我媽逼著學的。」

傅皓如則回答：「我是因為小時候一個有錢的親戚要送我禮物，我明明指的是櫥窗裡的鋼彈模型，她卻牽著我走進模型店隔壁的樂器店，買了支黑簧管給我，於是黑簧管成為我最昂貴的玩具。」

「事實證明，我沒說錯吧？」

黎青辭得意的笑帶著點俏皮的倔強，是打開心扉後才能看見的她。

「哇。」繼續得意吧妳。

那時的我何等自在。

「小爵，那你呢？該不會是要當數學教授吧？」

傅皓如的微笑臆測一針見血，讓那時的我霎時因被猜中心思而語塞，臉上表情瞬間僵硬。

黎青辭掩嘴偷笑：「被說中了啊！」

這句話仿若一根箭頭，如漫畫誇飾般刺穿我的心，血未噴出卻紅了我的臉。

那時的我試圖故作鎮定，力挽狂瀾：「才不是你們想像中那種無聊的數學教授咧！我的目標可是要解開『哥德巴赫猜想』，並且拿到劍橋大學盧卡斯數學教授席位，成為華人第一。」

壯懷激烈，像隻奮力傾訴著凌雲志氣的鴻鵠，那時的我，為何讓現在的我無地自容？

不知何時我離開了教室，窗戶有沒有關上我忘了。

可是有些事即使過得再久，還是忘不了。

5

放學鐘聲仍不倦地鳴響著回家的號角，將書包收拾我來到闊別已久的圖書館，角落裡沒有黎青辭，於是座位錯落填上，我還是挑了一個能在視野裡容納最少人的位置，在練習題上振筆疾書。

我翹掉了話劇社的排演。

阿辭呢？

今晨輾轉睡醒後，我竟沒有勇氣再打給她，瑟縮在被窩裡握著手機發呆，直到鬧鐘失聲。然後每節下課時，我待在座位望著窗外走廊，暗許著或許能捕捉到她的身影旖旎經過，卻未能如願。

身為質數的我，還能否以質數自居呢？

回不到過去，留不住現在，被摒棄出兩岸的我只能在河流裡載浮載沉，等待淹沒。

本該是得心應手的試題，為何卻撩亂了眼花？我熟捻地用手指刺激著眉頭的攢竹穴，徒勞無功。

阿音，出現了。

如今，我唯一的朋友。

又走進圖書館的洗手間裡，只有我跟阿音。

在闢出的一隅幽靜，我猶如奮力捉住一根浮木，開合著嘴拚命呼吸，讓氧氣對腦袋做急救。

此刻，阿音就是我的浮木跟氧氣。

「謝懷安，那個傢伙到底是什麼來頭？結束巡迴演唱復學的當紅偶像？外表和藹，內心腹黑的雙面人？神祕莫測又滿嘴毒舌的話劇社社長？為什麼會知道我跟皓如、阿辭的事情？我搞不懂。」

「重要嗎？」

和往昔一樣簡短，阿音的回答令我感到安心。

「是不是謝懷安暗中調查了我和阿辭，找我們出演茱麗葉裡的角色到底又是為了什麼？」

「別問我，有了答案的假設。」

「不，我沒有答案，我什麼答案都沒有。」

「其實你比誰都清楚……」

我將水龍頭開到最大，如瀑布飛瀉而下的水聲能遮掩我的慌張。

「我成為質數是不是錯了？我只想懲罰自己，並不想傷害阿辭，假如阿辭真的跟謝懷安說的一樣，因為失去了兩個朋友而傷心，我該怎麼辦才能彌補？」

「若你還有愛，就別怕悲哀。」

「是我的錯、是我的錯，我早就知道會對她造成傷害，卻視而不見，自私地成全自己的贖罪。」

手臂還掛在洗手臺上，我的雙膝卻已跪落軟墊。

水還在流，從水龍頭裡，從雙眼裡。

潸然落下。

「誰在裡面？」

外頭驀地傳來聲響，我奪門而出，回到閱覽室將桌上東西一把掃進書包，書胡亂皺摺，還有幾支筆掉落，我倉皇落荒而逃，手裡還牽著阿音緊緊地、緊緊地，墜入了夜幕。

逃回教室的我，靠著牆垣坐下。

阿音倏然唱起了歌安撫我，一直唱、一直唱，沒有鶯出谷，沒有燕歸巢，還是一直唱、一直唱，沒有馬仰秣，沒有魚出聽，只是一直唱、一直唱，沒有迴腸盪氣，沒有餘音繞樑，仍是一直唱、一直唱，請為了我一直唱、一直唱……

6

翌日，我還是沒有打算去話劇社排練，我還是沒有捕捉到阿辭的身影，我還是質數的我，是嗎？阿音，累了。

於是我拿起網球拍等待我的另一根浮木，乘著夕陽餘暉自黃昏彼端漂流向我身處的黑夜，牆上的球擊痕跡數著秒，度日如年，我揮著球拍卻不能將時間揮霍。

直到街燈點亮了牆外，她終於粉墨登場，隔著牆，而這樣正好……

「你來了？」

她的聲音還是如銀鈴般悅耳，和阿音截然不同的韻調，卻同樣能讓我的雜緒逐漸沉澱。我接住彈回的球，往圍牆走去靠著牆坐下來，即使隔著牆這樣的背對背仍讓我有種被守護的安全感。

「很久沒這麼早到了，最近還忙嗎？」她又接著問。

因為參加社團活動的緣故，使得我推遲了約定好每晚一次的相會，但雖然晚了，我卻幾乎沒有缺席過一次。當然，我沒有告訴她真正的理由，只是託詞說近期有事在忙，會晚來一點。

「或許……不會再忙了……」

「結束了？」

「我不知道。」

「為什麼你不知道？」

「我不知道。」

「是不是你不能做決定？」

「我能。」

「是不是你不敢做決定？」

「我敢。」

「那為什麼你會不知道？因為決定的人不是你，你還不想結束？」

「決定的人是我，一直是我。」是的，自己的人生除了自己還有誰能決定？「但我不知道到底該不該結束？到底怎麼做才是正確的？」

浮雲蔽月，卻放牧了繁星閃爍，在這短暫的默然裡我沒低下頭，但卻俯首在命運面前。

她卻這麼對我說：「人可以掌握自己的命運，若我們受制於人，則錯不在命運，而是我們自己。」然後又輕泛了笑聲漣漪。「嘿嘿，這是莎士比亞說的喔！」

「我知道，我最近跟他很熟。」

為了演好提伯特這個角色，我翻遍了圖書館裡有關莎翁的全部藏書。

我反駁道：「我不是說了嗎？做決定的人是我，我可沒受制於人。」

她卻又反駁了我：「真的嗎。我不這麼認為，至少此刻你和我都受限於彼此的誓言，所以不能攀過這面牆，不能表明真實身分，不能問得更深知道的更多。」

「妳可以問！」

「我不會問，因為我不願知道更多。」

「這是妳的選擇？」

「這是我的錯，錯不在命運，錯不在誓言，不在於你，而在於我。」

我不願去承認她的論點，不願在這個時刻去想起那一個人，去面對我自願承擔的錯誤。

傅皓如，是我受制於你嗎？

為何腦海裡還是不由自主浮現出他的身影，顰與笑，哀與歡，和那段早該泛黃的青春歲月？我知道我都知道，錯的是我，不是命運，不是傅皓如，是我，是我的錯。

是我的錯，讓我失去了生命中最珍貴的一名摯友。

「陪我看星星好嗎？」我隔著牆，輕聲傾訴。

她聽到了，雲淡風輕地回應了我：「嗯，不再講話，只看星星，希望你比我先走，默默地走。」

我將話吞下去，因為我知道已不需要再言語。

若這份錯，能由兩個人承擔，即使錯了，卻似乎沒那麼痛了。

直到星黯淡，直到月暈白，微風催促，我還沒離開，我希望聽完她的跫音後再走，默默地走，慢慢地走，讓她比我先走。

可是我想起了傅皓如，想起了他離開我的背影。

所以我走了，如她所希望的比她先走。

因為我害怕，我害怕再度失去一個在生命中對我彌足珍貴的人，即使我連她的名字都不知道。

回程時，我撥下阿辭的手機號碼。

星星卻太安靜。

Count 7

1

「放手啦！」

一放學朱可欣就到教室門口來堵我，還泰然自若地跟收拾完教具，準備離開的條碼頭物理老師伸手打招呼，最後害我在一片詭異的眾目睽睽送別下，被拉著手臂拖出教室。

「你都翹掉兩天的社團了，我以副社長的身分下命令，給我乖乖回去排演啦！」

「我不舒服啦。」

我試著隨口搪塞。

「少來，別忘了當初在保健室，是誰硬要我回去上課的？現在輪到你要躲了嗎？我可不接受雙重標準這種事喔！」

嘖，還真會記恨。

好險，阿音還緊跟著我的步履，讓畫面不至於只剩下孤男寡女。

「對了，阿……那個，黎青辭呢？她有去話劇社排演嗎？」

我試著探詢阿辭的動向，她是不是和我一樣翹掉了社團活動，甚至沒來上學？

朱可欣則露出狐疑的表情道：「你是升旗典禮的時候在發呆喔，上週校長就有講了啊，黎青辭要在這幾天代表我們學校，去參加全國性的鋼琴比賽，所以要請公假啊。」

「是……嗎……」

我真的不知道。

升旗典禮時，我多半默背著數學公式，對於周遭所有噪音，則一向拒於門外。

本能驅使下我瞧了阿音一眼，看來他跟我半斤八兩。都沒有認真地上升旗典禮這堂課。

「走快一點啦。」朱可欣的步伐逐漸加速。「社長，可是在等你喔。」

謝懷安嗎？

本來因為得知阿辭不是因沮喪而失蹤，好不容易放下心中重擔的我，好似又憑空天降隕石壓在我心上，有種窒息感荊棘般侵襲了我的呼吸道，蔓延同時還帶來傷痛。

我的預知，得到了驗證。

只是我沒有料到，竟會有那麼傷那麼痛。

2

預料中會出現在社團教室外將廣場和迴廊擠得水洩不通的瘋狂紛絲們，卻爽約我的期待，甚至連兩三隻在窗檽邊徘徊引頸盼望的小貓，都杳無蹤跡，令我錯覺那晚的人潮擁擠只是黃粱一夢。

踏入社團教室１０６後，匪夷所思的構圖如胡亂塗鴉般在我視網膜上，潑墨一幅丹青，顏料亂七八糟，筆觸莫名其妙，我揉了揉眼睛，又揉了揉眼睛，卻還是擦不掉，反而看得更加清晰。

我到底看到了些什麼？一隻台灣黑熊版的熊本熊、一隻三眼的小小兵，全身古銅色頭上還印著白太陽標誌的包公hello kitty和穿上恨天高的腳超長黃色小鴨？

還有剩下的裝扮，算了，即使只是內心獨白，我也不想浪費力氣去吐槽了。

白V領熊本熊，瞧著我來了殷勤地打著招呼，動作卻笨拙的可笑。

似乎看出我刻意表露出的不解，白V領熊本熊拿下了布偶頭套，真身是謝懷安。我開始懷疑朱可欣的離經叛道，是種源自於話劇社亙古以來的傳承。

「很可愛吧？這可是我獨創的『布偶裝排演法』喔！不但能避開粉絲的層層包圍，還能訓練自己的羞恥度呢。畢竟太害羞可是不能成為一個優秀的話劇演員的啊！你們說呢？」

謝懷安轉頭詢問其他社員的感覺。

三眼小小兵拿下頭套，戴上過程中不慎滑落的眼鏡。「這沒在行程表上的突發狀況，讓我感覺自己萌萌噠。」這布偶人竟然是侯棋玉？還有萌萌噠是什麼啊？理解不能。

旁邊的長腳黃色小鴨則不斷點頭如搗蒜，很明顯是正在布偶裝裡打瞌睡的張佳慧。

謝懷安倏然朝黃色小鴨走了過去，然後伸出手往著垂下的鴨嘴裡伸進去，緊接著小鴨開始掙扎，短短的翅膀不斷鼓動拍打，旋即鴨屁股跌靠在後方的課桌椅邊緣，驟然兩腿一伸掙扎不再。謝懷安拔出手臂，若無其事往講臺方向走回，小鴨則從課桌椅邊緣掉落到地板上坐著，身軀微微顫抖。

「你做了什麼啊？」我不安地問。

「沒什麼，不過是倒了一整罐胡椒粉進去而已。」或許是察覺我的臉變了表情，謝懷安轉而露出更燦爛的笑顏。「開玩笑的啦！不過是用我毛茸茸的熊掌替她搔癢罷了，略施薄懲。」

「哼，徐爵你該不是以為是性騷擾或毆打吧？」劉哲宇用手指推著鏡框鼻架，和平時一樣的挑釁語氣卻因為那一身詭譎的hello kitty布偶裝，顯得毫無殺氣。

「你還是戴上頭套吧！會比較討人喜歡。」我無力道。

「哼。」在悶哼一聲後，劉哲宇竟然還真的又戴回了頭套，於是一尊完整版的包公hello kitty又呈現在我眼前。

謝懷安對著我講：「如何，要在涂智寶跟楊原靖來之前先選一套布偶裝嗎？要不然可能會留下籤王給你喔。」

「就是這件啦！」朱可欣衝向擺放著布偶裝的區域，拿起其中一件布偶裝向我展示。

我沒露出任何無奈或厭惡的神情，因為我根本沒打算穿任何一件布偶裝。

「我來的目的，不是為了排演。你應該知道我為什麼會來！」

我獨斷地終結這嬉笑怒罵的胡鬧氛圍，換上比質數還嚴肅數倍的面具，用尖銳的言語化作騎士長槍，捍衛著我的過往，然而我不是騎士，只是試圖自熊熊燃燒的火爐裡挽回些殘渣的失敗者。即使虛張聲勢，我在所不惜。

「怎麼了啊？」連遲鈍的朱可欣都可以感受到我強硬扭轉的氣氛，並不友善。

謝懷安緩緩褪下布偶裝，然後將布偶裝丟給朱可欣收拾。「你知道嗎？你缺席這幾天，他們問過我很多次到底那一晚我跟你們說了些什麼？可是我卻隻字未提。」

「所以我跟黎青辭該感謝你的保密？」

「不，從一開始我就沒打算保什麼密，只是這世上不存在著一齣演出，能空有觀眾，卻讓演員缺席的吧？」

在我和阿辭傷口上灑鹽的冷血行徑，對他而言僅僅只是一場表演嗎？

「你到底為何知道這麼多事？又是誰寫了這個茱麗葉的改編劇本？找我們來演又為了什麼？何況這劇本真正的最後一幕，至今都還沒給我們，演出在即，難道還沒寫完嗎？」

「劇本當然是話劇社社長寫的。但能完成這最後一幕的人，卻不是我。」

「什麼意思？我不是來聽你打啞謎的！」

謝懷安聳聳肩，似乎打算迴避這個問題。

我無意深究，因為我此刻只想知道謝懷安為何會知道那些往事，但要在這裡攤牌嗎？

「那麼你呢，徐爵？對於這個社團的人來講，你身上的謎團更多吧？就讓我在這裡當著社員的面前來揭開你成為質數的真正原因吧？不管這次你做好心理準備了沒！」

攤牌吧，我沒得選擇。

「你說啊，讓我來拆穿你自以為是的謊言。」

攤牌吧，我不相信你真的知道一切。

「在國中時期，徐爵和黎青辭還有一個人是感情極深的摯友，幾乎到了形影不離的程度。」

「咦，質數男你早就認識黎青辭了？」朱可欣十分驚訝。

「那麼為什麼要在話劇社裝作不認識呢？」侯棋玉提出一針見血的疑問。

我沒回答。

謝懷安繼續講：「後來那一個人出了事故身亡了。」

我不敢看其他人的表情，我害怕接觸他們的眼神，渴望著我回答些什麼的眼神。

「那一個人死於飛機事故，墜機在太平洋上。當時徐爵正坐著下一班飛機，剛抵達目的地機場，直到看到機場裡的即時新聞報導，才得知噩耗。」

我有些詫異：「你竟然能知道這麼多。」

劉哲宇道：「這意外雖然足以令人傷心，但似乎還不至於讓一個人選擇封閉自己？」劉哲宇拿下了布偶的頭套？這時的我竟全身僵硬地連用眼角餘光去確認，都做不到。

我眼裡的謝懷安又笑了，這笑為何既不燦爛，也不陽光？

滄桑，好滄桑的笑，不要，不要，不要這樣對著我笑，會讓我憶起對著鏡子勉強著笑的我。

「當時在登機前一刻，徐爵和那一個人辦理手續交換了航班，於是那一個人代替徐爵登上了死亡班機，假如沒有交換航班的話，罹難的人就是徐爵！就是這無以釋懷的罪惡感，將他逼成質數。」

謝懷安忽然銳利的眼神，刺入我的心。

為什麼？為什麼他？為什麼他會知道？為什麼他會知道這麼多這麼多？

「在徐爵封閉自己成為質數後，就連黎青辭也被他劃出了自己的圈圈，於是同時失去了兩名摯友的黎青辭也變了，變得不再愛笑，變得莫名忙碌，變成一座高不可攀的冰山。正因為徐爵你的錯誤，幾乎在同一時間，害了兩個最親密的摯友。」

「閉嘴。」我嘶啞著微弱的聲音，自咽喉處低吼出來。「閉嘴，閉嘴，給我閉嘴！」

「你以為成為質數就能贖罪，假設真是這樣好了，可是你卻加入了話劇社，擁有了這些同甘共苦的社團夥伴。事實證明，你再度背叛了那兩名摯友，你為了贖罪成為質數，卻受不了成為質數的孤寂於是投奔向話劇社，因為你的薄弱意志而被拋棄的黎青辭，還真夠可憐的啊！」

「我之所以加入話劇社，才不是因為朋友。」我奮力地辯解著。「都是因為朱可欣那個傢伙，實在太煩人了。」

這理由太薄弱了，不等他們質疑我又繼續辯解：「對了，其實是因為楊原靖威脅的關係，別看我這樣，其實我只個懦弱無能的膽小鬼。當被楊原靖威脅時，我嚇得直打哆嗦屁滾尿流，所以才加入話劇社的，就是這樣，沒錯，就是這樣。」

「我可不這麼認為。」這聲音是楊原靖？

我回過頭教室後門口，不知何時涂智寶和楊原靖已站在哪裡，是什麼時候？我竟渾然未覺？

倏然，當我又回過神來，阿音被謝懷安擄走了。

「放開他，放開阿音，他才是我唯一的朋友，你們都不是，不是我的朋友！」

「你說它是你的朋友？」朱可欣的表情滿是疑惑和不捨，這是什麼表情？別瞧不起阿音。

阿音在謝懷安手裡發出求救的聲音，用歌聲求救，謝懷安卻以鄙夷不屑的眼神睥睨著我，我衝上前一把揪住謝懷安的衣領，想救回阿音。他卻將阿音拋給了朱可欣。

「可悲的傢伙。」謝懷安一個反手制住了我，由後將我抱住，箝制住我讓我動彈不得。

「把阿音還給我！朱可欣，把阿音還給我，從那一天以後我的朋友就只有阿音了。」

朱可欣看著我，卻哭了。

為什麼要哭？

「你說這個袋子裡『快沒電的音樂盒』，是你的朋友？」她拿出了阿音，將音樂播放。

劉哲宇愚蠢的聲音傳來：「會是那一個人的遺物嗎？所以成為了徐爵的寄託？」

真是愚蠢的講法，阿音才不是什麼遺物，他是傅皓如託付給我的朋友，是我現在唯一的朋友啊！

「還給我，將阿音還給我！」

「砸爛它。」謝懷安的話如厲鬼般無情。「只有砸爛這無謂的寄託，才能讓徐爵從自哀自憐的監牢中解脫，為了他好砸爛它。砸爛那個音樂盒，砸爛他口中的阿音！」

不要、不要，將阿音還給我，還給我啊！

朱可欣用雙手抓著阿音送到我眼前，太好了，就這樣將阿音送還到我身邊吧。

妳幹嘛？為什麼舉高了雙手？如瀑布般的眼淚是為了什麼而流？不要、千萬不要那麼做、不要、不要！

「不要傷害阿音。」

她用力摔了下去，四周乍然收聲陷入無止盡的緘默裡，阿音粉身碎骨零件散落了遍地。謝懷安鬆開了用手臂圍起的柵欄，我跪倒在地拚命撿著阿音，然後搶過朱可欣還握在手裡的袋子，轉身奔出社團教室。

她對著我哭，我似乎也對著她哭。

「別哭。」謝懷安說著這句話，用單手將布偶頭套蓋上朱可欣的頭。

我瞥過玻璃上這最後一幕倒影照映，狼狽離去。

夜，深了。

如同永夜般，深不見底。

3

瞬間黏著劑一瓶。

釘子每種尺寸各一袋。

鐵鎚一支。

木紋貼紙一段。

透明壓克力板一塊。

鋸刀一把。

大小相當的音樂盒一個。

我慌亂地穿梭在每間店鋪裡，搜刮著以上的工具和零件。然後在細雨飄飄的夜裡，任霓虹於濕潤眼裡，點點模糊。我將袋子揣在懷裡奔跑，可是我應該躲雨，可是我應該搭上公車或計程車，可是我沒有。

人行道被霸佔我轉往簷下，簷下被成排機車佔據我來到慢車道。雨還在飄，眼簾搖晃，朵朵綻放的傘花，彈開了雨絲，我卻寧願淋濕，讓折疊雨傘沉澱在我書包裡，用淒慘成全我的哀戚。

小綠人在燈號框框中和我競賽，每一次橫越過斑馬線和擁擠的雨傘花叢，我以為我贏了。但一到下個路口，它卻又出現在我眼前，又跑到我前面。有時候某些人好像一直在原地踏步，卻走了好遠，某些人拚命地往前橫衝直撞，卻好像連一步也沒踏出去。

到底是小綠人的移動速度實在太快，還是我其實連一步都踏不出去？景緻抽換，我卻沒離開過。

雨還在下。

一川煙草，滿城風絮，梅子黃時雨。

原來最刺骨的並不是雨，而是與你一起躲過雨的那簷破爛屋瓦。

水珠還在滴，沒濕了地，卻濕了眼睛。

雨還在下。

我終於到家，跨越玄關，以一句我回來了結束紛擾。

鎖上房門，打開檯燈，工具被羅列在桌上，排得很整齊，若一個人的心也能這樣整理，該有多好？

檢視著阿音破損零落的身軀，我將需要更換的部件自新買的音樂盒裡拆卸下來，謹慎而笨拙。

我用鋸刀割著壓克力板，卻割不出一條筆直的線，不是偏斜，就是歪曲，曾被我鄙夷的工藝課，正回首嘲笑著我，百無一用，只堪白眼。

釘子壞了好幾根，還是接合不了木板，為什麼？

黏著劑擠掉了半瓶，還是填補不了碎裂的裝飾玩偶，為什麼？

木紋貼紙裁了一段又一段，還是黏不漂亮，為什麼？

舊的機芯大費周章拆除下來，新的卻無論試了幾次都裝不上去，為什麼？被破壞的地方竟逐漸增加，卻無能為力修復，為什麼？為什麼？

誰來告訴我為什麼？

我孩子氣地摔下手裡的工具，憤恨咒罵了我從沒罵過卻常聽見的髒話。

在這一瞬間，我只知道有些事註定永遠不能挽回和彌補。

只是徒勞無功。

但為何我卻不願去選擇放棄？

我靠著牆壁坐下。

關上的窗戶玻璃在後面任雨打淋漓，騰出的一隙空間則讓風吹飛揚了收至一旁的窗簾成舞。

臥室黯淡，只餘一盞檯燈如豆。

回憶如同盜賊將往事偷竊，卻笨手笨腳將贓物灑了一地，我看著，卻無力制止。

晴時。

「要喝嗎？」傅皓如拿著一瓶紅酒出現在我眼前。

「我和你都還不到法定能喝酒的年齡吧？」我拿起礦泉水瓶，將桌上的杯子盛滿。「而且我的杯子已經滿了，倒不進酒。」

傅皓如露出鬼靈精怪的一抹微笑：「如果我倒得進去呢？」

我不相信，於是接受挑釁。

「若你倒得進去，我就喝，前提是你不能直接把水倒掉，除此之外用什麼方法都可以。」

「當然。」

直接將水倒掉，然後倒酒。

我深信沒有別的辦法。

傅皓如卻又拿了一個相同的杯子，然後將杯子放在桌上，同樣注滿了酒。

緊接著用健保卡壓在我的水杯上無縫結合，然後倒置了我的水杯蓋在酒杯上，杯口隔著健保卡兩相對映著，旋即將健保卡輕輕抽出一點，讓兩個杯口裡的液體有所接觸。

奇妙的事發生了！底下的酒被抽向上方的杯子，上方的水卻流到底下的杯子，不消幾分鐘，兩個杯子里的酒水就這麼互換了。

健保卡又被輕輕塞回，將兩個杯口阻隔掉。

然後他撤下上面變成裝著酒的杯子，遞給了我：「願賭服輸，喝吧！」

「嘖。」我徹底領悟了他的詭計，但太晚了。「是利用了密度。」

「沒錯。」傅皓如笑著對我說：「很有趣吧，你不覺得人與人之間也像是這樣嗎？其實心裡的想法是能夠互換的，不一定要倒掉自己的，才能接納別人的，有時候若能互換不是更好嗎？」

真是一個愛說教的傢伙。

我接過酒，乾杯。

多雲，某月某日。

「弦理論，是由維內奇諾經過多年埋頭苦幹，才研究出了歐拉貝塔函數。」

「不，是從數學書裡找到的！因為同時期同在歐洲核子研究組織工作的鈴木真彥，也從相關資料裡找到同樣的貝塔函數。」

傅皓如和我展開了爭執，癥結點竟是關於弦理論的誕生，還真不像是國中生所該有的爭論。

吵一下金庸、古龍或海賊、火影，還比較正常一點。

放學後，阿辭將我和傅皓如叫到音樂教室，用平台鋼琴演奏了一首琴曲給我們聽。

「這首曲子是蕭邦的『夜曲』，當初音樂家梅亞貝爾和妻子吵架時，就是靠著這首曲子薰陶，洗滌了被憤怒蒙蔽的心靈，然後重歸舊好。」

阿辭在彈畢琴曲後，將我和傅皓如的手疊在一起。「別再吵囉！」

傅皓如則別過頭，一副勉為其難的模樣：「好啦，看在阿辭的面子上，我勉強原諒你啦。」

「是、是、是，我知道了。」我只能無奈地搔搔頭。

真是一個幼稚的傢伙。

偶陣雨，某月某日，下午兩點三十五分。

「讓我先去吧！」傅皓如調皮地搶過坐在候機椅上的我手裡緊握的機票。「我可不喜歡看雨，讓我早點脫離對流層的籠罩啦。」

「那你不會早點訂票啊，還不是你自己愛拖延才會訂不到票的。」

「是你太早訂票，搶走了我的名額。」

「少牽拖到我身上。」

傅皓如仍不打算將機票還給我。「交換航班吧，你不是很愛下雨嗎？機場的雨景可美得很。」

「你是怕趕不上劇團的開演時間嗎？」

「哈哈，被你發現了。反正你是去參加國際數學營的，晚一點沒差吧。」

「哪有這種事啊。」我無奈搔搔頭，放棄糾纏。「算了，即使延遲一個航班去，我還是能比報到時間早很多抵達。」

「不愧是小爵，真爽快。走，我們去辦手續吧！」

傅皓如轉身奔向櫃檯，還催促著我前行，當時的我卻沒料到這背影會是我看他的最後一眼。

爾後，我開始討厭下雨。

登機前，傅皓如故作神祕地跟我講：「你生日快到了吧，我已經挑好禮物了喔！很期待吧？」

在墜機事故後，我的生日當天，禮物送達了。

我拆開包裹，裡頭是一個製作精巧的音樂盒，原來禮物早已寄出。

音樂盒錄製的不是一首曲子，而是一首歌一首google不到的歌，這才是傅皓如送給我的真正禮物。

而阿音曾和我講的每一句話，皆是出自這首歌的歌詞。

我拿起拆卸下的機芯弄不懂這首歌藏在哪裡，阿音不再唱了，可我卻很想聽，於是我唱了。

斷斷續續，五音不全。

即使音樂盒已損毀，傅皓如送給我的歌我收到了，收藏在心裡，沒有鎖，卻偷不走。

只有春知處。

我唱著，一直唱著，直到破曉，直到天亮。

雨聲停了，歌聲還依舊。

4

我選擇在校園一隅埋下音樂盒，祭奠來不及入學的傅皓如，鏟子插立一旁，幾塊碎石堆成墓碑。我雙手合十祈禱著，然後拿起鏟子丟到附近的掃具間內，旋即我無聲離去，在清晨。

卻在回程時，於走廊撞上了擔任糾察隊正準備出勤的劉哲宇。

我沒有逃，沒有視若無睹。

倚靠著欄杆，眺望著樓下還空無一人的樓中央迴廊和花圃，我不知道劉哲宇打算跟我聊些什麼？我以為他會無視於我，或擺出跟以往一樣的輕蔑神情來挑釁我，可是卻沒有。

「你覺得副社，也就是朱可欣她是個什麼樣的人呢？」

她摔壞了音樂盒，但我無意責怪她。

卻認為短時間內，別再和她見面會比較好，畢竟芥蒂和尷尬需要時間給予原諒，不是我原諒她，而是讓她能夠原諒她自己。

她哭的樣子，我還記得很清晰。

「本來以為是個笨蛋。」我稍作頓點。「現在覺得她是個愛哭的笨蛋。」

音樂盒被砸爛該哭的人是我，她不用哭的，真的不用。

劉哲宇卻這麼說：「是嗎？我呢，則覺得朱可欣她是一顆上了蠟的蘋果，從認識她第一天開始。」

上蠟的蘋果，還真是文青的描述。

「上了蠟是代表她虛有其表的意思嗎？蘋果是指禁果的意涵或另有所指？」

「不，不是這樣。」劉哲宇露出我未曾見過的笑，很真誠，很不像他，或許是我從沒瞭解過真正的他？「是指她就像是顆上了蠟的蘋果，即使外表看來毫髮無傷，裡頭卻可能早已體無完膚。她很懂得為別人著想，甚至不惜偽裝自己。那一天，卻傷得太重，連偽裝都被崩潰了。」

我無言以對，只能無言以對。

「我該走了，要去執勤了。」劉哲宇在踏出步履後，又說：「別缺席太久，還有黎青辭有托我交給你一個紙盒說是裡面有你的東西，放學後再來找我拿吧。」

劉哲宇揚長而去。

我則逗留原地，直到早自修的鐘聲響起。

我該回去話劇社嗎？

這困難度不下於哥德巴赫猜想的問題，我還解不出，只能讓時間給我解答……

5

上課時間的流逝仍緩慢地如同廣義相對論裡的時間膨脹，讓我度日如年。

「這題函數，沒人解得出來嗎？」不善言辭的數學老師生怯詢問著臺下的學生，在一番無趣的吶喊起鬨後，問題拋給了我。「沒辦法，那個……徐爵，你來解吧。」

我徐行走向講臺，拿起了粉筆在黑板上振筆疾書。

這個數學老師很厲害，可是寡言、害羞，和社會脫節，典型不善交際被排擠的天才類型。

據傳有一屆學長姐還公然在上數學課時，在下面併桌煮起火鍋，卻未得到制止，在被詢問「老師要吃嗎？」的時候，只靦腆地婉拒「不用了。」三個字。

此時的我，在別人眼裡同樣是這種不善交際被排擠的天才嗎？

其實我無心去計算黑板上的函數問題。

可是這一題，早已做過不下百次，即使不去運算，每一個環節，每一個解式，還記在我腦海裡，粉筆彷彿會自行解題般，在轉瞬間就寫下毫無累贅的解法，回過神來時，答案已躍然眼前。

「答對了。」

我走下臺，卻對這樣的自己感到疑惑。

心亂如麻，對我而言竟連一點影響都不會反應在學習上？這就是無入而不自得的無心境界，在讀書上，在每一門技藝裡，被推崇備至的境地，竟讓我失去了活著的感覺。

沒有心的人，能算是活著嗎？

曾有人說，人生就像是心電圖，只有死了，才能一帆風順。那麼現在的我，是死了嗎？

剩下的課堂仍緩慢地消耗著，連午餐期待已久的燉牛肉咖哩飯竟都顯得索然無味。

勉強捱到了放學鐘聲悠悠敲響，我收拾書包，到了圖書館佔位，打開習題，卻闔上眼睛。手肘靠在桌面上，手指交錯抵著額頭，在閱覽室慣有的寂靜裡沉思著連問題都沒有的解答，永不得解。

圖書館燈已熄滅，離閱覽室關閉還有一點時間，我卻選擇離去。

我還穿著制服，網球拍卻已在我手裡握著。我放下書包丟向牆邊，朝著牆面奮力揮拍，一次又一次奮力揮拍。

昨夜，我沒來。

今宵，她不在。

或許她很久前已不在，或許我從沒來過。

自阿音在我眼前被摔得粉碎後，我甚至懷疑她是否只是我精神分裂下的另一個依靠？

汗水很快濕透了全身，揮舞著球拍的勁力卻逐漸加強，直到終於失控了為止。反彈回的球毫不留情擊中我的眉角，我壓著眼睛頹落，此刻能有疼痛的感覺，對我而言是種無可言喻的幸福。

球拍在原地倒下，留不住我。

我走向牆邊，靠著牆坐下，拿起書包旁的一個紙袋，那是放學後去向劉哲宇討取的阿辭所給我的寄託。我不知道裡頭放著什麼，但我憶起還久遠前和傅皓如的禮物幾乎同時送達的那個她的禮物。

當時黎青辭送的禮物，是一本無字天書。

這本書厚達兩三百頁，但除了封面外，內文全是一片空白，但卻雄踞了美國亞馬遜排行榜很久，無疑是本暢銷著作。這種直接以空白內文來諷刺標題書名的幽默，讓我苦笑許久。

我慢慢打開紙袋裡的紙盒。

解開緞帶，拿起上盒，結果這次我竟連笑都笑不出來。

裡頭放著一顆球，一顆黃澄澄的網球。

Count 8

1

晌午，火傘正高張，在下課鐘響後倏然沸騰的熱情，卻比火更熾烈，熊熊燃燒著鼎沸人聲。

這和謝懷安初次造訪相似的情景，令我警覺莫非又來個偶像明星？

好的不靈，壞的靈。

一聲聲驚呼傾訴了這次騷動的始作俑者姓名。「熊景琳，我愛妳！」

根據附近嚼舌根的兩位女同學咬牙切齒透露出的情報，這個叫熊景琳的女孩，是最新一代的宅男女神，還是謝懷安的同門師妹，並且即將和謝懷安出演某齣偶像劇的男女主角。

看來她來這的目的，儼然呼之欲出。

是來找謝懷安的。

我料這騷動短時間不會平息，於是走出教室從人少的地方下樓，想到埋葬音樂盒的地方待著。

卻有一個人搶在我前頭，佔據了那隅角落。

「你不睡覺，也不去看宅男女神啊？」

問我的人，正拿著個圓形麵包往嘴裡塞，重點是午餐時間不是剛結束嗎？

涂智寶接著道：「這叫麵包彈，是用義大利麵塞進法國包裡作成的喔，要吃的話，自己去買。攤販應該還沒離開才是。」手指隨即指著側門欄杆外，向我提點攤販所在。

「不了。」我搖搖頭。「才剛吃飽而已。」

「不是來偷渡食物，那你怎麼會出現在這裡？」

換我用手指指向涂智寶身邊的碎石堆。「因為我把音樂盒葬在這裡，趁著騷亂來陪陪它。」

「抱歉、抱歉。沒壓到它吧？」

涂智寶笨拙移動著臃腫的身軀，將位置偏移了幾公分出來。

「你不會覺得我很奇怪嗎？」我坐在墓另一邊。

「不會，以前好像有個叫林黛玉的也愛亂葬東西啊！何況話劇社本來就都是一群怪胎了，有啥好大驚小怪的啊。」

「是嗎……」

我忽然覺得原來很多人，我都未曾真正了解，只是自以為透徹了一切罷了。

真是中二病啊。

「跟你講個祕密如何？」

涂智寶突如其來丟出這個話題，措手不及勾勒出我的好奇。

「我會保密。」我竟然這麼回答。

然後涂智寶放下手裡的麵包彈，將口腔裡的食物全清下肚，慎重其事地說：「現在來學校的宅男女神熊景琳，是我以前的女朋友，我的初戀女友。」

「咦？」

祕密太過離奇，導致我的腦袋一時無法運轉。

「你不相信很正常，不過看了這個你就會相信了。」涂智寶將皮夾裡的照片亮給我看，背景是某間迪士尼樂園，一個留著妹妹頭的超可愛女孩和一個帥到天愁地慘的花美男依偎在一起的合照。「女的，你應該認識，就是熊景琳，然後這個男的，就是以前的我！」

「咦咦？」

祕密駛過離奇，在掛上匪夷所思招牌的車站乍然停靠。

我竟震驚得說不出話。

涂智寶關上食道，卻打開了話匣子，記錄在靈魂內的頁頁故事如翻飛散落的筆記，在另一個次元飛舞滿天，用話語凝聚成的文字所做成的繩錬，將其逐一串連起來，堆疊重現在這個時空。

原來臃腫肥胖的身軀隨著故事傾訴的魔力，似乎又變回那個風流倜儻的翩翩美少年，浮現眼前。

「故事就從那一條穗海波濤的大道開始……」

2

大道。

蜿蜒於田園間的一條大道。

因一則廣告而得擁盛名——伯朗大道。

座落在大道上還有一棵鶴立雞群，能飽覽周遭田園風景的大樹，很自然地被稱作金城武樹。

這裡，每逢假日總有許多旅人遊客會前來朝聖，涂智寶也不例外，據他描述那時他熱愛著攝影，老在頸上掛著台單眼相機，靠著一部公路車上山下海，造訪這座福爾摩沙的美麗胴體。一頂遮陽帽，忽然出現在他的鏡頭裡。

那時他正在拍攝金城武樹偶然棲枝的飛鳥，鳥飛走了，遮陽帽卻還斜倚在樹枝間。一隻纖細的手，則在鏡頭裡有一張沒一張的忽隱忽現，捕捉到這番奇景的他將眼睛移出相機。

不是什麼靈異的發展，很簡單地只是一個女孩在樹下跳著，想拿回她被風捉弄而遺失的帽子。

有些人很熱心地想幫助她，於是在樹下跳的人越來越多。

有些人則拿著登山杖或雨傘，想打落遮陽帽，可是還差了段距離，徒勞無功。

在有人使出殺手鐧爬上樹之前，涂智寶採取了行動，精挑細選撿拾了幾顆形狀適宜的石頭，向樹枝丟了過去，第一顆樹枝開始搖晃，第二顆落葉紛紛飄落，第三顆、第四顆……

手裡的石頭還剩下一顆時，遮陽帽終於掉了下來。

圍觀者無不拍手叫好，涂智寶沒有過多的反應，只是淡然一笑禮貌性回應著眾人的熱烈。

那時的涂智寶，和現在給人的觀感似乎大相逕庭。

「喂，謝謝你。」女孩跑了過來，殷勤地向涂智寶道謝。「我叫熊景琳，你呢？」

青春可愛，如撥開烏霾的第一道曙光，將晨曦照耀，這一抹燦爛的笑，至今仍光芒萬丈。

「所以你們在一起了？」我問。

涂智寶卻這麼回答：「金城武，是我們的媒人。厲害吧？」

未料，故事急轉直下，一轉眼就來到尾端的落幕。

因為省略了中間的情節，我不知道涂智寶跟熊景琳到底發生了什麼？

涂智寶語焉不詳地說：「我們分手的見證者，則是摩西。」

媒人是金城武，分手見證者是摩西，這到底是一段怎樣詭譎而莫測的愛情故事？

我不懂，即使翻遍了韓劇和言情小說，似乎都尋找不出一個雷同的橋段，來讓我套用和理解。

舞台在澎湖奎壁山和赤嶼發生，兩者由一個礫石步道相連結，在一天兩次的潮汐變化中，每逢退潮這條步道就會出現，如摩西分海般將大海一分為二。

這是涂智寶和熊景琳最後一次出遊。

「是不是熊景琳被星探發掘要成為偶像，所以你離開了她，或者她拋棄了你？」我問。

「不，與此無關。」

「那為了什麼？」

「倦了。」

「這是你的答案？」

「你知道嗎？真正重要的東西，只有在失去後才會知道。」

「再給你一次機會，你會對她說些什麼？」

「我知道我還是一句話都說不出口。」

退潮後，涂智寶和熊景琳一起攜手並肩走上礫石步道，踏上赤嶼的土壤，然後一條黃布帶纏上她的雙眼，她等待著一份驚喜，由衷地等待著。

漲潮了，她等了很久，呼喚了很久，卻毫無回應。

於是她解下布帶。

一台熟悉的單眼相機擺在身前，卻連一紙信箋都沒留下，她慌亂地遙望著對岸的奎壁山，淚珠簌簌而下，她看見了涂智寶雖然身影被距離模糊，仍一眼望穿，她會哭，只因為他也在哭。

她會瀏覽著相機裡的照片，她知道所有的話都藏在這裡。

故事在這裡結束了。

一個有頭有尾的故事，為何比沒頭沒尾的故事，更令我匪夷所思？

「為什麼要跟我說這個故事？」

涂智寶悵然道：「可能是觸景傷情吧？她若沒來，或許這個故事我一輩子都不會說。」

「不去見她一面嗎？即使隔了很遠。」

「不了，現在這個肥豬似的模樣，她也認不出我了吧？」

物換星移幾度秋。

每到春來，惆悵還依舊。

風前燈易滅，川上月難留。

念多情但有，當時皓月，向人依舊。

不知為何一股愁緒，湧上心頭。依舊、依舊，何時能依舊？

麵包彈再度塞入嘴裡咀嚼，涂智寶用食物將憂傷氛圍驅散，一副雨過天晴的模樣，雲淡風輕。

「後來，我就開始放縱自己的食慾，吃了很多很多東西，所以身材就像顆氣球一樣，整個被吹胖了起來，現在可能真的吸空氣就會胖喔！」

我按捺不住提問：「沒想過減肥，好恢復以前的樣子嗎？」

「不。」涂智寶搖搖頭，兩頰的肉跟著搖晃。「那樣太帥了，我暫時還不想那麼帥。」

「還第一次聽過有人怕自己太帥的。」

「只有真的帥過的人，才會害怕。」

涂智寶這回答讓我笑了，發自內心由衷的笑了，不帶嬉笑怒罵，只是單純地笑了。

我憶起皮夾內照片上的那個以前的涂智寶，真的很帥，甚至比現在的謝懷安有過之而無不及。

對話暫時偃旗息鼓，我用手臂作枕躺在草地上任微風輕拂，讓陽光溫熱。

將麵包彈吃個一乾二淨，甚至還吮指回味幾番後的涂智寶學我躺了下來，肚子則像座小山般隆起。

我壓根沒想到竟然能跟涂智寶這樣獨處，簡直像是認識多年的老朋友一樣，沒話也不尷尬。

不知道到底過了多久，這種沐浴在薰風暖陽里的感受卻令我覺得很舒服。

手機預設的鬧鈴，在風中不清脆的作響。

午睡時間只剩五分鐘，我站起身來拍拍身上沾黏的雜草。

「喂，拉我一下。」

我伸出手冒著被拖回草坪懷抱的危險，將涂智寶拉了起來，用力間身體頓時已向前傾斜大半。涂智寶總算勉強坐起來還挺直了上半身，這結果看來並不壞。

「可以自己站起來嗎？」

「嗯，不過我想坐到打鐘再走。」

「那我先閃人啦！」我轉過身要走，涂智寶卻用話將我留住。

涂智寶問我：「欸，徐爵你知道嗎？在話劇社裡有兩個人我最看不透，你覺得是哪兩個人？」

我沒思考太久，隨口回答：「我……還有謝懷安嗎？」

「答對了一半。」

不是謝懷安，那另一個是誰？不，我為什麼如此肯定其中一個鐵定是我？

涂智寶接著道：「一個是你，一個是副社。」

果然有我啊……朱可欣也雀屏中選，因為蠢到讓人看不透嗎？「我可以不問為什麼嗎？」

「當然，你問了也沒用，因為我既看不透也說不出原因。」

我搔搔頭。

沒有理由，似乎就是最無懈可擊的理由。

「你知道嗎？有的人對你好，是因為你對她好；有的人對你好，則是因為她知道你的好。我知道你都知道，兩個問題的答案你都知道。」

「我不知道，我答錯了。」

「答錯了，未必不知道答案，正如答對了，未必會知道答案一樣。」

「你覺得你和熊景琳關係的結束，是一個對的答案？」

「她現在過得很好，星途看漲，還有成千上萬的擁護者追捧著她，我從不知道這個答案，但我覺得我答對了。」

「若我知道答案，為何我要答錯？」

「這正是我看不透的地方，而且問這個問題的人雖然是我，你該回答的人卻不是我。」

「那是誰？」

「你知道，你都知道。」

鐘聲迴盪，我離開了。

我知道涂智寶看得比誰都還要透徹，一個看不透的人卻比誰都還看得清楚，正如一個答錯了的人比誰都還要了解答案一樣。原來知不知道答案看的是真心，答對或答錯看的卻是選擇。

3

下午，第一節課。

女神旋風仍在肆虐，課堂上的話題始終圍繞在熊景琳奇蹟般的造訪。

而我在塗鴉，自列於喧鬧外獨自塗鴉，畫筆竟是一罐立可白，畫布則是桌面，連我自己都很訝異。

早前爬滿課桌椅的立可白痕跡，在造訪話劇社後的隔天全都消失無蹤，我知道是朱可欣熬夜清理掉的，因為那一天她身上有著濃濃的松香油味道，暴露了她的舉止。

我發現用立可白作畫或留字真的不太容易，修改液的流量很難控制，一橫或一劃都會因此顯得粗細不均，一向自詡字跡端正的我，此刻卻像極了在鬼畫符，很快我便作賊心虛地放棄了。

為什麼害怕被發現呢？我不知道，卻拿起了鉛筆盒蓋在我用立可白塗鴉的地方，將其遮掩住。

若是朱可欣會害怕被人發現嗎？沒有人會不害怕吧？

我轉頭讓視線環顧教室四周，相信至少在這裡是這樣的。可是每個人不是都份外專注地寫著桌上的參考書或試題，要不就是和講臺上的老師談論著課程內容或熊景琳相關的話題，我的舉動根本入不了他們的眼，所謂罪惡感只是我自己添加的煩惱擔憂。

塗鴉了又如何？擦掉不就好了嗎？為什麼會為了這種事杞人憂天？

明明還有更值得煩惱的事啊！還有怎麼擦也擦不掉，怎麼擦也擦不掉的傷痕啊！我在幹什麼？

為什麼我會用立可白塗鴉？

為什麼我會想起她？

我是個質數，成為質數是我對傅皓如的贖罪。

然而，這是否也只是我的罪惡感在作祟？只是我自以為的贖罪？

我不敢回答。

若真有間東野圭吾筆下的浪矢雜貨店，我一定會毫不遲疑朝鐵捲門投遞下我的煩惱，然後在隔天到店鋪後頭的牛奶箱，索取那能為我消煩解憂的回信吧！可惜現實中解憂雜貨店並不存在。

能解答我的煩惱的人，只有我自己，而我卻不敢去回答。

下午第三節課前的打掃時間。

一向語不驚人死不休的校長又一時興起做出驚人之舉。廣播喇叭裡清晰傳來校長開朗的聲音：

「各位老師和同學，請至大禮堂集合，當紅偶像謝懷安同學和熊景琳要為大家做演唱，帶上書包，忘掉接下來的考試和課程，讓我們狂歡到放學為止吧！呵呵……」

真不愧是山葵高中出了名，專跟教育部那群食古不化的老頭們，明目張膽對著幹的力校長，但力校長也一樣是個不折不扣的老頭就是了。這種時常天外飛來一筆無關課本的教程，反倒創造了高升學率。或許是教育部官員每次來訪時，有再多不滿，都還是只能啞巴吃黃蓮的原因吧？

畢竟不管教改了多少次，教育部那些腦袋裝水泥的傢伙，依然只懂得填鴨式的教育。除了增加學生的上課時間跟負擔外，根本什麼都沒認真想過，所謂腐儒大概就是指這些人吧？

廣播聲又作響，這次是教務主任的聲音。

「以下叫到名字的同學，請至教務處集合，三年二班李詩嘉、二年一班徐爵……」

嘖，叫到了我的名字，我有種不好的預感。雖然被教務處點名是常有的事，多半是領獎之類的。但這一次卻感到不安，放下抹布，放下除了溝槽有點灰塵外玻璃還算潔亮的窗戶，我前往教務處。

大禮堂，如蜂巢般塞滿，但蠕動的不是蜂群，而是人群。

各年級各班依慣例，在位置上安座後，移動時的腳步喧鬧逐漸轉換成交頭接耳的竊竊私語。所幸在冷氣呼呼吹送著清涼的微風下，並不太悶熱，看得出來大家都很興奮。

我目前在舞台上的帷幕邊等待出場，說穿了就是在謝懷安或熊景琳表演時負責遞上花束或禮物的工具人，這個工作以往挑選的準則是自由報名或投票決定，但這次事出突然，於是索性找了上回段考各年級的前幾名來做代表，該是獎勵的權利對我而言卻有點像是折磨。

謝懷安來得比我還早，我一到他已經被各年級跟我一樣的工具人女同學團團圍住，只能陪笑著簽名合照兼聊天。

若那些女同學知道謝懷安的腹黑屬性，是會更加瘋狂著迷或棄若敝屣呢？

我突然很想知道。

「喂，同學。」

一個甜如蜂蜜的聲音伴隨著一個拍肩從後方驚醒了我，驀然回首，竟是女王蜂。

這場盛宴毫無疑問的女王蜂，熊景琳。

「有事嗎？」雖然我不迷戀偶像，但還是有些緊張，她本人比涂智寶秀給我看的照片，又添了幾分青春洋溢，且更清純可愛，我似乎開始理解那些粉絲瘋狂吶喊和追星的理由。

對於涂智寶劍斬情絲的決斷，我反倒百思不解了起來。

「你見過這個人嗎？」熊景琳將一張照片秀給我看，我壓抑著驚詫，因為我看過這張照片，這跟涂智寶拿給我看的一模一樣。「在這間學校裡？」

我該怎麼回答？

熊景琳是否還未忘情於涂智寶？但現在的涂智寶會想見她嗎？

她認得出現在的涂智寶嗎？真的見面後會感到失望嗎？

「為什麼要找這個人？」

倏然她露出楚楚可憐的神情，淚眼婆娑對我說：「我被這個人欺騙了感情，失去了一個女人最重要的東西，假如你知道他的下落請告訴我，我會給你一筆錢作為報酬的。」

任何人在這種情境下聽到這番話，都必然會感到義憤填膺，可是我沒有，因為我知道她在說謊。

不，或許對她而言這就是真相，但對涂智寶來講並不是始亂終棄的欺騙，而是某種成全。

至少在聽過那個故事後，我是這麼認為的。

「妳一定要找到他？」

她將隨身側背包的內部亮給我看，裡頭塞滿了照片的拷貝。

「別做蠢事，景琳。」

謝懷安突然出現在我們附近，看來是擺脫了工具人紛絲的糾纏。

「你不是說他在這裡嗎？難道你騙我？」

什麼？涂智寶在這所學校的訊息是謝懷安透露出去的！

謝懷安用食指揉了揉鼻子：「那妳打算怎麼做？妳該不會想在這裡拿著麥克風高聲宣布，這個傢伙跟妳發生了關係，然後朝臺下灑下照片，請大家幫妳找找孩子的爸爸吧？」

她紅著眼眶回答：「假如這樣他就會出現的話，我會毫不猶豫這麼做的！」

還是一貫的毒舌宣言啊！

這時，耳畔傳來主持人熱場的說話聲，為了避免謝懷安預言成真，我竟一把抓住熊景琳的背包帶。

「把這些照片給我，這個人我來幫妳找。」

「真的？」熊景琳破涕為笑。

謝懷安將雙手放在我肩頭上，露出燦爛微笑：「師妹，真是太好了。妳真幸運，徐爵同學可是學校的風雲人物，交遊廣闊，有很多朋友呢！交給他，一定沒問題的。」

這傢伙竟然見縫插針。

騎虎難下的我，只能點點頭。

熊景琳抓著我的手，滿心歡喜：「要是能找到他，我就送你一張我露出絕對領域的照片給你。」

當時，我不清楚絕對領域是什麼意思。後來趁著演唱空隙用手機網路查詢後才知道，所謂的絕對領域是指過膝襪跟短裙間若隱若現的大腿，猶如神聖而不可侵犯的領域。

什麼跟什麼啊?搞不懂送我這種照片幹嘛?

我抓著背包帶,茫然地站在帷幕後頭,熊景琳正在舞台上熱烈演唱著歌詞簡單,旋律輕快的青春舞曲,將氣氛炒熱,全場歡聲雷動。我試著窺探涂智寶的所在,無奈卻遍尋不著。

在熊景琳個人演唱結束後,我送上了百合花束,這是我被賦予的任務。

直到謝懷安和熊景琳以合唱歌曲劃下休止符前,我都待在舞台帷幕後,主持人說是謝懷安要求的。

正好,我也想問他對於涂智寶和熊景琳的事,他到底知道多少?打算做什麼?

激情的演唱過後,人潮隨著放學鐘聲散去,又耗費了一點時間搞定還不願解散的粉絲後,我和謝懷安一同送走接下來還有工作的熊景琳離開,然後跟訓導主任借了鑰匙來到學校頂樓吹風。

時間,已接近傍晚六點半。

黃昏斜,倦鳥飛還巢,流霞隨風彌散,有橘黃、有粉紅、有藍、有紫,天幕如畫,變遷如筆,繪幾幅丹青寄語夕陽?

先開口的人竟然是我。

「關於熊景琳和……」

「其實我不知道照片上的男孩子到底是誰?還在不在這座校園裡?」

謝懷安突如其來的發言打斷了我,同時將我推到五里霧中,難道說他不知道那個人是涂智寶嗎?那為什麼會告訴熊景琳說涂智寶在這裡呢?到底是怎麼一回事?

「什麼意思?」

「我是從傅皓如的相簿裡發現了以這座校園為背景的一張合照,裡頭是傅皓如和那個男人。」

「謝懷安,你跟傅皓如是什麼關係?」

為什麼他會這麼瞭解傅皓如？為什麼傅皓如跟涂智寶會有牽扯？

越來越多的為什麼逐漸將我淹沒，我的思緒竟無法做出任何假設去驗證任何貼近事實的可能。

「跟你不一樣的關係。」

「你是想說你跟傅皓如的關係更加親密嗎？」

「這不是目前的重點吧？你既然答應了景琳，就該試著去找出那個人。還有話劇社的各位，都還在等著你回來喔！即使你翹了這麼多天的社團活動，你不敢回來是因為在害怕什麼嗎？」

「我沒有回去的理由。」

「還在為了我唆使朱可欣砸爛音樂盒，而在賭氣嗎？太孩子氣了吧！」

「別將對他人的傷害，說得這麼雲淡風輕。」

「你已經不是一個人了，不再需要音樂盒來當你的朋友了，你現在的朋友不像音樂盒只能待在原地等你來找它，當你需要時朋友就會出現，這才是真正的朋友不是嗎？」

「我已經沒有朋友了，托你的福，我成為真真正正的一個人了。」

謝懷安竟然笑了，那個笑容不是挑釁、不是輕蔑，不是嘲弄，我不懂那個笑到底是什麼？

「後天，景琳要來學校新落成的游泳池拍寫真，若你找得到那個男人，就請他到游泳池去吧！放心，沒有太多管制，因為知道消息的人只有特定的幾個人而已。」

這是謝懷安最後留下的話，然後毅然掉頭離去。

天暗了。

我摸黑走下樓梯，準備歸還鑰匙，是否該將熊景琳在找他這件事轉告涂智寶？我仍在猶豫。目前唯一知道照片上的俊秀男人廬山真面目是涂智寶的人，只有我。熊景琳的依託還背著我身上，我該搭起這座橋樑嗎？這樣會為他們帶來幸福或是破滅？

原來月老跟邱比特並不好當，眼前的黑暗隨著腳步逐漸被稀釋。

只要往前走，黑暗是否就會消失？

踏出樓梯口的瞬間，光芒普照，原來，燈亮了。

4

我用鐵尺將前一天留下的立可白塗鴉，全部刮到剝落。

熊景琳交給我的側背包被我塞在抽屜裡，照片數量一張未減，很可惜她終究所託非人。一晚徹夜未眠的我，輾轉反側後還是不打算將這則訊息轉達給涂智寶，我不該再跟話劇社藕斷絲連。

快刀斬亂痲。

是我最後下的決定，只能這樣。

午餐時間，我食不下咽獨自一人走上頂樓，昨夜我並沒有將鐵門的鎖頭扣上，或許那時的我已預料到今天還會舊地重遊，推開鐵門時鏽蝕的聲音轉瞬被風聲掩蓋，卻吹不開結草的眉。

側背包和裡頭的全部照片，趁著午餐時間都被我丟進了垃圾場。

寂寞憑欄的我，其實直到此刻仍質疑著我的決定是否正確？

風，還在吹，既不冷冽，也不溫暖，是從什麼時候開始起風的？我遺忘了，連這遺忘是否是自己的選擇我都不能肯定，很希望這風不要停歇，能將我的煩惱憂愁全部吹走，就這麼隨風而逝。

「呵呵，原來有人啊！我還想說門怎麼會開了？」

一個並不陌生的聲音自後頭傳來，我回頭察看那個老頭提著一個紙袋朝我走來。

「要吃嗎？」

老頭自紙袋裡取出烤蕃薯，剝開成兩半，將其中一半遞給我。

我欣然接受，露出短暫的禮貌性微笑一逝而過。「謝謝。」

「午餐有吃嗎？」

我搖搖頭。

於是老頭又從紙袋裡拿出一個完整的烤蕃薯給我：「那再給你一個，吃蕃薯對身體很好喔。只是會容易放屁！哈……」老頭自得其樂的笑著，像個幼稚園的小孩般天真無邪。

「你不問我為什麼會上來這裡嗎？」

老頭莞爾一笑：「當然是上來吹風的，難道是上來跳樓的？這間學校可沒那種會給別人添麻煩的孩子啊！」他的言談間充滿了自信，彷彿任何人都會被他所說服。

不會給別人添麻煩嗎？

身為孤獨的質數，究竟是不添麻煩還是反倒添了麻煩呢？

老頭倚靠著欄杆眺望著操場，一群人在踢著足球。

「真是的，剛吃飽就激烈運動，可是會胃下垂的啊！」老頭一邊碎唸，一邊將烤蕃薯往嘴裡送。

「如果今天上來這裡的人不是我，你還是會分烤蕃薯給那個人嗎？」

我竟提出了一個連自己都覺得莫名其妙的問題。

「對我來講，每個學生都是獨一無二的，不管是品學兼優，還是作弊搗蛋。只看重分數的教育部和家長，大概一輩子都不會懂我到底在做些什麼？其實我想做的很簡單，只是希望能對每一個學生的未來都給予好的幫助，即使是一句話或者是一個態度。若只是要學習課本上的知識，何必舟車勞頓來到這裡，在家自學更能依照每個人的狀況，安排各科目的進度，取得更加好的學習成效，不是嗎？但有些東西，卻非得透過人和人相處，才能體驗到，所以才有學校的誕生。」

「那是指什麼？」

老頭凝望著我，猶如透徹了什麼。

「來回答個有趣的問題吧！」不等我回覆，老頭又接著說。「假設有四張紙牌，每張牌分別在一面有一個數字跟另一面有一個英文字母，此時四張紙牌的表面分別寫著D、K、3、7。我揚言『每一張D紙牌的另一面一定是3』，那麼你要翻幾張牌才知道我有沒有說謊呢？又該翻哪幾張牌？」

我很快回答了答案：「D跟3吧。」

「為什麼呢？」

「若D翻過來是3代表你沒說謊，相反地若3翻過來是D也一樣啊。」

「原來如此啊。」老頭笑了。「但很抱歉，你錯了。」

咦？我錯了，不可能，難道這題目隱藏了什麼讓我渾然未覺的陷阱嗎？

「沒錯我說過『每一張D紙牌的背面一定是3』但卻沒說過『每一張3紙牌的背面一定是D』，想要證明我是對的，你必須先試著駁斥我的說法！」

我登時靈機一閃：「我知道了，答案是D跟7。」

「Bingo，答對了。」老頭接著解釋。「只要將7翻過來，若背面不是D就能證明我是對的。而K則無關於我的話是實話或謊言。這個題目巧妙地應用了所謂的『確認偏差』來設下陷阱，我看得出你現在被某些苦惱纏身，或許你也不小心掉了陷阱裡，你覺得呢？」

莫非我一直以為變成質數，就能夠贖罪，只是我的一廂情願，只是我偏差的確認？

「很有趣吧！其實這個問題是我在入學的推薦面試裡，一個受試者反考我的問題，當時可真是難倒我了呢？不過後來我還是在第一次回答就答出了正確答案喔。」

「那個受試者是誰？」

老頭撫著下顎半望著天際思索：「好像叫傅、傅……對了，是傅皓如！沒錯，我不會記錯的。」

5

「真的是傅皓如嗎？校長！」

「對的，你認識他嗎？不過很可惜他後來似乎並沒有入學……」

下午的課堂裡，我腦海仍縈繞著校長老頭的話，難道這是傅皓如跨越了時空要傳遞給我的答案嗎？會到了頂樓和謝懷安聊天，留下未扣住的鎖頭，然後遇上校長。這一切並非巧合，而是冥冥中註定的，你是要告訴我，我成為質數的決定真的錯了嗎？

煩惱和光陰，對襯於沙漏兩端將時間傾瀉，卻堆積了不安，直到輕輕鐘聲，在心頭重重落下。

放學後，我斜揹著書包走向圖書館，今天卻因內部定期維修而關閉，於是我決定回家。由於耽擱了一段時間，校門口擁擠的路隊和人潮已稀稀落落，一個人卻驀然擋在校門口外，不怒自威。

是楊原靖，看來是特地來堵我的。

「你還想翹掉話劇社多久？正式演出的日期可是迫在眉睫了啊！」楊原靖質問我。

我淡淡回應：「即使沒有我也能夠找到替代者吧？反正我的戲份並不重。」

然後逕自邁步跨越過楊原靖身邊，果不其然我的肩頭被他用手搭住，我轉過身做好挨揍的準備，不只是心理連肌肉和神經都因此緊繃。

拳風呼嘯，開出一道氣壓的軌跡朝胸口竄來，這一拳很重，我卻挺得住？楊原靖手下留情了？

我睜開瞇起的眼，停泊在我胸膛上的拳頭裡攥著一個小塑膠袋，楊原靖攤開了拳頭用掌心將塑膠袋壓在我身上。我認得這個塑膠袋，是老婆婆店裡賣的巧克力的包裝袋。

「給你吃。」

楊原靖收回了手掌，巧克力袋隨即從半空中掉落，墜落至腰際時我本能伸手接住。

「要是有什麼不滿的話，就到社團來，我隨時等你討回這一拳！」

只留下這句話，楊原靖轉身離去。

我握緊了巧克力袋塞進長褲口袋裡，手就插著口袋，回家。

天橋上，又一個人橫阻在我眼前，相隔十公尺的距離。她朝著我高舉起手裡的平板電腦，螢幕上是框線分明的行程表，密密麻麻填滿了所有交錯劃出的空格，整齊且極富規律。

「19號，17時，挽回徐爵。」

「20號，17時，大家一起排演。18時，社長再度驗收，除了外出參加鋼琴賽的黎青辭。」

「21號，17時，全員集合換裝，開始布偶裝訓練法。」

「22號，17時……」

侯琪玉不斷復誦著行程表上的詳細事項，然後作下結語：「你已經被我排進行程表裡，而你應該知道我對於照表操課，可是有如強迫症般的執著喔！不管有何困難，我都一定會執行到底的！」

「那妳還是趕快更改行程表吧，免得又因為做不到而焦慮失調。」

我快步縮短了距離接著將她甩在後頭，不回頭，不盼顧，可是她的聲音還是迴盪在耳際。

「你看我做了很多備份，連雲端都有三個以上，很難改的，所以你明天一定要來喔！」

直到走下天橋，聲音卻好似仍回繞不去。

路經某間超商時，眼角餘光似乎瞥到一個我認識的臉孔，隔著玻璃在叫喊兼揮手著什麼？先擦掉妳臉頰上因為吃到打嗑睡而沾染上的義大利麵白醬，再來給我比手劃腳跟鬼吼鬼叫吧。

離開超商一段距離後，我被綠燈的倒數擱淺了腳步。

摩擦的車輪聲，卻從後方疾馳而來，猶如一陣稍縱即逝的狂風在燈號變換前，衝過斑馬線，一個半圓迴轉煞車，揚起塵煙瀰漫，她騎著單車停駐隔著斑馬線看著我。

大小不一的車，各自穿梭過斑馬線，我眼中的她則隨著車流在縫隙間忽隱忽現，然後手機作響。

上面顯示出的名字是——張佳慧。

關於話劇社社團成員的手機號碼，是某次某個笨蛋趁我不備偷偷輸入的，某個愛哭的笨蛋。

沒有逃避的理由，於是我劃開手機。是視訊通話。

「不要以為我打瞌睡，就不知道你沒來喔！要是再不來，我會每天到你夢中催你的。」

「我可沒做白日夢的習慣。」

「反正要來就對了，否則我會不惜翹掉打工都要拉你回社團喔！」

連打工都能捨棄嗎？這席話，竟令我啞口無言。

「我要去打工了，明天見。」

手機恢復黑屏休眠的狀態，燈號由紅變綠，車流凝凍後，斑馬線的對面人和車已消失在夕陽彼端。

劉哲宇、涂智寶、謝懷安、楊原靖、侯琪玉再加上張佳慧，在阿音身銷骨毀後，在我離開社團後，一個接著一個的相遇，逐漸動搖我身為質數的決心，傅皓如你在天之靈又希望我怎麼做呢？

橫越過最後這一座小公園，家門外的巷口便能浮現眼前，可是卻有一個大布偶佇立在公園中央，阻擋著我的歸途，這套布偶裝我記憶猶新，是話劇社裡布偶裝的籤王，大便便布偶裝。

我知道布偶裝裡是誰，所以我緘默無語，她不動，我不動，彷彿連天上的雲霞和晚風都停滯在這片黃昏中，按兵不動。

她終於動了，取下螺旋狀上升的便便頭套，果然是她，當然是她，她是朱可欣，一個愛哭的笨蛋。

我默默凝望著她，如同她靜靜凝望著我，慶幸的是淚痕似乎沒有留下，即使曾經流下。

「我不怪妳，所以別自責。」

「我才不會自責，就算你怪我，我還是會砸爛那個音樂盒。」

「因為妳覺得我有精神病？將音樂盒當成人？」

「如果將音樂盒當成人是病，那這世上將寵物跟車子看得比人還重的女人或男人一樣有病！不，如以這種標準來看，全人類都有精神病，都是瘋子。」

「不！假設世上只有一個人精神不正常，他就是瘋子，假設世上只有一個人精神正常，那麼他才是瘋子。」

「所以不管如何你都是那個瘋子？因為你是不與世同的一個質數。」

「有時候當個瘋子，也不是件壞事。」

「可是你並不快樂，一個人若不快樂，無論做了什麼決定都絕不是件好事。」

「我……沒有快樂的資格。」

我向前跨步，質數是我給自己的枷鎖和懲罰，這條贖罪的路我還得繼續走下去。在和朱可欣擦肩而過後，她轉身抓住了我的手，於是我止步。

「我、我希望你回來，回來話劇社，因為這裡有一群願意跟你一起瘋的人！或許會有爭吵，但很真誠，或許會有眼淚，但一起哭，還有數不盡的歡笑跟感動，可以一起去做，一起瘋狂。」

我該怎麼辦？

我往前看，卻看不到回家的路，不只是朱可欣她的話，這一路走來在話劇社認識的每一個人，彷彿都為我乘上一個數字，驀然回首，原來質數已成為我的一個因數，而質數本身則不再是我。

「啦、啦、啦……」我回頭了，她正哼唱著音樂盒的歌曲。靠著那驚鴻一瞥的記憶，殘缺又動人的詮釋著。

這是我聽過最好聽的一次。

她唱出最後一句歌詞：「是你不朽的溫柔，溫暖了我的天侯……」

心頭湧上的這股暖意彷彿又讓我看見了傅皓如，卻不只是他，還有他們，原來這真的是他跨越了時空的當頭棒喝。我抱住眼前的這一坨大便，將她擁入懷中，原來這條路早已過了終點很久。

「我答應妳，我要回去。」

去演出這齣話劇，去回到我錯過的終點。

換我主動拉住她的手，開始往回跑，還有件事我必須去做，這是我義不容辭的多管閒事。

「要去哪裡啊？」

「垃圾場。」

6

我拉著朱可欣的手一路趕回學校，然後跑到垃圾場用附近的掃把翻動著裡頭的垃圾，目標是熊景琳她轉交給我的側背包，我決定了要湊成涂智寶和熊景琳的再次相逢，無論結果如何？

「你在找什麼啊？」

「一個墨綠色的側背包。」

突然，垃圾場下方傳來了一個熟悉聲音。「你在找這個嗎？」

我和朱可欣探頭往下看，穿著白V領熊本熊布偶裝的謝懷安，一手抱著布偶頭套，一手高舉著墨綠色的側背包，朝向我們吆喝著。

我略帶驚訝道：「那背包怎麼會在你手上？」

謝懷安輕笑：「我可是有很多免費的眼線可用喔！何況熊景琳可是我的同門師妹，我可是很關心那個神祕男人到底是誰？你一定知道吧，看眼神就知道了騙不過我的。」

嘖，看來要蒙混過關是不可能了，再說我確實需要幫忙，謝懷安無疑是個強而有力的幫手。

朱可欣搖晃著埋在大便裝裡的頭：「你們到底在說什麼啊？我都聽不懂耶，不要排擠我啦！」

沒辦法了，只能據實以告。

「我有件事要告訴你們，我需要你們的協助。」

翌日，以側背包裡的照片作為誘餌，將涂智寶一步步引誘至熊景琳拍攝寫真的游泳池內，當然多虧了謝懷安才能順利調走園場的工作人員。

在涂智寶來到泳池一側時，朱可欣趁機將側背包內僅剩的照片至高處灑下，紛飛至泳池四周，泳池對面則是剛拍攝至一個階段正在休息的熊景琳，謝懷安則盡可能將其餘工作人員引走。

在照片的誘導下，涂智寶跟熊景琳隔著泳池如同隔著奎壁山和赤嶼間的海路般，遙遙相望。

躲在看台後偷看的我，決定轉身離開。

朱可欣卻叫住我：「你要去哪裡啊？不看下去嗎？」

「不了，我能做的只有這樣。接下來，是他們兩個人的事，與我無關。」

謝懷安和朱可欣對看一眼，莞爾一笑，旋即跟在我身後走出了游泳池，我伸手在眉間搭上屋簷。晌午的陽光，竟耀眼得如此刺目。

Count 9

1

一顆網球，一顆黃澄澄的網球。

我伏首案前，緊盯著放在盒裡的這顆網球，阿辭還給我的這顆網球。

她會是隔著圍牆一直以來陪著我的那個她嗎？並不像。但隱身在牆後的我，跟平時的我又哪裡像了呢？那晚的雨，還清晰如昨，這顆球真的是那顆球嗎？我認不出，即使我看了一夜。

今天，黎青辭將返回校園，第一階段的音樂賽，她以漂亮的成績旗開得勝，離第二輪比賽則還有半個月的時間，比話劇社的公演來臨還久。她會回來話劇社嗎？我不知道。

調好鬧鐘，我還能睡上四個鐘頭，假如遇上她我該說些什麼，恢復以往的關係嗎？真的有這麼簡單嗎？關了燈，上了床，我拉上棉被，本以為會輾轉難眠，卻不知不覺睡著了……

早上的升旗典禮，晨露未晞，薄霧微冷，在司令台上我見到了闊別已久的阿辭。有些模糊，或許是距離的關係，畢竟我在台下，或許是起霧的關係，所以矇朧了眼，或許是在我捨棄質數後終於能仔細地看著她，才驚覺她的相同和不同，或許這模糊是我的自作自受，而我終於看清。

放學後，社團教室１０６。

我又回到了這裡，彷彿我從未離開一般。

位置圍成一個歪七扭八的圓的眾社員們，靜待了許久，時針行了半圈，而她還是沒來。

「該不會黎青辭真的被氣跑了吧？」朱可欣盤著雙臂打破沉默。

謝懷安則一副心安理得的模樣，輕鬆道：「這年頭的人抗壓性還真低啊。」

喂，你這罪魁禍首，絲毫沒有任何反省的意思啊！打擊療法，可不是能夠適用於每一個人的。

正當我打算自告奮勇，去挽回阿辭時，竟半路殺出程咬金打斷了我的發言。

「那個……」

「讓我去吧。」開口毛遂自薦的人是劉哲宇。「再怎麼說，我跟黎青辭是同班同學，而且我還有些話得跟她說清楚講明白才行。」

此話一出，氛圍遽然彷若被靜電籠罩般，讓大家的頭髮都翹起一綹青絲，在呆滯中無語向天。

劉哲宇用手往後撥了下未拉上拉鍊的外套後緣，如披風似的翩飛出短暫的圓弧，在老氣橫秋裡隱約透露出一絲帥氣，不歷風霜的臉龐刻畫著自許的滄桑，四周時序頓時為之遲緩神似slow-motion。

鴉雀無聲的我們目送著他離開社團教室，有種在拍電影的既視感，飛掠眼前。

「他是不是吃錯東西了？」

涂智寶吞下紅豆口味的車輪餅後，擠出了這句話。

霎時時間回復成正常的流速。

坦白講，來到社團後我一直注意著涂智寶有何不同？到底昨天是否順利促成了一樁良緣？朱可欣和謝懷安同樣帶著好奇作祟的眼神同我張望著，但似乎連一點蛛絲馬跡都無從窺探。

「要去告白了吧？」侯棋玉以冷靜得出奇的語氣開門見山。

「是去找死吧！」楊原靖、涂智寶和從瞌睡中甦醒的張佳慧竟異口同聲，發表了評論。

謝懷安莞爾失笑：「呵，還真是團結啊。」

朱可欣眼睛倏然閃出一道十字光芒：「哼哼，所謂眼見為憑，這種精彩好戲我豈能錯過呢！」

然後她朝我投射過來的視線，應證了我忐忑不安的心緒所料無差。

算了，反正對於阿辭的回答我同樣掛心，吁嘆一聲後，我放棄抵抗任她拉著我的手臂往教室外走。

「要看好戲的，都跟我來！」

朱可欣一臉興致高昂，連臉似乎都紅得發燙。

2

一束玫瑰緊握在劉哲宇手裡，音樂教室外黎青辭揹著書包笑靨上仍脂粉著一筆冷豔，將情勢迷離。草叢後，話劇社全員到齊，屏氣凝神關注這場告白的變動，只餘風聲颯沓。

「你要跟我說什麼？」

「首先，恭喜妳通過第一輪的鋼琴大賽。」

「謝謝。」

「那個……妳還記得我們第一次見面的時候嗎？那是新生入學時妳的自我介紹，從那時起我便為妳而深深著了迷。兩年了，這份感情我放在心裡兩年了，沒有陳舊，且歷久彌新。」

侯棋玉消遣道：「那就再多放兩年吧！放到爛掉為止。」

涂智寶附和著：「再久就有臭味了啦，還是趕快打包去追垃圾車丟掉，還能保有美好的回憶喔。」

「每當我見妳一次，我就點亮一盞天燈升空，於是有了滿天璀璨的星辰；每當我想妳一次，我就種下一株樹苗澆灌，於是有了太魯閣國家公園。」

楊原靖不以為然：「我應該找環保局來開你罰單，而且太魯閣成立國家公園時你根本還沒出生。」

謝懷安躍躍欲試：「每當我增加一名紛絲，我就砌一塊磚，於是有了萬里長城；每當我作出一首曲子，我就踢一腳牆，於是有了比薩斜塔。這造句法，還挺好玩的嘛！」

嗯，真是一群損友啊。

但人生若少了這群損友，似乎也顯得有些索然無味了。

「即使星墜下，樹枯朽，我愛仍不變。黎青辭，我喜歡妳，請妳跟我交往吧！」

劉哲宇終於說出爆炸性的告白宣言，將氣氛推至最高點。

「喔喔！」話劇社眾社員發出低聲驚嘆，莫不翹首以待，等候著黎青辭究竟會如何給予回應？

阿辭短暫沉吟後，以狀似嫻熟的字句鄭重回答：「我有喜歡的人了，對不起。」

不算別出心裁的婉拒，沒製造太出乎意料的發展，但仍難掩尷尬發酵，同時埋下令人好奇的伏筆。

「是嘛……」劉哲宇搔搔頭試著緩解尷尬，眼鏡鏡片卻莫名起了霧。然後將手裡捧著的花束，丟進教室內的垃圾桶裡。「花還未謝，可是我的愛情卻已枯萎。」

都死到臨頭，還不忘文青兩句，二班果然都是群怪咖。

劉哲宇轉過身，同時也將話鋒一轉：「妳會回來話劇社吧？徐爵已經回來了，我相信妳應該也不會缺席吧？我會等妳的，畢竟茱麗葉這個角色只有妳能駕馭啊。」

「我……」阿辭欲言又止。

正當我探出頭想看清楚接下來的發展時，忽然背部感到一個東西壓下來，旋即熱得發燙。

「副社，妳怎麼了啊？」張佳慧抓著朱可欣的手臂，焦急地呼喚著。

靠在我背上熱得發燙的原來是朱可欣的額頭，她的臉會那麼紅，是生病了？

猝不及防的變數不僅騷動了阿辭跟劉哲宇，連在音樂教室裡的老師和同學都跑出來關心，在眾人擔憂的眼神下，我一把抱起朱可欣趕往保健室，事後回憶起來那時的腦海竟是一片空白。

等我回過神來，朱可欣已躺在保健室的病床，如我和她的首次相遇，可是這一次我的心情卻是截然不同。

「只是感冒了而已，不用太擔心。」保健室裡的護士小姐安慰著我們。

其實她本來要下班回家了，據說是我一路上的大喊讓她折返回頭，開了保健室，選擇留下來。

沒過多久，朱可欣的媽媽來接她去看醫生，那時她的意識已清醒了，但仍帶著濃濃的疲倦盤旋在雙眼間，彷彿隨時會昏睡過去一樣。

目送走朱可欣後，謝懷安揶揄著告白被打槍的劉哲宇，將話劇社的人全都引走，離開時朝我擠眉弄眼了一下，我知道他葫蘆裡賣什麼藥，而我正有此意。我留下了阿辭，展開睽違已久的談心。

返回音樂教室，不知為何裡頭只剩下我和阿辭。

貝多芬、莫札特、巴赫、舒伯特、蕭邦、柴可夫斯基和海頓則居高臨下，無聲地旁觀著。

阿辭打開窗戶，站在窗櫺旁任微風輕拂她的長髮，讓原來凝滯的時間再度飄逸。

「好像從那時候起，很多事都變得不一樣了。」

我認同她的感嘆，於是輕聲附和。

「白雲蒼狗，物是人非，或許是我做了錯誤的選擇，才導致了這些日子以來的痛苦，謝懷安說得很對，是我讓妳同時失去了兩個朋友。」

「只有選擇，沒有對錯。」

「妳……不恨我嗎？」

「我該恨你什麼？」

「我為了自己的贖罪，拋棄了妳，如今又厚顏前來要挽回這段情誼，我是如此的自私啊。」

「你只說你自己，為何不問問我是怎麼想的？」

「那妳是怎麼想的？」

「我對不能解救自己最好的朋友，感到自責。你知道嗎？朱可欣在電話裡跟我講了話劇社的人是如何去挽回你的經過。那是過去的我做不到，現在的我又來不及去做的事，我真的很自責。說是好朋友，我卻什麼都沒有做，應該是你恨我才對！是我救不了你。」

原來阿辭是這麼想的，說實話這樣的答案從未存在於我的假設中，即使我推演過無數個可能。黃昏在掠過飄浮的雲朵後迎風灑下，將教室的窗和靈魂的窗全都照耀，這暮光闊別已久。

「我們還回得去從前嗎？」我感傷地問了一個或許連微風都感到惆悵的問題。

「回不去了。」她預料中的答案一樣令人惆悵。

「我想也是。」

我的口吻，卻比預料中還來得雲淡風輕。

「音樂教室的抽屜裡可沒有時光機，正因為很多事回不去從前，所以才有了後悔。後悔是一個連續記號，假如不中止，就會一直後悔下去。」

「所以若我們不中止這份後悔，很快地連現在所處的這個時刻，亦將變成『回不去的從前』？」

「這正是人們的誤區，誤將身為連續符號的後悔誤認成一個稍縱即逝的休止符。」

「那麼我該如何中止這份後悔？」

我轉向阿辭，拋出這個尋求答案的疑惑，她卻輕飄飄地躲開了。

「我該去禮堂進行排演了，再拖下去，可是會造成其他人的困擾的啊。」

原來這裡之所以空無一人是因為已經轉移陣地了，凝望著她轉身離去的背影，一種複雜的情緒湧上心頭盤據，當時凝望著我離開的阿辭，是否擁有著同樣的一種感懷呢？

啊啊，不知為何我忽然好想用小提琴拉首Drolla的紀念曲，可是我卻遺失了那張寫滿音符的車票。

3

「哲宇，被打槍了。接下來，該怎麼辦呢？」

社團教室１０６裡謝懷安坐在黑板前的講台上，毫不避諱地調侃著劉哲宇的告白失敗，若是朱可欣在這裡大概會更加百無禁忌的揶揄吧？

「哼，我才不承認失敗呢！我只是戰略性的撤退而已。」劉哲宇仍擺出一副高傲且討人厭的嘴臉，此時看來卻顯得格外可憐。

啊，楊原靖安慰的右手搭上了劉哲宇的肩頭了。

「你……你幹嘛？」劉哲宇有些驚惶失措，又察覺到涂智寶投射來的悲憫目光而轉頭對上視線。

「別用這種眼神看我！」

「真可憐，看得我都想哭了。」謝懷安依然殘酷地補上一鎗，果然是職業撿尾刀的。

然後謝懷安奮力將話題扭轉回正軌，雖然偏離軌道的始作俑者也正是他。

「好了啦，要嘲笑哲宇的話以後有的是機會，即使要列為每日任務都無所謂。當務之急，是要趕快將黎青辭挽回，不然沒了茱麗葉，羅密歐難道要對空氣告白啊！」

謝懷安真的是補刀之神無誤！

侯棋玉冷冷道：「每日任務，嘲笑劉哲宇，一斜線一（１／１），完成。」

霎時，哄堂大笑。

我錯了，只要有心人人都能來個神補刀。

在一陣喧鬧地要將屋頂掀掉的笑聲瘋狂肆虐後，這次的圓桌會議終於迎來主題。

謝懷安率先主導發言：「我覺得治亂世用重典，離話劇開演的日期已迫在眉睫，不如在黎青辭演奏用的鋼琴制音器上安裝少量炸藥，來威脅，喔，不，來說服她，如何？對於如何調配炸藥的方法，我有在國外的網路上學到喔！」

為什麼謝懷安能帶著燦爛的微笑，將這麼可怕的計劃若無其事地說完？

果不其然，大家異常團結地左右搖晃著頭，無聲否決掉這個提案。

「不好嗎？要不然用乙醚或三氯甲皖迷昏她之後，把她關進廁所直到話劇開演當天如何？」

這根本是犯罪吧！

大家再度規律地像是一群搖頭貓般，予以否決。

「真的不好嗎？我覺得這兩個方法都很有效的說……」

嗯，應該會很有效地送大家進少年法庭。

討論，方興未艾。

「辦場披薩吃到飽活動，看在食物的面子上她會留下啦！」

「只是你想吃吧？還是每人寫一張卡片去挽留她，這年頭手寫卡片超真誠的。」

「還是讓我帶著一車玫瑰，讓她沉醉在我的無垠浪漫裡，然後就會隨我予取予求了。」

「睡得好舒服喔，不如找黎青辭同學一起睡到開演當天吧。」

「不行啦，還要排演。」

「我看還是照我說的那樣啦……」

「不，我有個更好的點子……」

緊接著每個人依序提出自己的意見，討論的熱烈程度遠超出我的預估，我還以為這只是某人的一廂情願和表面功夫，畢竟阿辭來話劇社的時間並不長，但現在我真的很開心。

「喂，質數男，你的方案呢？」張佳慧倏然驚醒，將話鋒刺向了我。

我自孤獨的泥濘中脫身而出，轉向謝懷安提出了一個令在場眾人匪夷所思的問題：「你會演奏單簧管嗎？」

4

入夜了，我躺在一床星輝裡，那是窗外天幕上斜角照落的斑斕，彼方北極星的亮度還比不上我手機的螢幕光芒來得奪目，一顆蘋果轉著圈削皮的動態貼圖，就這麼遙寄給那個會感冒的笨蛋。

她很快回給了我另一個貼圖，看來病情該是減輕了許多才是，我如釋重負。

然後我們一句話也沒有說，一行字都沒有打，只有一個接著一個貼圖魚雁往返，既明顯又隱匿。

這一幅夜，繪得好靜謐。

6：30am，晨曦照映著還未睡醒的街道，我騎著單車獨自前往學校，一路上和我相同的制服逐漸隨著輪胎轉數而增加，眼皮即使因昏沉而下垂，但卻能清楚感覺到嘴角自發的上揚弧線掛在臉龐。

上午的課程依然如慣例飛快駛離，善於讀書的人課堂一向如同遊戲，可是我卻未曾樂在其中。

無論如何，午休時間到了，我依照昨日的計畫步行向音樂教師辦公室，謝懷安來得比我早，簡單打個招呼後，我們喊了聲報告，走向那一個在計畫中舉足輕重的關鍵人物。

何朗，山葵高中特聘音樂教師，在古典音樂圈頗具名氣的鋼琴家，卻不知為何會來擔任教職？但這並不重要，重要的是如今在校內黎青辭的鋼琴指導人是由他來擔任的。

「你們來找我有什麼事嗎？還有那位昏倒的女同學康復了嗎？」

當時，朱可欣在音樂教室外昏倒時，衝出教室查看狀況的那位老師正是何朗。

謝懷安回答：「她好很多了，請不用擔心。」

何朗淡然一笑：「那就好。」

我則捉緊時間，單刀直入。「這個週五下午，要舉辦讓全校同學共聚一堂聆聽的音樂會，對吧？」

「沒錯，是校長的意思。讓這次參與全國音樂競賽的同學們，在禮堂表演，算是一種全校同樂性質的小型音樂會。」

「我有一件事想拜託老師你，請你務必要答應。」

「但說無妨。至於我答不答應，得等我聽過你的理由後，才能下決定。」

這番答覆合情合理，徹底在我預料之中，而我能做的只有據實以告，然後設法將其說服。

在我全盤托出後，何朗凝望著我的眼神從驚訝緩緩轉變成澎湃，我知道這很瘋狂，但我得這麼做。

「我懂了。」

黎青辭當時的話我甚至連一個停頓、一個呼吸都還牢記著，我知道她最渴望的夢是什麼！

將來龍去脈交代清楚後，何朗吐出的第一句話只有三個字。

而我正思索著要是被拒絕該怎麼據理力爭？即使我曾在筆記上寫下近三十個藉口，可是現在我的腦海裡卻是一片空白，彷彿翻倒的純白顏料吞蝕了筆觸漫步過的所有足跡。

「那麼……你同意嗎？」謝懷安代替呆滯的我，提出關鍵的疑問。

「旋律，自你們身上被五線譜扯出。我聽見了，是首瘋狂的卡農，很有趣……」

「所以說？」我囁嚅地問。

「我答應了，關於你的請求。」

在一瞬間，我近乎短路。「太……好了。」

「笨蛋，這個時候要說謝謝啦！」在謝懷安的提醒下，我不斷重複著道謝直到離開辦公室為止。

萬事俱備，剩下的端看我能否奏響那一闕東風？

回家後，我拍了拍塵封多時的琴盒，灰塵飛散，淺淺的咳嗽聲迴響出深深的濃愁，我打開琴盒，取出小提琴，架在頸肩，琴弓拉扯著弦線是如舊的音韻，我的記憶正隨加沃特曲調翩然起舞。

而琴盒旁的那一顆黃澄澄的網球，我則決定暫時擱置，任時間泛黃。

5

在話劇排演和小提琴練習交替下，日曆隨著紛飛的時序消瘦，圓夢的日子，在黎青辭毫無心理準備的情況下悄然來臨，這是我為我的贖罪所做的贖罪，為了她，同時為了我。

週五，下午第六節課結束。

全校師生開始往大禮堂魚貫前進，懷抱著悠哉迎接週末假期的心情，將座位填滿。我則依照計畫離開隊列，往預定處換裝並等候上場的鐘鈴作響，謝懷安則和我同樣難掩緊張。

「我還以為你不會緊張呢！畢竟你可是當紅的偶像明星，諒必見識過很多大場面了吧。」

「不，即使經驗再豐富，每次上台我的心臟還是會砰砰跳動呢！何況這次可不是單純唱歌，是演奏單簧管啊！我可沒太大自信能不搞砸。」

「既然讓你來，代表我認同你的技術已夠成熟。」

謝懷安突然露出莞爾一笑，問我：「還沒問你，為何會問我會不會單簧管這個問題的理由呢？」

我不假思索回答：「因為你提到鋼琴的制音器，於是我猜測或許你會單簧管這個樂器也說不定，只是抱著姑且一試的心態隨口問問罷了。何況你不是歌手嗎？會幾項樂器是很合理的。」

「要是我不會單簧管怎麼辦？」

「我只好再找其他人。」

「你這個質數，沒啥朋友可言吧？」

「這就是我問你的第二個理由。」

「你是打定即使我不會單簧管，也能設法替你找到會這項樂器的人是嗎？」

「沒錯。」

「真是老奸巨猾。」

「請說老謀深算。」

「不過臨時換曲譜，黎青辭她沒問題嗎？可別弄巧成拙。」

「放心，阿辭很厲害的。」

這是真的，無庸置疑。

外頭群眾的喧鬧聲漸次平息下來，取而代之的是敲冰戛玉、響遏行雲的樂音悠揚地演奏了起來。在這次演奏會裡，阿辭有兩首曲目分別在中間和壓軸，一首是拉威爾的夜之幽靈，一首則是莫札特的第八號鋼琴奏鳴曲。

我決定在壓軸登場，無任何特別的考量，單純是因為感到懼怕，因而延遲到最後一刻。

不知為何，即使是節奏緩慢的曲子，這時聽來都像是變奏過的快板，連時間都放肆地加速，我的手開始顫抖，是恐懼演奏時的表現會出錯，還是害怕阿辭的夢早已隨著物換星移而變遷？

謝懷安忽然突襲抓住我那顫抖的手，對著我說：「別害怕黎青辭會改變了，有些事永遠不會變，即使你變成孤獨的質數都沒忘記不是嗎？縱然她變了，一樣不會遺忘這曾有的美夢！而如今，我們要做的是讓這美夢成真，就這麼簡單。」

是的，原來只是這麼簡單。

我閉上眼，讓戰慄止住，然後睜開眼，甩開謝懷安的手掌。

「準備上場吧！要是演奏中出錯的話，我可不會輕易原諒你的喔！」

「我不會出錯的。」

舞台上的第二層帷幕再度拉開，三角鋼琴在敲出音韻前先撩動了觀眾的眼簾，身著一襲簡單禮服的黎青辭如凌波微步般踏上鋪著橡木的地板，細微跫音卻將鼓譟的談話聲全都彌平。

琴架上曲譜擺定，阿辭在行禮後坐上琴椅，即使因距離瞧不見她為疑惑輕蹙的眉間，我仍能感受到她的訝異。何朗果然遵守誓約，換上了小提琴、單簧管和鋼琴三重奏的曲譜。

主持人透過麥克風介紹：「接下來的壓軸曲目，由黎青辭同學、謝懷安同學和徐爵同學，帶來蕭邦的離別曲三重奏。」

在各自的一盞燈光聚焦引領下，我和謝懷安分別由舞台的兩側登場，一瞬間的眼神互換，再無須隻字片語累贅，藉著音符便能搭造心有靈犀的橋樑。第一個音由誰落下？

有差嗎？

臨時換譜對阿辭果真毫無影響，琴槌擊絃聲中能仍聞一貫的冷靜優雅，如翩舞的天鵝將潔白羽絨繽紛灑下。謝懷安單簧管裡簧片的輕顫則如高傲的烏鴉，在簷角上睥睨著世俗然後驀然飛揚，抖落一陣黑雨將愁緒滿盈。

我呢？身處於黑與白、羽和雨的交界，卻不願落入灰的窠臼，拉弦聲藉著共鳴越發強烈，讓情感如海嘯釋放，我緊扣琴頸，劃著琴弓的手指觸碰到的不只是音符，還有靈魂！

風起了，不只是黎青辭、謝懷安和我，還有……

那無畏又純真的笑容。

傅皓如，原來你從未離開過我們的身邊，只是我遮上了自己的雙眼，才瞧不見你。

離別曲，在蕭邦十二首練習曲中排行第三。蕭邦曾自詡：「再也寫不出比這更好的旋律了！」用來表達思鄉之情的這首離別曲，卻讓我重拾了故友寄存在我心深處的情感。

啊，我的摯友。

你聽見了嗎？屬於我們三人的永不別離的離別曲！

阿辭曾興高采烈的傾訴的夢，再次迴響在我的耳際縈繞著：

「我要到音樂之都維也納，成為一名知名的鋼琴演奏家，然後在金色大廳辦一場，不，不只一場，屬於我自己的鋼琴獨奏會。還有……能跟你們兩個來一場三重奏，我深信那將會是我生命中最完美無瑕的一次演出！」

她回眸的一笑，我將永世烙印。

6

埋葬著音樂盒殘骸的小土丘，仿若祭奠傅皓如的衣冠塚，放上了隨手摘取的小雛菊，聊以弔唁。

演奏完後的滿堂喝采，似乎還比不上我和阿辭此時駐留在這墓塚前的一刻，來得令我激動。

「你還記得我說過的話啊。」

「我曾試著忘卻一切，但是我失敗了，於是我終於瞭解，原來有些事想忘也忘不掉。那麼……妳願意原諒我了嗎？」

「你還是傻傻的啊，在你安排這場驚喜的三重奏前，我就釋懷了。」
「看來是我庸人自擾。」
我不禁自嘲。
「喂，小爵，久違地一起回家吧！」
「好啊。」
倏然，我自阿辭的神情變化中瞧見後頭似乎有些什麼出現，而本能回過頭去看，卻什麼都沒看到。
於是我問：「怎麼了嗎？」
她卻露出我不解的燦爛微笑：「沒事，走囉。」
「嗯。」
這是我錯失多年後，熟悉的回家歸途，路雖然不一樣，可是我知道這才是我該走的路。
「欸，妳會回話劇社嗎？」
「當然，我可是扮演茱麗葉耶！只是之前忙著練習鋼琴，才沒空前往。」
「原來如此，那怎麼不知會一聲。」
「我明明告訴社長了啊？」
我微皺起眉，竟連嘆息都覺得無力。
謝懷安那傢伙，還真是唯恐天下不亂啊。
至於阿辭是否是我隔著牆的友人，我仍未向她證實，或許我真正害怕的是這個……

Count 10

1

「幹嘛，死質數男！」

大病初癒剛返回社團的朱可欣，莫名地砲火猛烈，難道我做了什麼惹怒她的事嗎？我百思不解。

一個穿著大便布偶裝的傢伙，這時走進社團教室，以詭異的手勢催促著大家換上布偶裝。

「你是誰啊？還沒猜拳，幹嘛自己穿上大便裝，蠢死了，你是抖M喔？」

朱可欣朝著大便裝怒開嘲諷，但我覺得她只是在自立死亡旗幟。

大便裝緩緩拿下頭套，露出我預料中的臉龐。「妳在說誰是抖M啊？我覺得讓羅密歐吊著點滴或拄著枴杖上場演出，或許也是種創新和突破呢！值得一試喔……」

果然身著大便裝的不明人士是謝懷安，我真是搞不懂這種奇怪的傢伙是怎麼成為偶像的？

朱可欣則一副瞧見梅杜莎被石化的滑稽模樣，我無意涉足其中，逕自穿上熊的布偶裝，準備展開布偶裝排演。

卻被朱可欣當成擋箭牌，阻攔在謝懷安身前。

「啊，要英雄救美嗎？」

不，我不是英雄，我只是隻路過的白V領熊本熊。

「哇啊！」，儼然一場慘烈的震撼教育即將展開時，阿辭卻拉走了躲在我身後的朱可欣。

阿辭帶著微笑道：「可欣，借我一下喔。」

「OK。」喂，謝懷安你竟然如此輕易地答應了，你不是要對付她嗎？等等，為什麼她離開了你還一步步朝我進逼？那不懷好意的眼神到底是什麼意思？冤有頭，債有主，你可別亂來啊！

「徐爵，你就成為朱可欣那野蠻丫頭的替死鬼吧！」

「憑什麼啊？」

我隔著布偶裝大喊，但卻只像是臨死前的哀號。

十五分鐘後，全體話劇社成員群聚於某間百貨公司外的廣場，展開大秀恥度下限的布偶裝排演。

至於我的布偶裝上的白V領，為什麼變成了U領就別再多問了，我不願再度回憶起十五分鐘前所發生的那樁慘事，那讓人渾身打顫的感覺實在是太可怕了。

但自從阿辭不知道和朱可欣講了些什麼悄悄話後，她那無端出現的殺氣好似又無端的消失了。女生，真是令人猜不透。

這次排演的劇本即是最後演出的改編版，可是最後的一幕卻依然還未出現，關於這點阿辭和侯棋玉似乎都已直接詢問過謝懷安，但是謝懷安卻仍未公開宣布相關事宜。

奇怪的是，當她們接洽過謝懷安後，不約而同朝我這裡瞥了一眼，有種又被莫名出賣的感受湧出，希望只是我杞人憂天。

但當謝懷安朝我走來時，我還是惴惴不安，彷彿一頭渾身發顫待宰的羔羊。

謝懷安用手臂勾住我的脖子故作熱絡，低聲在我耳畔道：「你也想知道為什麼到現在，劇本的最後一幕還沒發給你們吧？」

「那當然，後天可是就要上場了耶！」

「其實問題在你身上。」

「什麼？關我什麼事，這是編劇的問題才對吧！」

「最後一幕的劇本，由你來寫，這是編劇的意思，或者可說是他最後的遺託。」

遺託？講得好像人駕鶴西歸了一樣。等等，難道這個劇本的編劇是……

「集合吧。該是告訴你們這一切的時候了……」

謝懷安驟然收拾了玩世不恭的態度，我的不安則無處放置，席捲了全身每一個神經脈絡，原來我們早已身處在這一個精心撰寫的劇本中，卻不自知。

2

卸下布偶裝，回到社團教室106。

然而誰都沒有預料到，爾後謝懷安的一番坦白，竟讓話劇社所有成員同時瞠目結舌，面面相覷。

「茱麗葉這個改編劇本的編劇是傅皓如。其實在場的所有人都認識傅皓如，分配你們扮演角色的人也是傅皓如，這就是你們每一個人的選角都無可取代的原因。」

謝懷安將原稿的手寫劇本，散落在桌上。

確實是傅皓如的親筆跡沒錯。

「甚至連這個話劇社都是因傅皓如而創立的。」

「可是創社人不是你嗎？」侯棋玉問。

謝懷安一個淺笑：「是的，創社人是我，但我卻是為了圓傅皓如的夢而創立話劇社的。」

我不禁開口問：「你和傅皓如是什麼關係？為什麼有他原稿的手寫劇本，又為什麼要特地為他而創設這個話劇社？你到底是誰？」

謝懷安的回答如驚濤裂岸，沖蝕了在場眾人心中最後一堵堅壁，旋即迎向潰堤。「我是傅皓如的哥哥，親生大哥。小時候因為父母離異的關係，所以分隔兩處，皓如同時改從母姓，所以我們兩兄弟連姓氏都不一樣。」

楊原靖將話題岔開，卻反客為主。「我和傅皓如是在廟會結識的，那時他為了劇本取材而來訪問陣頭，連長達十幾天的神明遶境都義無反顧地參與了，對我而言是我極少數看得起的文弱傢伙。」

侯棋玉接著道：「有一次我在高鐵上掉了行事曆，傅皓如撿來還給我，還對我說抱歉不小心看到了我寫的內容，很欽佩我能如此有條不紊的做事情，這是我和他的初次邂逅。」

涂智寶有些不好意思地說：「我是點了太多東西吃，結果錢帶得不夠，然後傅皓如很仗義地……」

「幫你付了錢？」朱可欣猜測。

「不，是掩護我逃跑。因為他更慘連錢包都忘了帶，最後我跑掉了，他卻被逮了。」

搞什麼啊！吃霸王餐是犯罪行為啊。

張佳慧難得保持著清醒：「我到公園遛豬時，小嘍主動親近了傅皓如，後來他還帶我參觀他餵養流浪動物的祕密基地喔。」

謝懷安揚起苦笑插嘴道：「目前負責餵養那些流浪動物的重責大任，則落到了我頭上。」

劉哲宇則聳聳肩道：「我則是在補習班的期末模擬考時，輸了傅皓如一分，所以跑去跟他嗆聲而認識的。不過我可不承認實力比他差，只是不小心運算錯了而已。」

黎青辭指著我道：「傅皓如是我和徐爵的摯友，從小到大直到永遠的摯友。」

「所以送你音樂盒的人……」朱可欣問。

我搔搔頭：「沒錯，就是傅皓如。」

隨後，全部的目光聚集到尚未傾訴出和傅皓如關係的朱可欣身上，只見她故作姿態，清了清喉嚨。

「我是不小心跌倒失足摔進河裡的時候，被路過的傅皓如救了啦！很丟臉耶，本來不想講的。」只見她紅著臉，盤著手臂刻意別過頭，這模樣還真是讓人不捨卻又想笑。

黎青辭向謝懷安提出疑問：「為什麼要拖到現在才講呢？」

我則越俎代庖回答：「是傅皓如的意思吧？」

謝懷安頷首道：「沒錯，即使他還活著也打算隱身幕後，直到演出前的這一刻才現身在你們身前。而我只是遵從這個計畫並付諸實行。」

「那關於劇本的最後一幕？」我想知道是傅皓如來不及寫，還是原本就指定由我接續。

「打從一開始他就決定要由你來執筆補完這最後一幕。」謝懷安拿出一個黑盒打開，然後遞到我眼前。「這是皓如寫劇本時用的鋼筆，你或許用得上。」

我接過筆，卻不言謝。

因為我能說的只有……，「我會寫的，即使我不知道該寫些什麼。」

3

我輕靠著圍牆，街燈自牆外照下刷黃我手裡的空白筆記，往昔今朝握在掌心中的網球拍，替換成鋼筆一枝似重若輕。一瓶礦泉水入喉，可否借一抹李太白浮白載筆狂歌的情韻？或偷一截海明威冰山一隅留白的靈犀？

揉成團的紙張堆滿半開著口的運動用側背包，將暫無用武之地的球拍逐漸掩沒。

冰冷的筆身被體溫煮熱，奈何墨水卻似凝凍般結冰在筆尖，擬稿劇本的筆記紙上竟連三行字都始終填不滿。

這即是所謂的靈感枯竭嗎？我，懵懂。

不知何時開始，她在牆的另一邊失了蹤，而悵然若失的我又失去了什麼？

「皓如，告訴過我這個劇本的結局跟朱可欣有關，這或許能給你一點方向和提示……」

謝懷安私下跟我講的話，再度載浮載沉於腦海裡切換著海平面上下迥異的景緻，呼吸著卻又窒息。

朱可欣飾演的是主角羅密歐，在莎翁的原著劇本裡因服下毒藥而身亡。但這卻不是傅皓如所要的結局？為什麼傅皓如要聚集我們這些人來演這一齣茱麗葉？又為什麼要指定我來寫結局？

我還不知道……

光陰總在你希望駐留時狂奔似箭，歲月則在我驀然回首後電掣如梭，破曉來臨，離話劇開演，只剩短短一天，而這待寫的結局卻不知還有多長？

即使上課時我仍奮力搖著筆桿，卻無濟於事，但餘筆記為伊消得人憔悴，又將筆鋒勒緊。原以為催促劇本的訊息會將手機洗版，卻空蕩的只有一則留言。

「今天話劇社公休一日，明天早上準時八點集合，準備開演的前置作業和相關事宜。」

傳訊者是社長謝懷安。

而對於劇本結局的進度竟是隻字未提？

放學後，我……

在附近的漢堡速食店佔據了一個二樓靠窗的角落，將劇本用筆寫下。
在公園長椅上以孩子和狗貓嬉鬧聲作為伴奏，將劇本用筆寫下。
在橋墩感受著夕陽西墜漸冷的餘溫，有流水，無昏鴉，卻不知誰人斷腸？將劇本用筆寫下。
在階梯上剪一小段商家燈火，將劇本用筆寫下。
在圖書館空曠處，將劇本用筆寫下。
在圍牆內，將劇本用筆寫下。
天道酬勤，功不唐捐。可是至今，我所成就的依然是揉成球型的一個又一個紙團。
由焦躁轉成憤怒的我，將紙團拋過了圍牆，卻換來我苦候多時那既熟悉又陌生的聲音。
「好痛。」是她！
我趕緊道歉：「對不起，是妳嗎？」
「嗯，是我。」
「妳好幾天沒來了，和當初約定的不同。」
「發生了很多事我走不開。」
她是阿辭嗎？很奇妙的我完全不覺得她們會是同一個人，但那顆網球又該如何解釋？我壓下滿腹疑問，凝望著圍牆發愣，有攀越過牆頂的衝動，還有保持現狀的姑且，正失控地天人交戰著。
「你今晚不打網球了嗎？」她問了我，同時澆熄了我的煎熬。
「我也發生了很多事，所以今晚暫時不打了。妳明晚還會來嗎？」
「可能會，可能不會。」
「有事嗎？」
「嗯。」

「我會等妳的，不管多晚都沒關係，不見不散，好嗎？」

「……」她停頓，讓時間陷入夜闌譜寫的一闕靜謐，不只她的，還有我的時間。「好，明晚見。」

我擅自將抉擇延遲一日，這是我此刻唯一能不搖擺於波瀾的沉錨。

夜，則跟著聲音沉默了。

4

「劇本呢？」

侯棋玉劈頭問我，我則睡眼惺忪搖晃著昏沉沉的腦袋，用狼狽不堪將回答裱框於臉上，顯而易見。

「那怎麼辦？」這是我預期她接下來的問題，然而她卻說：「那……繼續加油吧！」

什麼？就這樣？

楊原靖則扛著道具袋飄過身邊，斜睨著我道：「鬍渣和黑眼圈，還是第一次在你臉上看到呢。」

我摸摸下巴的鬍鬚，有些刺人。

「哇哈哈哈……早就說過了什麼一班的資優生不過是虛有其表，到最後還是要用我寫的劇本來救場的啦！」朱可欣自上衣內抽出一疊劇本，開始發送給話劇社的各個成員，多虧這愚不可及蠢到極點的聲音，讓我自疲累和頹喪中徹底清醒了過來，霎時精神抖擻。

剛到的涂智寶將可麗餅塞進嘴裡，同時看著朱可欣發送的劇本發出驚嘆：「哦哦，最後羅密歐跟茱麗葉轉生成蝴蝶，從墳墓裡飛了出來耶，可是這情節好熟喔……」

「不是一般的蝴蝶喔，是寬尾鳳蝶喔！」

我不懂這毫無意義的補充解釋，到底有哪點值得朱可欣她拉高八度音來闡述？

「我知道喔，這是梁寬的結局！」張佳慧興奮道。

「是梁祝啦。」劉哲宇則冷靜吐槽。

阿辭接續著對這劇本的訝異：「後來茱麗葉又幻化成人形，還來了個全員大合唱？」

「發展成歌舞劇的形式很神來一筆，對吧？一定會大紅特紅的喔！」朱可欣滿懷自信頻頻點頭道。

神來一筆，我看是神經病的神。

倏然一條手臂橫空出世捉住朱可欣的後衣領，旋即是銀叉的冰冷觸感抵著她的雪頸，讓喧鬧瘖啞。

「妳是忘了吃藥還是服藥過量啊？這邊可是有醫師執照的喔，專門醫腦殘！妳覺得我應該將塑膠水管塞進妳的食道幫妳洗胃，還是捅進妳的肛門替妳浣腸，才能將妳這廢物體內的廢物，徹底排除？寫這種東拼西湊的劇本，妳以為自己是鬼島八點檔連續劇編劇嗎？別以為將經典放入經典，就能成就另一個經典，雖然將妳這廢物體內的廢物排出，妳還是一個廢物。但這兩者是不同的，懂嗎？」

謝懷安大放厥詞後放下銀叉子，然後將嚇得泫然欲泣的朱可欣無情拖走。

行至中途又驀然止步，未回首，卻恍如在我眼前：「假如劇本還是趕不出來，無論是要照搬原著來演，或者即興演出都無所謂。」

「這樣真的可以嗎？到了這一刻還沒有劇本，要是話劇表演失敗的話……」我握緊了拳，咬碎了銀牙，壓抑多時的自責和憤怒終於傾覆而出，任故作的堅強和無謂東窗事發。

「默劇大師卓別林曾說：『一個演出最精彩的部分，其實就是出錯的那一刻。』這句話，傅皓如常常掛在嘴上，我相信你不會讓傅皓如的心血白費，因為我相信著相信你的傅皓如！」

在謝懷安公開宣言後，話劇社眾成員旋即一哄而散，開始各司其職地佈置會場，我同樣不例外。

關於劇本最後一幕的議題，則被信任和體貼深深藏住。

這回的話劇公演採取露天演出形式，劇場架設地點即座落在山葵高中尚稱廣袤的操場上。

舉目可見張燈結綵的絢麗佈置自司令台往操場鋪展開來，底下的座位則星羅棋布且極富規律地擺設妥當，還有自儲藏室搬出的各種雕塑和花卉盆栽點綴於各處通道兩側。

而設計的絲毫不遜色於電影規格的海報，更是自學校外的圍牆一路貼到靠近操場為止。

隨著時間來到早上九點半，演出會場開始湧入人潮，聞風而至的攤販亦紛來沓至將圍牆外堵得水洩不通，彷彿置身於某處人跡雜沓的市集或是某個慶典，和海報上斗大的歌舞饗宴四字，似乎不可避免得對照出了些許落差。

為了應付隨攤販激增的垃圾，橘黃的大垃圾桶們同時整兵出發，轉瞬攻佔會場周遭嚴陣以待。

預計十點開演的茱麗葉，轉眼迫在眉睫。

眾人各自換上服裝，在舞台後方群聚著，養精蓄銳，以求能將演出做到盡善盡美。

當初排演時由於演員尚未到齊，故有一人分飾多角的情況產生，如今眾人則各自扮演傅皓如劇本中所精心安排的選角，並專注培養著情緒。而負責支援演出龍套的幫手們，則相較下一臉輕鬆。

「我心頭的小鹿快要撞破我的D罩杯了啦！好緊張喔。」

飾演羅密歐的朱可欣，捂著胸口，一臉倉皇。

我則吐槽道：「妳哪來的D罩杯啊？放心，不存在的東西是不會破掉的。」

「你又知道了？」

「我還沒瞎。」

涂智寶則摸著肚子臉上青一陣白一陣：「小鹿在胸口亂撞算什麼？我才慘，我體內的小鹿又要萬馬奔騰衝出菊花台了啦，小鹿不要，再給我一點時間啊！廁所大神啊，門扉請為我而開吧！」

飾演墨古修的涂智寶身上的戲服幾經穿脫，似乎開始散發出詭異的怪味纏繞不去，令人不勝唏噓。

飾演蒙太古伯爵的楊原靖則帶著耳罩式耳機，倚靠在牆上閉著眼，將靈魂沉浸於音符所構築的空間裡喘息，以舒緩演出前無人能例外的緊繃。

飾演班伏里歐的侯棋玉則和飾演埃斯卡勒斯親王的張佳慧各自替對方對著劇本台詞，緊張同樣在兩人臉龐上留下足跡。而張佳慧能保持清醒不打瞌睡，則看來像個奇蹟，而且她所扮演的角色數量是話劇社成員裡最多的，只是人物的出場時間都很短暫，親王則是她第一個登場的角色。

據我觀察，今天侯棋玉同樣有著一反常態的舉動，她到現在都還沒翻閱過一次行事曆，彷彿連強迫症都被緊張吞噬，瞬間不藥而癒。

飾演凱普萊特伯爵的劉哲宇，卻捲起了劇本成筒狀，敲打著桌角，鼓譟著我和朱可欣的拌嘴。

「副社，今天的戰力變弱了喔，趕快開啟妳自我感覺良好的AT力場，反殺質數男吧！」劉哲宇推著鏡框展露出如古羅馬競技場旁觀眾的嗜血眼神，在用言語甩了朱可欣屁股一鞭後，轉向挑釁我，捲成筒狀的劇本此刻如紅布般揮舞在我眼前。「徐爵，上啊！使出你尖酸刻薄又自以為是的大道理攻擊啊！」

真可憐，我真想走過去拍他肩膀，對他說句有病就該吃藥。

「說得沒錯！該死的質數男竟敢質疑老娘媲美志玲姐姐的完美身材，不能輕易放過你！」喂，朱可欣妳眼裡燃燒出的火焰是怎麼回事？為什麼這麼容易就被煽動了啊？

有病的人，原來不只一個啊！

「妳要幹嘛啊？笨蛋朱可欣。」我看著她手裡抓著一顆地球儀，朝我成投射姿勢。

「該死的色肧質數男，吃我一記習武之人所夢寐以求的最高境界，秘招八寶大華輪！」

「用內衣大盜招式的傢伙，沒資格罵我色肧！」

啊，地球儀佔據了我的視野，然後我隱隱感覺到我的鼻尖發現了新大陸，好痛。

「妳這個笨蛋！」

我隨手將正在寫的劇本一頁頁撕下揉成紙團，展開反擊丟向朱可欣。

「你，大笨蛋啦！」她同樣撕下劇本揉成紙團，毫不遲疑地對我還以顏色。

「妳是個巨笨蛋啦！」

「你才是個大巨笨蛋咧！」

沒有附載雷達的紙團，猶如無差別的攻擊將戰火輕易波及無辜。首當其衝，被擊中的就是最可怕的楊原靖，理所當然手旁的劇本再度成為飛彈原料，將不爽和憤怒一次次加倍填充，凝聚成圓。

「你們兩個，鬧夠了嗎？」楊原靖拉開一邊的耳機大喝道，同時砸出紙團。

排演著動作的侯棋玉則不慎移位到彈道上，正面被楊原靖的紙團命中靶心，紙團刷拉拉自短暫接觸的臉上滾落後，啪得一聲亮起的是侯棋玉如ＬＥＤ燈的雙眼，閃爍著逆襲的旗幟被狂風所拉展開。

「喂，是想害我去掛急診，還是害我得去整容呢？讓我不得不修改行程表的罪，可是很重的，得用滿清十大酷刑外加歐洲中世紀刑罰來償還，去死吧！你們這群壞蛋！」

侯棋玉如突然揭蓋的壓力鍋冒出蒸騰的滾燙熱氣，雙手接連丟出自劇本撕下揉成的紙團，彷彿修羅拋射著地獄火種，懲罰著無需憐憫的罪人。

好不容易從廁所的魔掌中掙脫回來的涂智寶，正打算品嚐個剛買來的叉燒包時，卻慘遭紙團算計，不慎踩到掉落在地的紙團而滑了一跤。同時將叉燒包奉獻給土地公後，便含著悔恨的眼淚，撕下劇本毅然決然投身這場慘烈的戰局。

而張佳慧則露出一臉很有趣的表情，也將手裡的劇本化作無情砲彈，放肆轟炸了起來。

劉哲宇似乎對於自己一手造就的失控局面大感暢快，揉著紙團，再度火上加油。

一時間，紙團滿天飛舞，恍若將所有不安的情緒全都揉成一塊投擲出去，露天舞台後的準備空間，儼然成為烽火橫行的戰場，到處滿溢著猙獰的表情和野獸般的嘶吼。

我偶然瞥見，飾演茱麗葉的阿辭仍怡然自得坐在椅子上將劇本橫放大腿，十指則將劇本當作琴鍵，敲打著不屬於這場戰爭的詩歌，是貝多芬的第五號鋼琴協奏曲－皇帝。

她優雅地搖晃著如柳條般的身軀，閃避開錯落的紙團，同時將節奏持續演繹。

隨著劇本紙即將彈盡糧絕，曲子同樣演奏至尾聲，通往前台的門把被一股力量轉開。紛鬧的戰局乍然止歇，出現在眼前的人是將上台前事務都統籌結束的社長謝懷安。

「準備開演囉！」

在一片鴉雀無聲的狼籍中，黎青辭手指在劇本按下最後一個音符，然後緩緩站了起來。旋即將手裡的劇本，用力撕成兩半，隨手往後拋扔，彷彿傾訴著不再需要這個東西的無謂束縛了一樣。

「上場吧。」

她雲淡風輕的聲音，此刻聽來卻是如此磅礡有力。

帷幕，拉開了。

5

露天舞台上，朱可欣華麗的一個西洋劍刺擊殺了飾演提伯特的我，同時將我的戲份殺青。借來運送道具用的單車，我開著小差騎車到校園另一隅的草坪，躺在離離青草上懶望著藍天。

只要在最終謝幕時趕回去就行了，我是這麼認為的。

至於最後一幕的劇本，我徹底放棄了。或許就這麼忠實地呈現莎翁的原始結局，也挺不錯的。只是這真的會是傅皓如託付給我的原意嗎？不是，當然不是，我還沒能自欺欺人到那個地步。但我真的不懂該寫出怎樣的結局才對，才不會辜負了傅皓如的期許？於是我只能逃避。

與其強迫演出一個自己都無法被說服的結局，不如坦誠失敗，這樣的無能為力或許反而能讓我感到舒服一點，即使仍難以釋懷。

暖洋洋的微風吹拂過綠油油的草坪，將周遭的氣流都變得蒼碧。絮叨叨的瓢蟲振翅飛掠過我視茫茫的眼前，黑壓壓的斑點和紅通通的翅翼則點綴於藍湛湛的天空下，闔上了我逐漸沉甸甸的眼皮。

我又憶起了阿辭的話。

在結束殺青一幕後，剛下舞台的我隨即被阿辭拉到旁邊詢問。

「你收到了我給你的禮物了嗎？」

「嗯。」這突如其來的問題，令我措手不及。該提問的人應該是我。「阿辭，那網球妳是……」懦弱的我鼓起順水推舟的勇氣，試圖一探圍牆外那個人是否真的是她？話語卻因惶恐而顯得凌亂。

「喔，那顆網球是我在操場撿的啊！」

操場？

不是在圍牆外？

「我練習完鋼琴後經過操場時撿的，送球給你，是因為我想讓你知道，其實我還是很在乎你的。結果有個笨蛋，還大張旗鼓地來求我原諒。害我以為你沒收到我送你的禮物呢？」

原來妳一直在練琴時，還關心著躲在角落以網球宣洩情緒的我嗎？而我竟渾然不覺。

「我還有件事要告訴你。」阿辭對著我道。

瞧著阿辭偷笑的模樣，我搞不懂她究竟在玩什麼把戲。「是什麼事啊？」

倏然，一封簡訊中斷了我回憶的思緒。

滑開手機，寄件者的名字很奇怪叫做樹懶慢遞，但後面的副檔名卻令我不由得大驚失聲。

「傅……皓如！」我復誦著副檔名。「寄給另一個羅密歐的一封信。」

另一個羅密歐？是指我嗎？

慢遞，是未來信件那一套嗎？果然很符合傅皓如愛搞神祕的作風。

我將心情稍事平復後，移動了手指緩緩點開檔案，是一個影片檔，當看到傅皓如掛著那大大的黑圓框眼鏡，頂著招牌雞窩頭，露出天真而又笨拙的傻笑時，我的眼淚幾乎快奪眶而出。

「哈囉，傻傻的你二號。看到這封信，你一定嚇到了吧？」

我真的嚇到了。

可是對我來講這卻是個驚喜，這點你肯定沒料到。

好久不見了，傻傻的你一號。

我拭去滿盈在眼眶裡的淚，不讓這鹹鹹的水淹沒了傅皓如的容顏，我要再一次將他看個清楚。

「將改編劇本最後一幕的重責大任交給你，你可能會覺得匪夷所思對吧？其實每一個選角，乃至於託付給你的這個任務，都是我對於你們所展現的友情。你相信人與人之間的邂逅和相處，是存在著化學變化的嗎？當你遇上了某個人生命將會變得更美好。你們都有著各自的煩惱和苦痛，但我卻幫不上忙，可是我知道有人能代替我為你們消煩解憂，於是我將你們聚集在此。舞台下才是你們真正的舞台，劇本外才是我真正的劇本！」

瀏覽著傅皓如的一字一句，腦海裡再度閃爍著自加入話劇社後的一點一滴。

一閃一閃地發光，將迷惘的陰霾逐漸照亮。

「你認識了朱可欣後有什麼感覺呢？我一直相信能改變她的人非你莫屬。她其實是個……」

傅皓如的話，讓我握緊了拳頭。

於是我騎上單車，將手機嵌入車上的手機架，然後奮力地踩著踏板讓回轉數跟著情緒狂飆，將風壓拋在腦後，往露天舞台的方向放膽直衝。

「啊啊啊……」嘴裡吐出的是記憶中未曾有過的咆哮。

「她其實是個很在乎別人感受的人，所以總是強顏歡笑，即使不開心也會逼自己笑，因為希望能將笑容帶給別人。她的誇張和拙劣只是體貼的偽裝，但這樣的犧牲卻令人不忍卒睹。若真的要說這劇本最後的結局我最希望看到什麼，大概就是參與這演出的每一個人最真實的笑靨。」

驚人的車輪轉速，將修剪後待掃的雜草如排浪捲飛，往兩側揚起了彷若天使般的小小羽翼。

「而我相信能為你帶來改變的人，也必將是她。真正完美的劇本，你早已有答案了對吧？」

是的，原來我枯竭的不是靈感，而是勇氣！

我之所以一直寫不好劇本，是因為缺乏將心中所描繪的答案寫下的那份勇氣和覺悟。

「不是用筆。而是用你的腳、用你的手、用你的嘴、用你的心，用你的付諸實行譜寫下這劇本高潮的最後一幕。去吧，徐爵！讓我瞧瞧你會將怎樣的結局，呈現給我？」

「嗚喔喔……」

我橫衝直撞從觀眾席間的中央走道駛向舞台，根據佈景和演出人員判斷，正是莎翁原著的最後一幕場景，正當飾演羅密歐的朱可欣即將在假死的茱麗葉身前服毒自盡時，我離開了座墊，抽車向前。

在距離舞台只剩一公尺時，我急按煞車豈料強大的反作用力竟將我和架上的手機同時向前甩飛。好不容易以腳掌降落至舞台上的我，身體仍受衝力所宰制而搖搖欲墜地往前邁步，旋即一個踉蹌，雙膝著地的我手掌勉強撐住地面。

甫定睛一看，呈半跌坐狀倒在阿辭跟前準備照劇本服毒的朱可欣，竟和我的臉龐相隔不到十公分的距離，這場景簡直像是我對她使出了地板式的壁咚，我甚至能感受到她羞澀的呼吸輕撫臉頰。

「我還有件事要告訴你。」

「是什麼事啊？」

阿辭的話，再度浮映在我腦海裡。

「你知道嗎？我今天跟可欣說了悄悄話。」

我知道在你們講了悄悄話後，她原本劍拔弩張的態度突然來個一百八十度大轉變。

「其實在我們那天合奏後，可欣她一直躲在暗處偷看，看到了我們一起回家。」

這是什麼意思？我不知道，我不知道的吧？

「所以今天才會對你這麼兇的喔。」

阿辭為什麼露出了如斯溫暖的笑顏，我不知道，我應該不……

不，我知道，其實我都知道。

「可欣，很喜歡你的，我看得出來。而且話劇社的全部成員都跟我一樣看出了，你同樣……」

手機自半空中落下，劃過她的身後我的眼前，螢幕上是傅皓如的臉。「拿出勇氣，做真正的你！」

「朱可欣……」我的聲音響徹天際。「妳就是我的茱麗葉！」我同樣喜歡著她！一個上前我扶著她的側臉將初吻獻給了她的唇，霎時周遭寂靜無聲，這是什麼樣的神展開對我而言已不重要，什麼邏輯、什麼起承轉合、什麼劇本架構，都不屑一顧，此刻我明白了這個劇本真正的價值。

凱普萊特和蒙太古家族的和解，如同劉哲宇和楊原靖的冰釋前嫌。

服毒自盡的羅密歐，則暗喻著朱可欣不該選擇的自我犧牲，能拯救她的只有曾死過一次的我，死在她手底下的我，我自地獄復活，卻不帶著恨。

話劇社裡每一個社員所扮演的角色，皆是一種提示和希冀，是傅皓如要傳達給我們的情感。

我不能瞭解每一個人從自身飾演的人物裡領悟到了什麼，但我知道傅皓如要說的話一定送到了啊！

我緩緩移開了唇，將焦距調整，凝望著她含羞的眼眸我彷彿從她的嘴角，瞧見了我臉上的笑靨。

這時飾演茱麗葉的阿辭甦醒過來，面對著脫離劇本軌道的發展，台上台下眾人無不屏氣凝神，等待著她開口，等待著她要如何讓這部瞬間變得荒誕不經的戲碼，能夠順利地延續下去。

黎青辭她望風希指，輕聲傾訴：「原來那才是你的愛，而我只是個迷障。」

飾演羅倫斯神父的謝懷安則捉緊時機信步走上舞台：「無分性別，淩駕生死，這才是真愛的力量。當提伯特變成羅密歐，當羅密歐變成茱麗葉，唯有真愛不變！」

倉促圓場的結語草率中又隱含著莫名其妙的哲理，卻換來了如雷熱烈的掌聲。列隊謝幕的同時，背景音卻響起了令我不由得瞠目結舌的曲調，我往旁邊探頭一看，涂智寶朝我眨了個眼，然後推著一個小圓台走向舞台中央，圓台上架著數支麥克風將一個重新修補過的破爛音樂盒團團圍住。

是傅皓如給我的那個音樂盒。

歌聲唱著、唱著：

「別問我，有了答案的假設。
別理我，偶爾任性的青澀。
這空著的手，徹底表露出了脆弱。
你傻傻的笑，安慰故作堅強的我。
明天見，我記得。
重要嗎？不閃躲。
不要欺騙自己，其實你比誰都清楚。
若你還有愛，就別怕悲哀。
落花別後，誰謄故舊，什麼緣份天長和地久？
驀然回首，冷落高樓，來來去去風景都不留。

誰為我將韶光偷，換一段和你共享的歡愁。
要請你，驕傲自己的獨特。
要陪你，作下艱難的抉擇。
那深邃的眼，默然徬徨住了定奪。
我重重的戳，點醒自哀自憐的你。
別說了，將花折。
找快樂，來唱歌。
拋棄那些煩惱，會發現什麼才重要。
刪除掉等待，趁陽光還在。
琴音滿袖，風韻疊奏，望斷寂寥高飛或遠走？
筆鋒輕抖，墨黛未酬，朝朝暮暮隻影皆罷收。
誰為我將悔恨丟，熬一碗和你共饗的紅豆。

是你不朽的溫柔，溫暖了我的天侯！」

謝幕時我和朱可欣牽著的手裡還握著倉促撿起的手機，傅皓如這樣的結局你還滿意嗎？

6

南美洲玻利維亞，6：30am，晴。

晨曦照透了雪白窗櫺，如一劑調味輕灑在淺碟上的簡易早餐，我正用刀叉品嚐著異國風味。用餐後，我推開門呼吸著令人振奮的新鮮空氣，錦繡景緻，旖旎風光，鋪展在藍天下無邊蔓延。

我之所以出現在這裡，是因為本屆國際奧林匹克數學競賽在此舉行。

距離正式賽程開始，還有一天。領隊章亦糖副教授，是私立天樹大學的數學系新任副教授，個性迷糊，耳根子軟，卻是個擁有可愛臉蛋和火辣身材不折不扣的正妹。學生給的暱稱是「糖糖姐」。

「徐爵同學，準備上車囉。」她親切地對我微笑。

我回以笑容：「知道了，糖糖姐。」

坐上小型巴士，在大家起鬨下今天展開了行程外的觀光行程，目的地是則是知名地標烏尤尼鹽沼。一望無際的鹽湖滿佈著積水，形成一面廣袤的鏡子，反射著天空的倒影。是擁有「天空之鏡」美譽的著名景點。

車窗外的微風輕拂過我的臉龐，讓我憶起了結束話劇公演後到出國比賽前的那段日子。

黎青辭順利挺進了鋼琴大賽的決選，取得公開演出的機會，只能說真不愧是阿辭啊。

劉哲宇積極籌備著下一次的話劇演出，甚至親自動筆撰寫起劇本，或許又在打什麼壞主意吧？

張佳慧終於接到來自高振東的聯繫，即使只是一通越洋電話卻無疑邁進了一大步。

楊原靖仍是一副冷若冰霜的神情，卻意外在演出後大受歡迎成為許多學妹愛慕的對象。

侯棋玉還是過著照表操課的行程，但卻不再有任何煩躁，反而一副樂在其中的模樣。

涂智寶出現在一則拍攝偶像明星熊景琳的新聞畫面裡，到底是巧合還是復合？至今仍是無人知曉。謝懷安則繼續展開新專輯和偶像劇的相關拍攝，又一次離開了校園。

至於朱可欣，在戲劇性的公開告白後，她和我的關係反倒從無話不談，變得有時候連一句話也說不出來，而她始終沒有明確表示是否願意和我交往，難道會是我太一廂情願了嗎？

倒是在話劇社眾人眼裡，似乎已將我倆當成一對了。

每次提到任何事都會將我和她綁在一起，在熬過了被取笑和起鬨的那段時間後，我和她的關係卻還仍曖昧不清。

我沒有再度逼問她，或許是在我心裡還有另一個牽掛。

那個身處在圍牆後的人，在回國後我決定揭開她的真面目，然後才能再次下定決心和朱可欣告白。

到站了。

附近還停著其他的觀光巴士，果然是熱門的景點。

下車後，我站在輝映著蒼碧天穹的鹽沼水面上，天和地於水平線兩側如鏡的表裡對照著，頭上的雲朵飛揚於腳下，我閉上眼伸開雙臂領略著大自然無以言喻的造物之美……

倏然，後腦袋彷彿被一顆球狀物擊中的我，大喊一聲「哎呦」，往前屈膝倒下。

這時一個嬌小的手掌伸到我低垂的眼前，她說：「你知道嗎？人的雙手，一隻手是為了抓住別人而存在，而另一隻手則是為了被別人抓住而存在的。」

我驀然抬頭一望，在我眼簾前的人竟然是她——朱可欣！

「妳怎麼會在這裡？」

無視於我的驚訝，她搖晃著伸出的手掌，於是我扶著她的手掌站了起來。

然後她又擺出一臉愚蠢的炫耀表情：「站穩了，可別嚇到了，我可是來這裡參加全球業餘者攝影大賽的喔！我乃是萬中選一的台灣代表啊！」

「既然要來，幹嘛不提前告訴我？」

她搖晃著食指道：「這樣才有驚喜啊！很驚訝吧？」

「還好啦。」我盤起雙臂逞強回覆。

「嘿嘿，剛才某人跌倒的蠢樣，我可是拍下來囉，就用這一張照片讓我成為台灣之光吧！不過某人可能會成為台灣之恥喔？」

「喂，給我重拍一張啦。」

「追到我的話，我考慮一下。來啊，跌得狗吃屎的質數男！」

「給我回來！」

啊啊，為什麼會發展成這個樣子，我完全搞不懂。

總歸一句話，我和偶遇的朱可欣在鹽沼上展開了一場嬉鬧的追逐戰，可能是風將笑聲吹得像銀鈴般作響，她對我而言是個永遠無法預料的人，或許這就是我為她深深著迷的緣故吧？

最後在她鼓譟下，我和她拍了一張合照。

她緊緊勾著我的手臂，在映襯的天空之鏡裡和我相依，這一刻我體會到這將是我人生最幸福一刻。

「看照片囉！」她興奮地說。

「等等我啦。」

「咦咦，這該不會是……」

她驚恐的表情令我不安，我擠向她身邊將目光聚焦到數位相機的螢幕上。

在我和她背後竟疑似有著一個半透明的人影，而且乍一看這影子有著雞窩頭，大圓框眼鏡，還掛著傻得要命的笑容，重要的是手裡似乎還捏著一顆圓球！

這張靈異照片，令我腦海裡浮現出一個大膽的猜測。

據阿辭調查後的證言顯示，當時我和朱可欣被躲避球打暈時，操場上並沒有任何人在打躲避球，甚至這顆躲避球是何時被借出體育室都無記錄，或許投出這顆躲避球的根本不是一個「人」？

當然這只是我的推測。

附帶一提，後來這張靈異照得到業餘者攝影大賽首獎。

評審則說了句耐人尋味的結語：「從這三個人的笑容裡，我們看到了最美的風景。」

THE END

要青春56　PG2333

要有光
FIAT LUX

遇上質數的茱麗葉

作　　者	蒲　靜
責任編輯	喬齊安
圖文排版	林宛榆
封面設計	蔡瑋筠

出版策劃	要有光
發 行 人	宋政坤
法律顧問	毛國樑　律師
印製發行	秀威資訊科技股份有限公司 114台北市內湖區瑞光路76巷65號1樓 電話：+886-2-2796-3638　傳真：+886-2-2796-1377 http://www.showwe.com.tw
劃撥帳號	19563868　戶名：秀威資訊科技股份有限公司 讀者服務信箱：service@showwe.com.tw
展售門市	國家書店（松江門市） 104台北市中山區松江路209號1樓 電話：+886-2-2518-0207　傳真：+886-2-2518-0778
網路訂購	秀威網路書店：https://store.showwe.tw 國家網路書店：https://www.govbooks.com.tw
總 經 銷	聯合發行股份有限公司 231新北市新店區寶橋路235巷6弄6號4F 電話：+886-2-2917-8022　傳真：+886-2-2915-6275

出版日期	2019年11月　BOD一版
定　　價	360元

國家圖書館出版品預行編目

遇上質數的茉麗葉 / 蒲靜著. -- 一版. -- 臺北
市 : 要有光, 2019.11
面； 公分. -- (要青春)
BOD版
ISBN 978-986-6992-27-8(平裝)

863.57 108017092

讀者回函卡

感謝您購買本書，為提升服務品質，請填妥以下資料，將讀者回函卡直接寄回或傳真本公司，收到您的寶貴意見後，我們會收藏記錄及檢討，謝謝！

如您需要了解本公司最新出版書目、購書優惠或企劃活動，歡迎您上網查詢或下載相關資料：http:// www.showwe.com.tw

您購買的書名：______________________________

出生日期：________年________月________日

學歷：□高中（含）以下　□大專　□研究所（含）以上

職業：□製造業　□金融業　□資訊業　□軍警　□傳播業　□自由業

　　　□服務業　□公務員　□教職　□學生　□家管　□其它____

購書地點：□網路書店　□實體書店　□書展　□郵購　□贈閱　□其他

您從何得知本書的消息？

□網路書店　□實體書店　□網路搜尋　□電子報　□書訊　□雜誌

□傳播媒體　□親友推薦　□網站推薦　□部落格　□其他________

您對本書的評價：（請填代號　1.非常滿意　2.滿意　3.尚可　4.再改進）

封面設計____　版面編排____　內容____　文／譯筆____　價格____

讀完書後您覺得：

□很有收穫　□有收穫　□收穫不多　□沒收穫

對我們的建議：______________________________

____

____

____

請貼
郵票

11466
台北市內湖區瑞光路 76 巷 65 號 1 樓
秀威資訊科技股份有限公司 收
BOD 數位出版事業部

(請沿線對折寄回，謝謝！)

姓　　名：________________ 年齡：________ 性別：□女 □男

郵遞區號：□□□□□

地　　址：________________________________

聯絡電話：(日) ________________ (夜) ________________

E-mail：________________________________